AU PAYS
DU DIEU ANIMAL

DU MÊME AUTEUR

On adorait les cow-boys, Belfond, 2022

CAROL BENSIMON

AU PAYS DU DIEU ANIMAL

Traduit du portugais (Brésil)
par Dominique Nédellec

belfond

Titre original :
DIORAMA
publié par Companhia das Letras, São Paulo,
en accord avec Agência Literária Riff, Rio de Janeiro.

Ce roman est une œuvre de fiction. Les noms, les personnages, les lieux et les événements sont le fruit de l'imagination de l'autrice ou utilisés fictivement. Toute ressemblance avec des personnes réelles, vivantes ou mortes, des événements ou des lieux serait pure coïncidence.

Retrouvez-nous sur www.belfond.fr
ou www.facebook.com/belfond

Éditions Belfond,
92, avenue de France, 75013 Paris.
Pour le Canada,
Interforum Canada, Inc.,
1055, bd René-Lévesque-Est,
Bureau 1100,
Montréal, Québec, H2L 4S5

ISBN : 978-2-7144-0331-5
Dépôt légal : février 2025

Belfond | un département **place des éditeurs**

place
des
éditeurs

« Chaque fois, quand nous étions de retour à l'appartement, il me fallait te lire, malgré que tu le connaisses par cœur de la première à la dernière ligne, le passage de ton livre favori où il était question de l'alternance des saisons, dit Věra, avant d'ajouter qu'en particulier je ne me serais jamais lassé de regarder les images d'hiver, les perdrix, lièvres et chevreuils figés de stupeur devant le paysage couvert de neige fraîchement tombée ; et régulièrement, ajouta-t-elle, dit Austerlitz, quand nous en arrivions à la page où il est dit que la neige traverse le couvert des arbres et que bientôt son poudroiement tapissera tout le sol de la forêt, je levais les yeux vers elle et lui demandais : mais quand tout sera blanc, comment les écureuils feront-ils pour savoir où ils ont caché leurs provisions ? *Ale když všechno zakryje snih, jak veverky najdou to misto, kde si schovaly zásoby ?* C'est ainsi, dit Věra, que je formulais toujours la question qui ne cessait de m'obséder. Oui, comment les écureuils le savent-ils, et que savons-nous au juste, et comment faisons-nous pour nous souvenir, et que de choses ne déterrons-nous pas en définitive ? »

W. G. SEBALD, *Austerlitz*
(traduit de l'allemand par Patrick Charbonneau)

« De l'*Iliade* ne reste qu'une liste de bateaux. »

Maria STEPANOVA, *En mémoire de la mémoire*
(traduit du russe par Anne Coldefy-Faucard)

L'OS DE MOUFFETTE

À LA SUITE DE la publication par un révérend anglais, en 1857, d'un livre évoquant tout ce qu'il était possible de trouver sur une plage, des milliers de gens se lancèrent à la recherche de coquillages. Buccins, saint-jacques, conques spiralées et autres couteaux. Ils nettoyaient ces maisons vides jusqu'à ce qu'elles brillent comme de la céramique. C'étaient autant de souvenirs de la mer en carbonate de calcium dans lesquels les amants voyaient des bouts de leur histoire particulière et que les enfants conservaient dans des coffres avec leurs billes, leurs bilboquets et leurs petits canons en bois. Des années plus tard, on trouverait au milieu d'immenses vitrines de musée des scarabées numérotés, des mâchoires de requin, des oiseaux tropicaux aux ailes déployées et aux yeux de verre, la classification obsessionnelle du monde naturel. Des gorilles mourraient en Afrique pour être remontés et exposés à New York. Personne ne verrait ni les coutures ni les clous.

En 1987, j'avais neuf ans et j'étais encore bien loin de tout cela, cernée par la campagne déserte et avalant la poussière de la BR-473. J'étais assise entre Marco et mon père sur la longue banquette du pick-up. Le côté vitre était pour Vinícius. Il regardait dehors avec son habituelle indifférence à l'égard de la route et des lieux inhabités, l'arc métallique de son casque audio ruinant momentanément sa coiffure, la même, jurait-il, que celle du clavier de Depeche Mode. Ces trajets avaient pour moi l'odeur des cigarettes Minister et comme bande-son les *milongas* et les *chamamés* entrecoupés de grésillements. C'était un peu sinistre. On aurait dit la retransmission d'un bal organisé dans l'au-delà. De temps en temps, le speaker interrompait l'enchaînement de morceaux pour donner la météo, bulletin proposé par les insecticides Jimo Cupim, efficacité garantie. Temps sec, ciel bleu.

Ce jour-là, je ne faisais pas attention à la radio. J'avais la tête ailleurs. Quelques heures plus tôt, derrière une station-service, dans un endroit appelé Torquato Severo, j'avais trouvé un os. Un petit fémur, peut-être. Seule l'extrémité dépassait, à côté de bidons d'huile vides, nettoyée comme le jouet d'un chien, alors je me suis mise à creuser jusqu'à avoir les ongles tout noirs, puis je suis allée aux toilettes passer sous l'eau et mes mains et l'os. Il y avait un miroir sans cadre sur le mur et trois posters à moitié bleuis avec des femmes les seins à l'air et le reste aussi. Je suis ressortie. Un homme avec une casquette rouge, agenouillé par terre, s'affairait sur un vélo. Il avait l'air plus âgé que mon père. Il a interrompu son examen de la roue arrière et tourné son regard vers moi. « Fais voir un peu ce que tu tiens dans les mains, là. » J'ai serré l'os plus fort parce que je me suis dit que tout devait lui appartenir, les pompes à essence, le boui-boui graisseux, les femmes toutes nues, le petit fémur. Il a souri. « C'est un os de mouffette, ça », a-t-il dit, puis il a repris son travail sur le vélo.

Mouffette. À mon retour à la maison, j'irais ranger l'os dans une boîte à chaussure avec mes autres trésors, parmi lesquels un bout de carapace de tatou, quatre graines de kapokier, quelques pignes de pin et mes dents de lait. Ma mère n'aimait pas du tout cette collection.

Pour l'instant, je voyageais avec le fémur sur mes genoux. Il allait s'écouler vingt et un ans avant que je monte mon premier animal – un écureuil, sur un mannequin préparé très à l'avance, dans un sous-sol à Kooskia, Idaho –, mais seulement huit mois avant que ma famille fasse les gros titres de tous les journaux de l'État du Rio Grande do Sul.

Mon père était Raul Matzenbacher.

Ma mère était Carmen Matzenbacher.

Mon père a gardé quelques secondes entre ses lèvres sa Minister à moitié consumée et tourné le volant pour emprunter une route secondaire encore plus étroite et plus défoncée que la BR-473. On entendait les fusils se balader d'un côté et de l'autre à l'arrière. Il n'y avait pas une seule maison entre le ciel immense et le vert saupoudré de poussière depuis Torquato Severo. Sa cigarette terminée, il a jeté le mégot par la fenêtre et rajusté le bord de son chapeau, le chapeau noir traditionnel du gaúcho, qu'un vacher de São Gabriel lui avait offert pendant qu'il faisait campagne pour devenir député de l'État (*Docteur, vous avez sauvé ma femme d'une pneumonie carabinée, maintenant vous allez sauver le Rio Grande !*). Mon père avait quarante ans, et le sommet de son crâne était un terrain presque entièrement dégagé. Il essayait de le cacher avec un chapeau, une casquette en laine ou celle du club de tir.

Sur le plateau du pick-up, Bengale s'est mis à aboyer. Marco et moi nous sommes retournés en même temps. Il tournicotait sur lui-même. Quand il terminait un tour complet, il s'arrêtait et aboyait en direction du ciel bleu électrique. Deux urubus se sont posés sur le bas-côté.

« Couché, Bengale ! » a crié mon père.

Après quelques glapissements, il s'est recouché, le museau contre la carrosserie.

La voiture s'est mise à rouler plus vite, soulevant un nuage de poussière rouge qui a englouti les urubus.

« Tu lui as donné à manger, au chien ? »

Vinícius n'a pas entendu la question. La veille, il avait enfin terminé sa cassette avec le meilleur du rock britannique du moment, le doigt prêt à appuyer sur « enregistrer » depuis que l'animatrice de Radio Ipanema avait annoncé qu'elle allait passer un morceau demandé par un auditeur – lui-même ! –, « Just like honey », des Jesus and Mary Chain. À présent, il essayait de fredonner les paroles du refrain, qui flottaient dans un océan déchaîné de synthés et de guitares distordues. Marco a levé le bras et tenté d'arracher le casque des oreilles de son frère, mais Vinícius a eu un mouvement de recul vers la portière, comme s'il ne lui manquait plus qu'une raison pour sauter. Il a retiré son casque.

« À quoi tu joues, là, Marco ?

— Papa te demande si tu as donné à manger à Bengale.

— Aïe... j'ai oublié.
— Et le planning, alors ? a dit Marco. C'était ton tour.
— J'ai oublié de regarder le planning. »

Je me suis tournée vers mon père, je m'attendais à ce qu'il dise quelque chose. Il avait l'air de se mâchonner lentement l'intérieur de la joue. Sa botte a écrasé l'accélérateur et tout s'est mis à bringuebaler encore plus fort.

« Tu sais ce que j'aime ? a-t-il fini par lancer, les yeux rivés sur la route. La gratitude des chiens. Leur dévouement. Leur loyauté. Tu crois que Bengale a la moindre raison de nous être reconnaissants aujourd'hui ?
— Je peux lui donner mon sandwich, a répondu Vini.
— Un chien n'a pas à manger un sandwich.
— Quoi, on peut toujours essayer.
— Il est où, ton sandwich, Vinícius ? »

Une clôture est apparue sur notre droite. Des piquets en bois et du fil barbelé. Vinícius s'est penché en avant, a retiré le couvercle de la glacière qui se trouvait à ses pieds et a tendu à notre père un sandwich enveloppé dans une serviette.

« À mesure que tu vas grandir, tu vas devoir faire des choix qui ne seront pas toujours faciles », a dit mon père.

Il a ouvert sa vitre et a balancé le sandwich sur la route.

L'autoradio, au lieu de diffuser des *milongas* et des *chamamés*, ne faisait plus que crachoter, mais mon père tardait à tourner le bouton, convaincu, semblait-il, qu'il n'y avait pas meilleure bande-son pour traverser la pampa. Il n'a fini par éteindre qu'au moment où on est passés sous un portique rouillé indiquant « Domaine de Minuano », plus exactement « DOM NE D MIN ANO », un endroit où je n'étais jamais venue.

On a longé la maison de maître sans s'arrêter, puis mon père s'est engagé sur un chemin étroit au milieu des champs. On se trouvait dans la propriété d'un de ses amis, avec je ne sais combien d'hectares et je ne sais combien de milliers de têtes de bétail, dont il venait tout juste d'hériter. D'après ma mère, ce qu'il y avait de plus faramineux dans cet héritage, c'étaient les dettes.

Dans ma tête, je me suis mise à bavarder avec les vaches. Personne ne disait rien dans la voiture. Mon père a aperçu une petite chose sombre à l'horizon et a mis le cap sur elle. Dix minutes plus tard, il garait le F-1000 sous un figuier – la fameuse petite chose sombre – dont les branches touchaient presque le toit du pick-up.

Il a sorti les deux fusils de calibre 12 de leur étui en cuir et a lâché Bengale, qui m'a tourné autour à plusieurs reprises, avant de s'immobiliser complètement, guettant les bruits de la campagne. N'ayant pas les oreilles d'un chien d'arrêt, j'ai eu l'impression à cet instant d'approcher du silence comme jamais. Cette quasi-disparition des stimuli sonores, je la rechercherais des années plus tard dans des déserts et des forêts, en dormant dans des motels aux enseignes lumineuses d'un autre temps – *TV câble gratuite, chambres non-fumeurs* – ou dans des campings aux airs de dernière halte avant la fin du monde.

Mon père portait un gilet avec des petites poches pour les cartouches que le soleil faisait briller. Il a noué à son gilet une lanière de cuir à laquelle, plus tard, il suspendrait les perdrix par le cou.

Il avait appris à chasser avec mon grand-père, Wagner Matzenbacher, avant même de savoir lire son nom. Ils tuaient deux douzaines de volatiles, les accrochaient aux barres de toit d'une Rural Willys et prenaient des photos qu'ils montraient ensuite à leurs amis, dans des villes où il n'était pas rare que des hommes meurent un couteau à viande enfoncé dans les entrailles. Ils souriaient sur les photos, mais avec discrétion et presque l'air de s'excuser, comme il était de rigueur dans les années 1960 quand on se faisait tirer le portrait dans le Brésil profond. Je n'ai pas connu ce grand-père. Il a trouvé la mort dans un accident de la route, alors qu'il roulait vers la montagne, une bonne dizaine d'années avant ma naissance ; en revanche, j'ai quelques photos de lui. Il y en a une en particulier que je ressors de mes archives une ou deux fois par an. Regarder ce bout de papier fané permet de constater qu'un homme simple peut devenir une figure mythique si on lui fait prendre correctement la pose. Le photographe a réalisé son portrait en légère contre-plongée. Wagner, la bouche fermée afin de cacher les trous laissés par deux incisives disparues, ignore l'appareil et regarde vers un point indéterminé. Il ne s'agit pas pour autant de n'importe quel point, mais bien de quelque endroit situé très loin du monde terrestre. Wagner Matzenbacher porte six perdrix mortes autour du cou et neuf nettes demi-deuils suspendues à une cordelette autour de sa taille. De sa main droite, il tient le canon de son fusil, dont la crosse est posée à terre ; il ressemble ainsi à une de ces sculptures en marbre qui ont besoin du soutien d'un tronc, d'une roche ou d'un autre objet quelconque pour ne pas s'écrouler sous leur propre poids.

Ce jour-là, quelque part entre São Gabriel et Bagé, mon père est parti à la suite de Bengale, et les garçons lui ont immédiatement emboîté le pas. L'herbe était d'abord d'un vert sec, puis prenait une teinte dorée et leur cinglait les genoux. Je suis restée derrière eux à chercher des insectes. Quand j'ai de nouveau regardé dans leur direction, mon père chargeait les fusils. Vinícius en a ajusté un contre son épaule, le canon pointé en direction des herbes hautes. J'ai vu la perdrix prendre son envol et commencer à tracer une diagonale prévisible, mais mon frère est resté sans bouger, alors mon père s'est dépêché de viser et a tiré une fois avec le Rossi ou le Beretta. La perdrix est tombée dans la lumière massacrante du soleil. Je me suis mise à courir. J'avais déjà vu cette scène, les ailes qui cessent de battre, puis l'oiseau qui tombe du ciel tel un vieux sac crasseux, j'avais déjà vu Bengale revenir avec une perdrix se balançant entre ses crocs, mais c'était la première fois que mon frère aîné restait là à se passer la main dans ses cheveux longs et, la tête baissée, à faire avec le bout de sa tennis un petit trou dans la terre.

« Je t'amène jusqu'ici, tu laisses le chien mourir de faim et tu ne tires pas quand tu dois tirer », lui a lancé mon père.

Vinícius n'a pas répondu.

« Tiens, Marco, tu as gagné le droit de tenter ta chance, tu vas peut-être avoir ta première perdrix. »

Il a souri, dents serrées, et a sorti de sa poche son paquet de Minister.

Marco avait treize ans. Depuis l'âge de onze ans, chaque fois qu'on allait dans le domaine de nos grands-parents décédés, Wagner et Ondina, près de São Gabriel, il tirait sur des bouteilles de coca posées sur une souche de belombra. J'étais pour ma part la ramasseuse officielle des tessons. Mais il n'avait encore jamais tiré sur un animal, à la différence de Vinícius qui en avait eu le droit deux ans auparavant. À cette époque, Marco restait essentiellement un gamin d'une grande ville, qui aimait jouer à *Pitfall* sur Atari et vivait de longs conflits armés sur un plateau de *War*.

Il a plaqué son fusil calibre 12 contre son épaule étroite. Il semblait débordant de reconnaissance. Lorsqu'on serait de retour dans le domaine familial, Marco démonterait les armes pour la première fois et utiliserait d'abord la brosse en crin, puis la brosse en laine avec un peu de lubrifiant.

Mon père m'a regardée.

« Va nous attendre dans la voiture.

— Je préfère rester ici.

— Je te dis d'aller dans la voiture, Cecília.

— Mais qu'est-ce que je vais faire là-bas ? Je veux rester avec vous.

— Tu n'as qu'à jouer avec ton os. »

Jouer avec mon os. Voilà le genre de chose qu'il pouvait dire. En marchant vers le pick-up, j'ai trouvé un scarabée, puis je l'ai laissé repartir. Ensuite, j'ai ouvert la portière et je me suis allongée sur la banquette avec le fémur de mouffette sur le ventre. J'ai entendu des tirs, mais je ne les ai pas comptés. Je suis restée allongée un long moment et j'étais toujours dans cette position quand j'ai entendu les voix et les rires de plus en plus proches. Ce n'est que lorsqu'ils sont tous les trois montés dans la voiture que je me suis relevée pour regarder. Il y avait six perdrix sur le plateau du pick-up. Je tenais toujours à voir les perdrix mortes. Elles étaient de la couleur de la terre, à moitié préhistoriques, avec un bec recourbé et des yeux rendus énormes par leur stupéfaction d'être arrivées si loin sur la ligne de l'évolution. À présent, elles étaient dans cette pose provoquée par leur mort violente, les unes sur les autres, leurs têtes reliées par la lanière de cuir, leur plumage souillé de sang. Elles méritaient mieux que ça.

« Marco en a eu trois, dis donc, va falloir compter avec lui maintenant », a dit notre père, tout sourire, en lui donnant une petite tape sur l'épaule.

L'expression de mon frère cadet se déchiffrait sans mal, il avait le même sourire pur et émerveillé que lorsqu'il parlait d'une copine de classe, Clarice Nogueira. J'ai ensuite regardé Vinícius. Il avait la bouche entrouverte, comme toujours, et se passait parfois la langue sur les lèvres, qui se dessèchent quand on se sent vraiment gêné. Il regardait par la fenêtre comme si le F-1000 était déjà de nouveau sur la route.

C'est la dernière fois qu'on est allés en famille à la chasse aux perdrix parce que la vie est devenue plus compliquée juste après, mais il n'y a aucune photo de cet après-midi dans la boîte portant l'étiquette *1987*. On retrouve néanmoins le fameux fusil Rossi sur deux images. Sur la première, on voit mon père et trois amis après une partie de chasse dans les marais, leurs bottes en caoutchouc pleines de boue, près d'une trentaine de nettes suspendues au toit d'un Combi blanc, mon père le genou gauche à terre et le fusil en diagonale contre la poitrine. La deuxième photo illustre un article d'une demi-page du journal *Correio do Povo*. Sur une table blanche de la police civile sont alignées les armes saisies dans la propriété des Matzenbacher, plus de deux semaines après l'assassinat du député João Carlos Satti.

ON EST EN 2018 et je suis à l'intérieur d'un diorama[1]. Je suis la femme avec les bottes, la salopette et un masque de protection, qui peaufine à l'aérographe la couleur d'un bébé caribou empaillé. Les cinq caribous de ce musée se nourrissent de lichen et de myrtillier nain au pied de la chaîne des Cassiars depuis plus de soixante ans, sous une lumière imitant un coucher de soleil automnal. Pendant qu'au-dehors le monde se transforme, on peut observer une Colombie-Britannique inchangée, fabriquée avec une précision millimétrique par des taxidermistes et des peintres, derrière une vitre de trois mètres sur dix. Comment je me suis retrouvée derrière cette vitre, c'est une longue histoire.

Je débranche l'aérographe un instant et m'assure que Greg n'est pas dans les parages. Marchant précautionneusement sur le sol terreux de la toundra, je m'avance jusqu'au bébé caribou dont la tête est tournée vers l'arrière. On croirait qu'il observe une bande d'oiseaux représentée à l'extrémité de la peinture ou les nuances crépusculaires du ciel. Pendant ce temps, ses deux frères et leur mère ont des préoccupations plus terre à terre : ils mordent à pleines dents dans les branches du myrtillier nain et mâchonnent. Le père est le seul des caribous à garder la tête relevée, il dévisage les visiteurs du musée avec toute sa majesté de cervidé.

1. Dispositif d'exposition qui vise à reconstituer une scène dans une vitrine à l'aide d'objets, de sculptures, de mannequins ou d'animaux naturalisés, intégrés dans des décors réalistes.

Je me tiens accroupie devant ce petit et je plonge mes yeux dans les siens. Je suis probablement la première personne à faire ça depuis 1954, année de l'inauguration du diorama *Famille de caribous*. Je lui dis quelques mots affectueux, lui caresse le museau et je lui demande pardon au nom de ceux qui ont retiré ces cinq animaux des terres sauvages du Canada. C'est un petit rituel que je préfère ne pas révéler à Greg (*Tu es la taxidermiste la plus sentimentale que je connaisse, Cecília*). Ça arrive assez souvent ; quelqu'un me contacte parce qu'il a trouvé une tête d'élan dans un sac-poubelle – *Je ne savais pas que mon grand-père gardait cette horreur dans sa cave* –, alors je prends la voiture et me rends sur place, je descends dans la fameuse cave et j'ouvre le sac noir comme si je libérais un esprit égaré. Je dévisage l'élan pendant un moment. Je dévisage le colvert mal fichu et couvert de poussière sur le stand d'un vide-grenier et les faisans chez les brocanteurs et l'écureuil debout sur son support en chêne au fond de l'armoire chez une veuve. Ce type de négligence s'observe aussi dans les musées, où depuis des décennies les espaces consacrés aux animaux empaillés perdent en importance au profit d'expositions dites interactives ou de n'importe quoi d'autre ayant trait aux dinosaures. On finit par oublier les spécimens naturalisés dans les réserves. Certains terminent leur vie sur de grands bûchers dans des décharges. Parfois, je me rends dans ces institutions et je demande à voir les vieux ours polaires, les pygargues à tête blanche, les jaguars, les zèbres. Quand on échange des regards après tout ce temps, les animaux mis au rebut et moi, je sens que j'ai l'obligation de leur présenter des excuses pour les actions pleines de contradictions de mon espèce, qui a tué pour préserver, qui a préservé pour reconstruire, avant de finalement abandonner ces animaux-objets parce qu'ils ne lui inspiraient plus la moindre admiration.

Je sors la vaseline de ma poche et, avec un coton-tige, j'en applique sur les paupières du petit caribou, dans la zone du canal lacrymal et sur son museau doux comme du velours. Puis je passe un peu de lave-vitre sur ses yeux de verre pour leur redonner de l'éclat.

Ensuite, je reprends l'aérographe et poursuis mon travail sur le pelage du bébé femelle, en le comparant en permanence avec les échantillons dont je dispose. J'y suis presque.

« C'est le myrtillier nain, ça ? Les feuilles pourraient avoir l'air un peu plus croquantes. »

C'est la voix de Greg. Il est entré par la porte latérale du diorama et il examine le sol.

« Je ne suis pas sûre de bien saisir ce que tu entends par "croquantes", dis-je.

— Tu saisirais si tu étais un caribou. »

J'éclate de rire.

« Sérieusement, on a un budget pour les arbustes ? poursuit-il. Je déteste quand une vieille plante maltraitée compromet l'ensemble.

— On peut essayer de leur en parler. »

Greg reste immobile. Puis il passe un doigt sur ses sourcils et rajuste sa petite queue-de-cheval très brune. On travaille ensemble depuis 2011 au sein de Norton Taxidermie, dans un hangar à moitié en ruine de Mid-City, à Los Angeles, mais Greg était là bien avant moi. On peut dire qu'on est bons amis. Il m'est arrivé de fabriquer des *slimes* pleins de paillettes avec ses filles tout en buvant des mojitos, et lui a assisté à bien plus de concerts de Jesse qu'il ne l'aurait fait s'il s'en était tenu à ses goûts musicaux, qui vont habituellement de la country gothique à la musique savante. Notre intimité dans des circonstances extrêmes – j'entends par là quand on se retrouve avec le sang d'un même animal sur nos habits – nous a inévitablement conduits à des moments de confidences, mais j'ai toujours insisté sur le fait que ma vie n'avait réellement commencé qu'après mon départ du Brésil, en 2002. Greg m'a déjà entendue parler de tous les endroits où j'ai habité aux États-Unis et de tout ce que j'ai été amenée à faire pour payer mes factures : plonge, mise en rayon de produits brésiliens, vente d'aquarelles au coin de la rue jusqu'à l'arrivée des agents, boulot d'employée dans une location de kayaks, guide touristique, vendeuse dans une boutique du genre cabinet de curiosités. Bien entendu, il a toujours trouvé bizarre que je ne dise pas un mot de ce que j'avais fabriqué jusqu'à mes vingt-quatre ans. Quelquefois, il lui est arrivé d'insister pour en apprendre plus que ce que je voulais bien lui raconter, surtout lorsqu'il n'y avait plus personne dans l'atelier et qu'on restait travailler jusqu'à trois heures du matin en écoutant les *Variations Goldberg*. Un soir, Greg m'a demandé si mes parents ne trouvaient pas le métier que j'avais choisi *trop violent, trop sanglant.* « Tu n'imagines pas à quel point », lui ai-je répondu, avant d'aller laver mes bistouris et mes pinces.

« Tout va bien, t'es sûre ? » me demande-t-il maintenant, en me dévisageant.

C'est la troisième fois qu'il me pose la question aujourd'hui.

« Mais oui, tout va bien.

— S'il y a quoi que ce soit, je suis là-bas, du côté des loups, d'accord ? »

Non, je ne vais pas bien.

Jesse est parti dans le Midwest pour jouer avec son groupe dans des petites salles à moitié vides, ce que j'attendais avec impatience. J'imaginais déjà les longues soirées de travail dans le garage et pensais à ce confort existentiel que je ressens quand je me retrouve seule. Ça a toujours été ainsi pour moi, c'était le cas avant que je sois avec lui et ça l'est encore depuis que je suis avec lui. Mais quand j'ai vu, il y a précisément trois semaines, après des adieux peu dignes de ceux qui se sont toujours considérés comme formant « le meilleur couple du monde », la voiture qui emmenait Jesse disparaître au bout de la rue, il m'a semblé que cette fois ce serait difficile d'être séparée de lui. Et ce qui était presque plus douloureux que le manque lui-même, c'était de devoir admettre ce que je ressentais. Tout à coup, debout sur le trottoir, devant la maison qu'on loue, avec ses deux chambres et son jardinet, je ne me voyais plus que comme une femme qui souffrait de voir son homme partir.

Bien d'autres choses me faisaient enrager contre moi-même. Par exemple, mon manque de persévérance dans mes recherches pour mettre la main sur un spécimen de *Paradisaea apoda*, le paradisier grand-émeraude, indispensable pour un projet personnel dont l'idée m'était venue. J'avançais dans la biographie d'Alexander von Humboldt, le célèbre naturaliste, à un rythme affreusement lent, si bien qu'il semblait coincé pour l'éternité sur le Chimborazo (c'est en grimpant vers son sommet en 1802 qu'il eut la révélation que la nature était un tout unique et dynamique). J'avais mangé des surgelés. J'avais laissé noircir des bananes. J'étais allée une fois au Burger King. De temps en temps, je recevais des photos de Jesse, des images banales montrant des routes, des chambres d'hôtel, des tartines de petits déjeuners avec des tonnes de beurre. J'étais en permanence en train d'imaginer qu'il devait envisager de me laisser tomber, et ma réaction face à cela consistait à lui envoyer des réponses sympathiques et légères. Car j'avais le sentiment que, si j'exprimais la moindre émotion, cela pourrait déclencher une dispute.

Chaque jour, et à chaque heure de chaque jour, je me demandais si, au retour de Jesse, on allait reprendre *notre conversation* là où on l'avait interrompue.

Un soir, au cours de la première semaine où j'étais seule à la maison, j'ai fini devant la porte de la voisine d'à côté, Rebecca. Je me suis excusée de venir à une heure aussi tardive et je lui ai expliqué que j'avais besoin de parler. Par chance, son fils était déjà au lit. Devant une tasse de camomille, j'ai écouté de longues histoires au sujet du divorce de gens que je ne connaissais même pas. Dans le fond, c'était comme si toutes ces histoires de séparation étaient identiques et qu'il suffisait d'en comprendre une, n'importe laquelle, pour parvenir à briser le cycle de leur répétition.

La deuxième semaine sans Jesse, j'étais encore plus abattue, en proie à ce type d'angoisse paralysante qui ne laisse guère que la force de guetter, telle une souris de laboratoire en manque de dopamine, les derniers likes sur les réseaux. Jusqu'à ce que mon chef m'appelle un soir : « Je vais te mettre sur le projet de Seattle, OK ? Je te fais suivre les réservations par mail. » J'avais très envie de travailler sur ce projet de restauration et c'était un soulagement d'entendre quelqu'un me dire ce que je devais faire. L'hôtel aurait cette espèce de confort lambda et anesthésiant dont j'avais tant besoin par moments. J'allais travailler toute la journée dans des dioramas, puis le soir je nagerais dans la piscine chauffée jusqu'à en avoir la peau des doigts toute fripée. Tout aurait l'air d'être parfaitement à sa place.

J'ai lu beaucoup de choses sur les dioramas. Pourquoi on en fait, comment on les fait. « Dans chaque diorama on trouve au moins un animal qui capte le regard du spectateur et le maintient dans un état de communion », écrit une certaine Donna Haraway dans un essai. « L'animal est attentif, prêt à donner l'alerte en cas d'intrusion de l'homme, mais également prêt à soutenir pour toujours le regard de l'approche, le moment de vérité, la rencontre originelle. »

Haraway ne le dit pas, mais les animaux qui nient la présence du spectateur sont aussi importants que ceux qui regardent à travers la vitre. Les uns et les autres participent du même artifice. La scène, en résumé, devra toujours donner l'impression d'être saisie sur le vif.

Après avoir restauré la teinte légèrement jaunie des cinq caribous, je recouvre tout avec des protections en plastique. Je fais des trous pour laisser à l'extérieur les bois des deux adultes et je finis de fixer ce qui protège leur pelage avec du ruban adhésif. Les caribous sont la seule espèce de cervidés dont les femelles sont aussi dotées de bois. J'ouvre ensuite les pots de pigments spéciaux, élaborés conjointement par le musée et Norton Taxidermie. Je prends un pinceau et commence à travailler sur les bois. Tout comme le pelage, ils perdent leur couleur après des décennies d'exposition à la lumière artificielle.

J'adore ce travail méticuleux, l'idée qu'il faut être tout à la fois scientifique, peintre, sculpteur et artisan pour recréer ce que la nature a engendré au long de millions d'années d'évolution et de hasard. Malgré tout, aujourd'hui est un de ces jours où je préférerais me trouver au milieu de la nature authentique. Par exemple à Sedona dans l'Arizona, pensé-je sans le vouloir, et je me revois en train de montrer à un groupe de touristes les roches rougeâtres ébauchées au paléozoïque et polies ensuite avec une patience millénaire. Oh oh, on dirait que je présente de dangereux symptômes de nostalgie ; douze années ont passé déjà et il est possible que je sois sur le point d'oublier le nombre de fois où j'ai donné à cet endroit le surnom de Disneyland ésotérique, sans vraiment cacher mon mépris pour tout ce business, cristaux, amulettes, chiromancie, tarot, porte-clés avec extraterrestres, spas hors de prix offrant des soins supposément inspirés de pratiques indigènes. Moi-même, lors des visites guidées, j'étais tenue d'indiquer aux visiteurs l'emplacement des quatre fameux vortex énergétiques du site, une arnaque mystique institutionnalisée par l'office de tourisme, les hôtels, les agences de voyages et les commerçants en général. « Des gens viennent des quatre coins de la planète pour faire l'expérience des forces cosmiques mystérieuses qui, dit-on, se dégagent de ces roches rouges », expliquait un prospectus officiel de Sedona. Il fallait donc servir au touriste l'histoire à laquelle il avait désespérément envie de croire.

Parfois, après une longue journée de travail, je retrouvais la chambre que je sous-louais à une dame qui s'avalait ses douze heures de télé quotidiennes et je sentais que psychologiquement il m'était absolument impossible de rester enfermée entre ces quatre murs. Ce qui s'expliquait non par mes interrogations sur le capitalisme ésotérique, mais par le fait que, quand j'entendais le bourdonnement des émissions de variété et des journaux télévisés, je me retrouvais tout à coup propulsée dans les années 1980 et 1990, et j'avais alors l'impression que toutes mes tentatives pour aller de l'avant me renvoyaient immanquablement en arrière. J'avais le sentiment d'être condamnée à me remémorer des épisodes ayant déjà eu lieu et, pire encore, j'avais le sentiment que *tout* avait déjà eu lieu. Qu'il n'y avait pas de futur possible.

Alors je ressortais, je prenais la voiture et j'allais dormir quelque part près de la rivière Oak. Ça pouvait être un camping ou juste un endroit isolé que je trouvais particulièrement beau – je n'ai eu qu'une seule fois la malchance de me faire repérer par un garde forestier. Je laissais toujours dans le coffre de la voiture un sac à dos avec quelques produits essentiels et une tente. Dans ce pays, certains font ça pour être prêts en cas de catastrophe. Dans mon cas, la catastrophe s'était déjà produite.

« Je vais déjeuner. Tu viens ? »

C'est de nouveau Greg, qui a passé une tête par la petite porte du diorama.

« Je crois que j'irai manger plus tard. Je voudrais terminer ces bois.

— Comme tu voudras. Ils sont beaux, en tout cas. »

Je travaille une heure de plus, puis je sors du musée, je prends mon repas et me dirige vers le parc. C'est la première journée ensoleillée depuis que je suis arrivée à Seattle, je me demande si c'est toujours comme ça par ici. J'attrape des bouts de laitue avec ma fourchette en plastique tout en observant les gens qui passent. À une vingtaine de mètres de moi, un type gratte sa guitare rouge branchée à un petit ampli. Il y a un micro sur une estrade et un chapeau retourné posé par terre. Apparemment, il n'a pas encore commencé à chanter.

Je n'avais jamais vraiment fait attention aux musiciens de rue jusqu'à ce que je rencontre Jesse, qui m'obligeait à les écouter comme si on avait payé notre place, qu'on soit immobiles en plein soleil à Venice devant un type imitant Stevie Wonder en playback, ou au coin d'une rue dans le centre de Los Angeles devant un Mexicain jouant de la guitare et chantant quelque chose qu'on n'avait jamais entendu. Jesse écoutait un moment et ne donnait de l'argent qu'après, pour bien montrer qu'il payait pour la musique, que ce n'était pas du tout par charité. Des billets de cinq ou dix dollars qu'il déposait dans le chapeau ou la petite boîte en carton avec un sourire d'encouragement, puis on s'éloignait lentement. Il se retournait de temps en temps, à croire que ces chansons avaient changé le cours de notre après-midi et qu'on n'était pas encore tout à fait en mesure d'intégrer un tel bouleversement. Un jour, Jesse a passé son bras par-dessus mon épaule et m'a dit, tandis qu'on s'éloignait d'un musicien tendance *seventies*, « ce type, ça pourrait être moi ». Je n'ai pas embrayé, mais la phrase a longuement tourné dans ma tête. Quand Jesse donnait de l'argent à des types tombés plus bas que lui, est-ce que c'était essentiellement pour se convaincre qu'il avait quand même mieux réussi qu'eux ?

Dans le parc à Seattle, le type à la guitare rouge commence à chanter. Autour de lui, tout suit son cours comme si de rien n'était. Des gens font du sport en écoutant leur musique à eux dans des écouteurs quasi invisibles. Un gamin se met soudain à cavaler et disperse une bande de pigeons, il a l'air de tester un superpouvoir qu'il vient tout juste de découvrir. Puis les pigeons sont de retour. Je ne sais pas ce que sont devenus les vieux qui d'habitude passent leur temps assis sur les bancs des parcs. Le musicien de rue termine une chanson, aucun applaudissement. Si seulement Jesse était là. Le type se met ensuite à jouer une mélodie qui ne m'est pas inconnue, un truc des années 1980, cette apocalypse dansante qui a déboulé dans ma vie alors que j'étais encore toute jeune. Je n'arrive à me rappeler ce que c'est. Mon portable sonne dans ma poche. Tiens, un message de Vinícius, justement. *Salut, Ciça. Je voulais te prévenir que papa est à l'hôpital.* Le type s'apprête maintenant à attaquer le refrain. *Il a fait un AVC, mais ça va.* Ça pourrait être The Cure, mais pas moyen d'en être sûre tant que le musicien ne commence pas à chanter. *Tu devrais peut-être venir ici quelques semaines. Tu m'appelles quand tu peux ?* Non. C'est les Smiths. Aucun doute, les Smiths.

En 2006, j'habitais à Oakland, en Californie. Dans la rue, ça sentait le bois et parfois je collais mon nez contre la façade des maisons parce que, auparavant, j'avais vécu en Floride, au Nouveau-Mexique, en Arizona, et dans aucun de ces endroits on ne sentait cette odeur, l'odeur des séquoias, abattus, transportés par train, coupés en planches et transformés en maisons de ville. Je sous-louais une chambre chez un couple de tatoueurs, au premier étage d'une demeure victorienne tombant en ruine, avec une cour sombre et couverte de mousse, encombrée de rebuts divers et d'appareils électroménagers hors-service. Un vieux lave-linge était très apprécié des ratons laveurs, qui aimaient s'installer dedans. Parfois je rentrais à la maison et Matt était en train de tatouer Heather, ou Heather en train de tatouer Matt, et ensuite on préparait le dîner comme s'il n'y avait pas un nouveau poisson sur son avant-bras à elle ou une croix celtique sur son cou à lui. Je ne connaissais pas grand monde à Oakland.

C'était juste après Sedona, où pour la première fois j'avais réussi à mettre un peu de sous de côté et à concevoir un projet – imparfaitement ficelé – d'entreprenariat hippie : j'allais monter une microentreprise pour accompagner des touristes brésiliens dans les parcs nationaux de Californie. Le climat de l'Arizona avait fini par me lasser, et il n'y avait absolument rien qui me retenait à cet endroit. J'ai souscrit un emprunt à la banque et j'ai déménagé. Je cherchais mes clients sur Internet, ou parfois j'allais jusqu'au Pier 39, je repérais les Brésiliens au milieu de la foule et j'engageais la conversation avec eux. Je me suis mise à conduire un van de couleur gris plomb et un tantinet caractériel.

Il était assez rare que j'arrive à constituer des groupes complets pour aller voir les séquoias de l'extrême Nord de la Californie, mon coin préféré de l'État. Ils se trouvaient à quatre bonnes heures de San Francisco, ce qui impliquait une excursion d'au moins deux jours avec une nuitée dans le petit motel d'une bourgade de deux cents habitants. Presque personne n'était motivé à ce point pour aller voir des arbres – les magasins d'usine de Petaluma semblaient plus intéressants pour le touriste brésilien moyen. Si certains en avaient envie, il suffisait que je les emmène jusqu'aux tout proches Muir Woods : ils se serraient les uns contre les autres pour prendre des photos d'un modeste échantillon de ce qu'ils auraient pu observer dans une version nettement plus grandiose dans les comtés humides et peu habités de Humboldt et Del Norte.

Mais, parfois, par miracle, apparaissait une poignée de personnes déterminées à aller dans des endroits aussi éloignés que le Parc national de Redwood, des gens qui s'amusaient avant même qu'on soit parvenus à destination, riant des sculptures d'ours faites à la tronçonneuse qu'on allait trouver sur notre route et des attractions attrape-touristes qui avaient toujours l'air au bord de la faillite, se montrant sensibles, pour finir, au charme décadent des cabanes avec leurs planches clouées aux fenêtres pour éviter l'intrusion d'animaux sauvages et de randonneurs accros aux méthamphétamines. C'est à l'occasion d'une de ces excursions que ma vie d'avant et ma vie américaine se sont percutées pour la première fois. Cela s'est produit lors de notre première halte dans le parc. Dans le groupe il y avait un couple du Rio Grande do Sul, Norberto et Alice, qui n'avait pas beaucoup parlé jusque-là, mais qui admirait tout avec un enthousiasme ébahi. Leurs tenues de rando avaient l'air toutes neuves. Ils devaient avoir dans les soixante-cinq ans, peut-être plus.

« Tu t'appelles Matzenbacher ? » m'a demandé Norberto dès que je suis descendue du van. Il tenait ma carte de visite entre ses mains. Norberto et Alice faisaient partie de ces gens que j'arrivais à attraper sur le Pier 39.

J'ai confirmé que c'était bien mon nom tout en essayant de sourire, tandis que je sentais des sortes de spasmes et de piques dans tout le corps. L'homme a lui aussi esquissé un petit sourire, il a tourné les talons et s'en est allé rejoindre son épouse. J'ai vu qu'il lui disait quelque chose.

Ce n'était pas la première fois qu'il y avait des gaúchos dans un groupe que j'emmenais en promenade, loin de là ; il en venait constamment, et il suffisait qu'ils disent deux ou trois mots pour que je reconnaisse leur accent du Sud. La plupart étaient assez âgés pour se souvenir du mélodrame dans lequel ma famille s'était retrouvée plongée. Ils avaient pour ainsi dire intégré dans leur propre histoire tous les détails de ce qu'on avait appelé « l'affaire Satti », un épisode marquant pour qui avait vécu à Porto Alegre à la fin des années 1980. Mais personne ne m'avait jamais rien demandé ni fait de commentaire au sujet de mon patronyme, si bien que je ne pensais pas vraiment à tout ça et je continuais à faire mon boulot.

Ce jour-là dans le Parc national de Redwood, en plus de me sentir gênée de m'appeler Cecília Matzenbacher, j'ai compris que j'avais été franchement stupide de ne jamais avoir changé de nom. Il était clair que Norberto et Alice savaient qui j'étais, même si pendant la marche ils n'avaient pas osé me poser plus de questions. Autrement dit, il y avait à cet instant trois personnes dans ce coin perdu de Californie en train de penser à ce qui s'était passé le soir du 7 juin 1988 à Porto Alegre. C'était beaucoup plus que ce que je pouvais supporter. J'ai essayé de lutter contre mon malaise en tournant autour de ces arbres au tronc extraordinaire, qui semblaient faits de fibres musculaires.

Le groupe entrait et sortait d'un tronc noirci, tous étaient stupéfaits de constater que ces arbres pouvaient prendre feu, voir leur cœur complètement détruit et, malgré tout, continuer à vivre. À bien vivre, merci pour eux, même creux comme des cavernes. Norberto et Alice – je n'oublierai jamais leurs prénoms – sont sortis du séquoia et se sont approchés de moi.

« Est-ce que par hasard tu serais de la famille de Raul Matzenbacher ? »

Ils me dévisageaient tous les deux, dans l'attente d'une réponse. J'ai sorti le premier mensonge que j'ai réussi à articuler.

« C'est un cousin de mon père. »

Ils ont souri l'un et l'autre.

« Je suis de São Gabriel moi aussi, a dit Norberto. Raul et moi, on était ensemble au lycée. C'est atroce, ce qu'ils lui ont fait à l'époque.

— Comment ça ?

— Satti était son ami.

— Le crime, a ajouté Alice. Tu te rappelles ? Je ne sais pas quel âge tu as.

— Ah, oui. Oui, je me rappelle.

— Tu veux bien nous prendre en photo ? » m'a-t-elle demandé.

Ils ont pris la pose, en se tenant par les épaules, à côté des racines d'un séquoia tombé à terre, impressionnante masse millénaire qui semblait avoir subi une explosion. Rapportées à la hauteur que ces arbres peuvent atteindre, c'est-à-dire l'équivalent d'un immeuble de vingt étages, les racines des séquoias descendent à une profondeur limitée, à peine deux mètres. L'astuce, c'est leur croissance horizontale. Elles vont loin, à quinze, vingt, trente mètres du tronc, et s'unissent aux racines d'autres séquoias, ce qui crée un système d'une grande résistance.

J'ai pris la photo, ils étaient tous les deux minuscules à côté de ce géant de bois. Puis nous avons poursuivi notre marche.

Je n'appelle Vinícius qu'à mon retour à l'hôtel, de longues heures après avoir reçu son message. Il me redit que notre père a subi un accident vasculaire cérébral et qu'il est hospitalisé. Vinícius a pris un avion depuis Rio de Janeiro jusqu'à Porto Alegre dès qu'il a été informé par notre oncle Werner. Marco a roulé pendant quatre heures et demie depuis São Gabriel, laissant son épouse avec Enzo, cinq ans, et Sofia, née il y a seulement trois semaines et quatre jours. Après avoir passé l'après-midi à l'hôpital, arrivé à la conclusion qu'il n'y avait rien à faire si ce n'est attendre, Marco a repris le volant vers São Gabriel, où il vit depuis 2005 (*J'aime la campagne, Ciça, et puis il y a déjà pléthore de pneumologues à Porto Alegre*).

Vinícius loge dans notre vieille maison. Il dit que les étoiles qu'on avait collées au plafond il y a des années sont toujours là, alors je me revois monter l'escabeau avec un volume de l'encyclopédie Britannica à la main pour reproduire le dessin qui servait d'illustration à l'entrée « Constellations ». J'essaie de ne pas céder au sentimentalisme à cause de tout ça. Je m'approche de la fenêtre et regarde en contrebas. De ma chambre, je peux voir la piscine et le bain d'hydromassage.

« Je ne sais pas si je vais pouvoir rester très longtemps ici, me dit Vinícius au téléphone.

— À ton avis, qu'est-ce qu'il fait toute la journée ? Je veux dire, qu'est-ce qu'il faisait avant l'AVC ?

— Il devait passer ses journées à boire, mais maintenant c'est fini, pas vrai ? J'ai ramassé les bouteilles. J'ai compté : cinquante-cinq vides et vingt-trois pleines. Je pense qu'il se fournissait à la frontière.

— Mon Dieu ! Des bouteilles de quoi ?

— Surtout du whisky. Ciça, cette maison est la dernière ici sur la place, tout le reste c'est que des immeubles. Il faut qu'il déménage, je n'arrête pas de le lui répéter, Marco pareil, ça devient dangereux. Et ça n'a pas de sens pour une personne seule de rester dans une maison aussi grande. Tu sais ce qu'il m'a répondu la dernière fois ? *Je ferme les portes, Vinícius, et la maison a la taille que je veux.*

— Bien sûr.

— Je crois qu'il sera transféré dans une chambre à partir de demain ou après-demain.

— Il est encore en soins intensifs, là ?

— Ouais. On n'est pas sortis de l'auberge.

— Comment ça ?

— S'il tient absolument à rester ici, je vais devoir lui trouver une auxiliaire de vie. »

Aussi étrange que cela puisse paraître, la première personne à avoir quitté la maison a été ma mère. Elle est partie en 1995, l'année où j'ai commencé la fac de biologie. Son départ correspondait à un dénouement qui semblait écrit depuis longtemps déjà, mais qui ne s'est finalement concrétisé que tardivement en raison des circonstances. Après août 1990 – date du procès de mon père –, les journaux citaient de moins en moins souvent notre patronyme. Sur les radios locales, on a arrêté les débats sur la personnalité de Raul Matzenbacher, le style de la casquette, la Monza grise à becquet ou sur la fiabilité du témoignage d'une sourde-muette qui ne maîtrisait pas la langue des signes. Pourtant, ma mère semblait encore éprouver ce besoin irrationnel de protéger notre famille, et elle n'arriverait à partir qu'une fois affranchie de cet impératif de loyauté. Quand elle a finalement décidé qu'elle allait commencer une nouvelle vie, au cours de l'été 1995, elle a laissé tomber ses enfants en même temps que son mari, comme si elle était incapable de considérer ces éléments séparément ; elle allait louer un petit appartement et prévoyait de beaucoup voyager, raison pour laquelle elle pensait qu'il valait mieux que mes frères et moi restions dans la maison où nous avions toujours vécu. En plus, nous allions bientôt faire notre vie, nous aussi. Marco était en deuxième année de médecine. Vinícius faisait semblant d'aller en cours d'histoire. « Ça va te plaire la fac, tu as toujours adoré les bestioles, les plantes », m'a dit ma mère tandis qu'elle bouclait sa dernière valise et regardait sa montre avec impatience, en cette journée poisseuse du mois de mars.

Le divorce entre Carmen et Raul a été annoncé dans la presse par la chroniqueuse mondaine Elisa Batalha après quelques semaines seulement. Le billet, très bref, mentionnait le probable « épuisement du couple après une affaire qui aura tenu en haleine la société de l'État du Rio Grande do Sul », avant de conclure sur une note positive et légèrement féministe : « Carmen – qui a renoué avec son nom de jeune fille, Bonacina – a cette chance immense de pouvoir entamer une nouvelle vie. »

La coupure de journal est conservée dans ma boîte portant l'étiquette *1990-1995*.

Au téléphone, Vinícius lâche un long soupir.

« Je n'arrive pas à comprendre pourquoi tu n'es pas là, alors que moi si.

— Oui, ben moi ce que je n'arrive pas à comprendre, c'est pourquoi tu es là-bas. Je crois que je n'ai jamais très bien saisi. En tout cas, il est hors de question que je vienne à Porto Alegre, Vini. »

J'attends le soupir suivant. En bas, une femme entre lentement dans le jacuzzi, faisant durer le plaisir du premier contact avec l'eau chaude.

« Tu t'es contentée d'oublier, finit-il par dire.

— Qu'est-ce que j'ai oublié ?

— Tu as tout laissé derrière toi, tu as recommencé à zéro. Je ne dis pas que tu as eu tort, hein. Ça paraît sensé.

— Tout laisser derrière soi, ça ne veut pas dire oublier. »

Il rit, il n'a pas l'air de me croire.

« Comment va Jesse ? »

Je suis soulagée qu'on change de sujet. Je vis aux États-Unis depuis seize ans et il est très rare qu'une semaine s'écoule sans que je parle à Vini, mais au cours de ces conversations on ne fait presque jamais allusion à ce qui est arrivé à notre famille.

« Tout va bien pour lui. Il est parti en tournée avec son groupe depuis quelques semaines.

— J'ai adoré le dernier album. C'est tellement… sophistiqué. Ce premier morceau, waouh.

— Du rock de vieux, tu veux dire. »

Il rit.

« Jesse est super fort. Toi aussi, tu es super forte, mais je pense qu'il est plus facile pour moi d'avoir un jugement sur la musique.

— Bien sûr.

— Mais j'adore tes animaux empaillés.

— Hum… Merci.

— Parfois, je me demande si tout n'a pas commencé avec le loup à crinière qu'on avait vu dans ce musée miteux du jardin botanique. Ça t'avait fascinée, je me rappelle. Tu voulais toujours y retourner. C'était pourtant déjà en piteux état à l'époque.

— Et toi, d'où t'est venue ton envie de travailler pour le ministère public, à ton avis ?

— Je voulais juste un emploi stable. Inutile de théoriser sur le sujet, Ciça. Mais dis-moi…

— Quoi ?

— Tu ne trouves pas ça bizarre qu'on n'ait pas eu d'enfants, ni toi ni moi ? »

JE N'ARRÊTE PAS de penser à Porto Alegre, et ça me semble déjà plus que suffisant d'avoir à subir le retour incessant de ces petits instantanés. Je veux parler, par exemple, de la place Horizonte telle qu'elle était dans les années 1980, avec des arbres dépouillés, d'autres tout maigrelets entourés d'une protection que le vent finissait par arracher. C'était une place à l'état de projet dans un quartier à l'état de projet dans un pays à l'état de projet, dont l'élément le plus remarquable était un immense réservoir d'eau exactement en son centre, une espèce de calice en béton torsadé, baptisé du nom d'un général quelconque. Les enfants de la rue l'appelaient le château. Moi-même, j'ai été Raiponce à cet endroit, puis Robin des Bois. Ironiquement, lorsque la place a atteint son apogée et que les frondaisons des *sibipirunas* et des *ipês-roxos* ont enfin camouflé le réservoir d'eau, ce sont les maisons qui ont commencé à disparaître, une à une, emportées sous forme de gravats dans des camions à benne.

Je veux parler aussi du muret en pierre, recouvert par les ramifications entrelacées des plantes-crayons. De la Monza garée juste après le portail. Je n'ai absolument pas besoin de retourner là-bas pour retrouver ce décor. J'ai tout ici avec moi.

La maison un samedi d'octobre 1987, une semaine après la dernière partie de chasse dans la pampa. La cheminée exactement comme je l'imagine toujours, avec les cendres accumulées de deux hivers subtropicaux, et ma mère allongée sur le canapé, collants en nylon, jupe noire, blazer jaune à épaulettes, cheveux clairs ostensiblement permanentés exhalant encore une odeur de produit chimique. Elle regardait des photos d'elle dans un album, une chose qu'elle faisait si souvent que ça en était inquiétant. C'était une de ces jeunes mères typiques en proie à l'ennui ; pressée de se marier et de fonder une famille, elle n'avait pas correctement anticipé ce que cela impliquerait pour elle. À la différence de sa mère, de ses grands-mères et de toutes les femmes avant elles, elle n'avait pas été programmée à la perfection pour la vie domestique, mais elle ne s'était pas non plus préparée à autre chose. Les femmes de la génération suivante auraient une carrière, une nounou, des repas livrés à domicile. Carmen Matzenbacher, elle, avait juste d'énormes ambitions.

La vie de ma mère avait commencé bien avant ce que racontait cet album photo. Elle est née en 1949, quelque part dans un repli de la montagne. Petite-fille d'agriculteurs et fille d'une mère au foyer et d'un camionneur, elle était la plus jolie des trois sœurs Bonacina. Enfant, elle rêvait d'être la reine de la Fête du raisin. Tout ce qui brillait était bon à prendre pour se fabriquer une couronne, alors Carmen assemblait des éléments épars – bouts de fourchette, paillettes, coupons de tulle et de soie – et dirigeait sa petite cérémonie de couronnement devant ses deux sœurs cadettes et trois poupées de chiffon, au fond d'une maison bleue en bois dans le district d'Ana-Rech. Cette obsession était probablement liée à l'un de ses premiers souvenirs d'enfance, alors qu'elle se tenait en équilibre sur les épaules de son père : en 1954, du haut de l'estrade montée sur la place Rui Barbosa, à Caxias do Sul, le président de la République, Getúlio Vargas, félicitait la reine de la Fête du raisin.

Il n'y avait pas de photos pour raconter son histoire de petite fille obstinée, il nous fallait donc la croire sur parole quand elle disait qu'elle avait été la plus belle du district, car la seule image de son enfance, due à un photographe ambulant de passage dans nos montagnes, montrait une gamine légèrement floue qui semblait avoir été surprise en train de commettre quelque menu méfait. C'était la première photo de l'album.

Ensuite, on passait directement à 1964 : Carmen sur la scène de la Maison des jeunes et de la culture avec treize autres jeunes filles. Elles se disputaient le titre de reine de la Fête du raisin. Cette fois, c'était une vraie couronne, pas l'ersatz d'attribut royal avec lequel Carmen jouait enfant, et un vrai sacre, pas celui auquel elle rêvait, adolescente, assise devant sa coiffeuse. Les supporters scandaient le nom de leur candidate dans l'atmosphère étouffante de la salle pleine à craquer. À un moment, la musique s'était interrompue et le présentateur avait annoncé le nom des quatre lauréates qui endosseraient le rôle glorieux de princesses de la Fête du raisin 1965. C'est alors que Carmen Bonacina avait entendu son nom prononcé en troisième position dans la liste lue d'une traite. Elle avait fait un pas en avant, prête à s'effondrer peut-être. À ce stade, tout le monde pouvait être certain que Silvia Celli, la Plus Belle Fille de Caxias et par ailleurs Reine du lycée, serait une fois de plus la grande star de la ville.

Ma mère, en tant que princesse, avait fait imprimer une série de cartes postales qui se sont vendues par centaines dans la boutique Optique Caxias. On peut voir les photos originales dans l'album, elle porte la tenue typique des immigrées italiennes et tient un panier rempli de raisin en adoptant les positions les plus abracadabrantes qu'ait jamais vues cette treille. Certaines de ces cartes postales se sont retrouvées dans les toilettes de maisons perdues en pleine cambrousse. On reconnaissait Carmen dans la rue. On l'arrêtait pour lui faire signer des autographes sur les serviettes du glacier local.

Peut-être ces années-là ont-elles forgé son orgueilleuse résignation ; privée de son titre de reine, elle n'a pas arboré cette mine défaite qu'on voit habituellement chez ceux qui repartent avec la médaille d'argent ou de bronze. Elle a voyagé à travers tout le pays pour faire la promotion de l'édition suivante de la Fête du raisin. Elle a été complimentée, jalousée, elle s'est baignée dans la piscine de l'hôtel Glória, elle est montée jusqu'au Christ Rédempteur. Un soir, après avoir bu deux verres de vin *serrano*, elle a glissé à l'oreille d'un serveur, au sommet du Pain de Sucre, qu'être reine c'était juste une question d'état d'esprit, puis elle s'est penchée par-dessus le parapet comme si elle voulait attraper toutes les lumières de Rio de Janeiro. Si je sais tout ça, c'est parce que Lígia Farina, désignée princesse elle aussi cette année-là, se rappelle cet épisode avec une extrême précision. Elle se trouvait à côté de ma mère et l'avait même retenue par la main tellement elle avait eu peur qu'elle se jette dans le vide ou bascule sans le vouloir. « Je suis désolée de te raconter ça, mais c'est toi qui as voulu savoir », me dira Lígia, une tasse de café entre les mains, des décennies plus tard, visage fatigué derrière la vapeur, tandis qu'elle venait de finir une nouvelle journée de boulot à l'hôpital Conceição, où elle était aide-soignante. « Quand j'ai vu le nom de ta mère dans le journal en 1988, je n'ai pas vraiment été surprise. Cette gamine d'Ana-Rech m'avait toujours semblé avoir des prédispositions pour la tragédie. »

Pour le défilé, Silvia Celli avait pris place dans la partie la plus élevée du char allégorique. Elle se tenait en équilibre sur une espèce de globe évidé contenant une grappe de raisin géante. De sa main droite elle tenait les rênes de deux énormes cygnes en peluche prêts à prendre leur envol. Avec sa main gauche, elle saluait les gens massés le long de l'avenue ou suspendus aux balcons de l'hôtel Menegotto. Caxias do Sul n'avait jamais vu une chose pareille.

Au milieu de la foule se trouvait un jeune étudiant en médecine nommé Raul Matzenbacher. Au passage du char allégorique avec les cygnes, il allait tomber sous le charme de l'une des princesses de la fête, qui souriait sur le côté droit, tout en se balançant au rythme d'une bruyante fanfare lycéenne. Quant à elle, elle n'allait repenser que plusieurs jours plus tard à ce garçon bien habillé avec qui elle bavarderait à la fin du défilé, parce que, ce soir-là, Carmen Bonacina allait dîner avec le président Castelo Branco, dont elle ne serait séparée que par trois chaises. Ma mère, la reine et les autres princesses allaient danser et chanter des chansons en vénitien sous le regard impassible du général, espèce de fantôme effrayé par les êtres vivants. Même s'il existe des photos d'elle avec le président, homme courtaud, au menton proéminent, incapable de sourire, toutes ont été retirées de l'album juste après que mon père a lancé sa candidature pour devenir député sous l'étiquette PMDB en 1986, lors des premières élections au suffrage universel direct après vingt-deux ans de dictature.

Disons que c'était le même jour. Pendant que ma mère feuilletait l'album, j'étais dans ma chambre, à l'étage, occupée à apporter la touche finale à ma maquette de chinampas aztèques. J'avais fait les canaux avec une fourchette chauffée au rouge sous la supervision de Marco, puis je les avais peints à la détrempe en bleu. Sur les parterres, j'avais étalé de la colle blanche et une fine couche d'herbe à maté. On y croyait. Sur trois d'entre eux, au centre du grand rectangle de polystyrène, il y avait aussi des bouts de cure-dents que j'avais peints en vert avant d'en plonger une des extrémités dans le pot de peinture jaune. « Là, ce sont les pieds de maïs », expliquerais-je au moment de la présentation à Silvana, ma maîtresse. Mais le clou de ma maquette de chinampas, ce serait la pirogue en cartoline avec un cherokee à son bord. « C'est parce qu'on ne peut pas trouver d'Aztèques dans le commerce », étais-je prête à répondre dans le cas où quelqu'un m'interrogerait sur une telle erreur historique. La figurine représentant l'Indien, dont la peinture s'écaillait, dormait dans le tiroir des jouets oubliés de Vini depuis des années.

Il ne manquait plus grand-chose. J'aurais adoré ajouter quelques canards, mais aucun de ceux que je possédais n'avait les bonnes dimensions.

Depuis que j'avais surpris ma maîtresse en train de pleurer dans les toilettes, je tenais vraiment à faire de mon mieux. Si c'était arrivé, c'est parce que, un matin, je me trouvais assise sur la cuvette, les jambes croisées (mes pieds ne touchaient pas le sol, on ne pouvait pas les voir sous la porte), en train de lire les aventures de Petite Lulu en bande dessinée. Parfois, je faisais ça pour éviter que mes camarades dans la cour ne se disent : « Regardez là-bas la fille bizarre qui lit toute seule dans son coin. » Ce jour-là, Silvana avait dû entrer dans les toilettes, vérifier s'il y avait quelqu'un, et, persuadée que cet espace carrelé de blanc était temporairement à sa seule disposition, elle avait éclaté en sanglots. Au début, c'était plutôt discret, avec des sortes de coups de vent entrant et sortant de son nez. Ensuite, les gémissements avaient commencé. J'ai attendu plusieurs minutes avant d'ouvrir la porte. Je n'avais pas la moindre idée de la personne sur qui j'allais tomber. Quand nous nous sommes retrouvées face à face, Silvana ne m'a pas souri, n'a pas cherché à cacher qu'elle avait les yeux rougis et le nez qui coulait. Elle est restée à me regarder sans rien dire pendant un temps infini, et j'ai compris que ce temps était celui des secrets. Je me suis lavé les mains tandis que Silvana se tamponnait les yeux avec un bout de papier hygiénique. Puis nous sommes sorties, l'une après l'autre, dans la lumière explosive de la cour. Depuis que j'avais franchi la porte de ces toilettes, je m'efforçais d'être la meilleure élève possible.

J'étais en train de mettre un peu plus d'herbe à maté sur les parterres de ma maquette quand j'ai commencé à entendre une batterie. Je me suis frotté les mains pour enlever le vert et je me suis levée. Vinícius venait d'allumer le tourne-disque. Cela faisait un an qu'il écoutait de la musique de manière obsessionnelle, il avait remplacé ses disques de Balão Mágico d'abord par ceux de Paralamas do Sucesso et Legião Urbana, puis par ceux de toute une série de types aux cheveux en pétard qui chantaient en anglais. Mon frère n'écoutait de la musique à un volume pareil que quand notre père n'était pas à la maison.

J'ai transporté ma chaise au pied de la fenêtre et je suis montée dessus pour l'ouvrir. Comme mon frère laissait toujours celles de sa chambre ouvertes, la musique s'entendait depuis l'extérieur. Perchée sur ma chaise, je pouvais voir notre jardin à l'arrière de la maison, le barbecue et l'emplacement entre la maison et le muret où mon père garait sa voiture.

Je ne savais pas comment s'appelaient ces groupes, mais je leur avais inventé des noms et j'étais capable de les reconnaître. Ce samedi-là, c'était Voix de caïman qui chantait. Mon morceau préféré était le troisième de l'album. Le premier touchait presque à sa fin quand j'ai entendu les chaussures de ma mère dans l'escalier. J'ai tout juste eu le temps de descendre de ma chaise et de m'asseoir par terre à moitié de travers à côté de ma maquette.

La porte s'est ouverte.

« Ciça, tu voudrais bien apporter la Sainte Vierge à Marli ? »

Elle ne m'avait jamais demandé ça.

« D'accord. »

Elle a jeté un coup d'œil dans la chambre. Je m'attendais à ce qu'elle dise quelque chose sur ma maquette.

« Qu'est-ce que cette chaise fait à côté de la fenêtre ? »

Mais elle a refermé la porte derrière elle avant même que j'aie eu le temps de réfléchir à ce que j'allais lui répondre.

Maintenant, j'étais sur le trottoir tenant dans mes bras la petite chapelle avec la Sainte Vierge, l'une des cinquante-deux que la paroisse de São Manoel faisait circuler dans le quartier. D'après le père Emiliano – parfois ma mère nous emmenait à la messe –, il était crucial de transmettre la Sainte Vierge à la famille suivante au bout de soixante-douze heures afin que tous les foyers soient équitablement bénis. Après nous, c'était toujours au tour de Marli, et je savais que la chapelle devait être chez elle au plus tard à neuf heures du matin.

Il était déjà plus de deux heures de l'après-midi. Je marchais les bras bien tendus, en prenant soin de ne pas laisser de traces de doigt sur le verre. J'ai jeté un œil vers la place pour voir si par hasard des voisins ne s'y trouvaient pas – eh, c'est que j'avais neuf ans et que j'étais en pleine procession religieuse sur une distance de deux pâtés de maisons et demi ! –, mais je n'ai aperçu que les arbustes et les bancs publics sur lesquels on avait gravé des cœurs et des prénoms. Je suis passée devant la guérite vide où il y avait toujours un agent de sécurité à partir de dix-huit heures, et j'ai tourné dans la première rue à gauche. C'est là qu'habitait mon oncle Werner, le frère de mon père, dans une maison encore plus grande que la nôtre. Marli et Adelino vivaient dans leur garage.

Devant le portail, j'ai posé la chapelle miniature sur le trottoir moussu. J'ai appuyé sur un des boutons de l'interphone. Marli est venue m'ouvrir. Elle s'essuyait les mains sur un tablier et souriait.

« Tiens, tiens, Ciça et la Sainte Vierge. »

Elle était née à São Gabriel et avait commencé à travailler dans le domaine de mes grands-parents à l'âge de seize ans.

À présent, elle était mariée et mère de famille. Elle travaillait la moitié du temps chez nous et l'autre moitié chez mon oncle Werner et ma tante Eliane. Adelino était l'employé de maison, l'homme à tout faire de la famille. Leurs deux enfants vivaient dans l'intérieur des terres chez les parents de Marli, dans une maison en bois toute de guingois.

« Entre une minute, Ciça, j'ai quelque chose pour ta mère. »

Le garage était sombre, il n'y avait pas la moindre fenêtre. Les murs et le sol en ciment semblaient vouloir pour eux toute la lumière qu'émettaient les ampoules. Marli a installé la chapelle sur une table basse couverte d'une nappe au crochet avec un pot de fleurs artificielles. Elle est allée jusqu'à sa machine à coudre et est revenue avec un sac.

« Tiens, il y a deux pantalons pour Mme Carmen et deux pour M. Satti. »

J'ai pris le sac.

« Je lui ai fait les ourlets, m'a-t-elle dit, toute fière.

— João m'a donné une sucette chewing-gum, ai-je répondu, avec l'envie de me mettre un peu en avant, moi aussi. La semaine dernière.

— Il t'a à la bonne, Ciça. Tu crois qu'on verra M. Satti à la télé avec un pantalon que je lui ai retouché ? Ou peut-être qu'il le mettra pour faire un beau discours à l'Assemblée. »

Le député et journaliste João Carlos Satti avait très probablement lu des choses au sujet de Joe Farman. Farman était un géophysicien britannique qui, depuis le milieu des années 1970, effectuait des mesures de l'ozone dans l'atmosphère. À partir d'un endroit qu'on appelle la barrière de Brunt, en Antarctique, il a lancé d'innombrables ballons-sondes météorologiques sur lesquels était tant bien que mal arrimé un appareil de mesure Dobson, enroulé dans une couverture bleue. Chaque fois qu'ils revenaient sur la surface de glace, ces ballons rapportaient de mauvaises nouvelles : il y avait dans la couche d'ozone un trou de plus en plus grand, dont l'homme était possiblement responsable.

Pendant les années 1980, Joe Farman a également lancé ses ballons à des milliers de kilomètres de la barrière de Brunt.

En analysant ensuite les données collectées, il est arrivé à la conclusion que ce trou était d'une taille équivalente à celle du territoire des États-Unis. La publication de ses découvertes dans la revue *Nature* en 1985 a mis en émoi le monde scientifique.

Trouver un trou, c'est un concept étrange. Pour repérer ce qui n'est plus là, il faut en réalité identifier ce qui est resté intact.

Il est rapidement devenu évident pour la communauté scientifique que les chlorofluorocarbones, les fameux CFC, étaient les principaux responsables de la destruction de la couche d'ozone, cette partie de la stratosphère qui protège les êtres vivants des rayons ultraviolets émis par le soleil. De très nombreux pays ont alors commencé à adopter des lois interdisant l'utilisation de ces substances, présentes par exemple dans les insecticides, les déodorants et les réfrigérateurs.

En août 1987, João Carlos Satti a présenté à l'Assemblée législative un projet qui, s'il était approuvé, devait conduire à l'interdiction de la commercialisation de produits contenant des CFC dans tout l'État du Rio Grande do Sul. C'était la première proposition de ce type sur le territoire brésilien, alors que les interdictions se multipliaient partout dans le monde.

Raul Matzenbacher et João Carlos Satti appartenaient au même groupe parlementaire. Mais, tandis que Satti était un progressiste, possiblement enthousiasmé de voir son pays renouer peu à peu avec un régime démocratique, mon père était un conservateur climatosceptique. La collision de ces deux trajectoires allait montrer qu'au bout du compte lorsque le Brésil changeait, il ne manquait jamais de rester exactement égal à lui-même.

C'était un dimanche après-midi au cours de cette année-là, Satti a garé son Escort XR3 bleue le long du trottoir sur la place Horizonte. Il a sorti son calibre 38 de la boîte à gants et l'a glissé derrière sa ceinture, en le cachant sous sa chemise à carreaux. Il a regardé attentivement autour de lui et aperçu une petite vieille qui donnait à manger aux pigeons, puis deux enfants qui se vautraient dans un bac à sable sombre et collant.

Il a traversé la rue avec le vent en pleine figure, gêné par une mèche de cheveux rabattue sur le front parce qu'il n'avait pas mis de gel. Il a sonné chez nous.

« Tiens, Satti. Ça va ?

— Non, ça ne va pas, Carmen, ça ne va pas du tout. »

Ils ont tous les deux rejoint le salon. Il y avait au moins une heure que mes frères et moi étions assis autour de la table de la salle à manger, occupés à jouer à *Destins – Le jeu de la vie*, et tout indiquait que c'était moi qui allais gagner.

Votre yacht a percuté un iceberg. Vendez des blocs de glace et recevez 10 000 $.

Mon père lisait le *Correio do Povo*. Un exemplaire de *Zero Hora* était posé sur l'accoudoir du fauteuil. Ces derniers jours, les journaux faisaient tous leur une sur la mutinerie à la Prison centrale, qui avait permis l'évasion de criminels de premier plan et démoralisé les forces de police. Le 10 août, on allait retrouver l'un des mutins, Vico, mort sur le bas-côté de la BR-290, à Cachoeirinha. Il était couché sur le ventre, mains ligotées, à quelques mètres à peine de sa compagne, Jussana, tous deux ayant reçu plusieurs balles dans la tête et dans le dos. Jussana avait aussi des traces de brûlures sur les mains. Le 28 août, Melara, le bandit le plus célèbre du Rio Grande do Sul, avait réussi à s'évader de la maison d'arrêt de Charqueadas. Le même jour, Fontella – qui, depuis le littoral de São Paulo, avait envoyé les armes utilisées lors de la mutinerie de juillet à la Prison centrale – avait dirigé deux braquages de banque en l'espace d'à peine une heure et demie. Enfin, le 6 septembre, le jour où Satti a débarqué chez nous en disant que ça n'allait pas du tout, Melara s'était fait reprendre par la police.

Mon père a abandonné le journal sur le canapé et s'est levé pour venir le saluer.

« Tu as mangé ? Il nous reste un peu de viande du déjeuner, très bonne.

— Non merci, Raul, il faut que je te parle. »

Il s'est écroulé dans le fauteuil comme si ses jambes s'étaient brutalement arrêtées de fonctionner, a lancé un regard vers mes frères et moi et contracté sa bouche en un sourire éteint.

Rien à voir avec notre cher João qui venait toujours avec des bonbons et des chewing-gums plein les poches, avançant au ralenti et m'appelant à l'aide pour le soulager de ce poids considérable.

« Un problème ? a demandé mon père.

— Raconte, Satti, a dit ma mère.

— S'il n'y en avait qu'un, de problème, ça irait. Comment est-ce que tu as pu laisser ton mari devenir député, Carmen ? »

Ma mère est partie d'un énorme éclat de rire. Satti est resté sérieux.

« Moi, si j'avais une femme, je lui aurais dit : "Mets ton veto, je t'en supplie, empêche-moi de faire une chose pareille." La sécurité publique en plein chaos, après ça la police qui abat Vico...

— Un bon bandit, c'est...

— Ah, je t'en prie, Raul. On ne résoudra rien de cette façon.

— D'accord, Satti, mais tu n'es pas secrétaire à la Sécurité. Et ils ont chopé Melara aujourd'hui.

— Je sais. Mais ce n'est pas de ça que je suis venu te parler. Je suis venu pour un sac de nœuds, les CFC.

— Un beau sac de nœuds, oui. Mais, là, tu y es pour quelque chose.

— Écoute-moi. Hier, je suis allé chez Zequinha. Sur le coup de 22 h 30, j'étais en train de monter dans ma voiture quand j'ai vu un type traverser la rue et venir dans ma direction. La trentaine, bien habillé et tout. Il est passé à côté de moi et m'a lancé : "Tu ferais bien de faire attention à toi, député Ozone." Et il a filé. Donc, il semblerait que je sois devenu le député Ozone.

— Satti, c'est grave, là », a dit Carmen, et elle s'est levée.

Raul a sorti son paquet de Minister de la poche de sa chemise et a allumé une cigarette.

« Est-ce que tu t'es déjà arrêté une seconde pour réfléchir à l'idée que personne ne l'a jamais vue, cette couche d'ozone ? »

La fumée s'est élevée et Satti l'a accompagnée du regard, puis il a dévisagé mon père, perplexe.

« Je n'ai jamais vu non plus l'oxygène qui rentre par mes narines, Raul, mais j'ai appris grâce à la science qu'il existait. »

Mon père a ri, un peu gêné. Il n'était pas idiot, mais Satti lui semblait trop excentrique à vouloir défendre une politique pro-environnement dans un pays comme le nôtre en 1987.

« Je vais nous faire un petit café, a dit Carmen.

— Un café, je veux bien. »

Dans notre partie de *Destins – Le jeu de la vie*, Marco était au bord de la faillite et Vinicíus venait tout juste de perdre deux cent mille à mon profit en tombant sur la case Vengeance. J'avais déjà des tas de billets et je m'apprêtais à céder cinq pions-personnages pour quarante-huit mille chacun.

Votre bouc a mangé des orchidées de concours. Payez 3 000 $.

« Il y a des industriels qui n'apprécient pas franchement toute cette histoire, a repris mon père. Ernani Gazotti, par exemple. Il a appelé en personne tous les membres de notre groupe.

— Je sais, j'ai déjà essayé de le rassurer, le vieux. Je lui ai dit : "Monsieur Gazotti, vous ne comprenez pas, vous pourriez même tirer profit de tout ça." Il pourrait raconter qu'il œuvre pour le bien de la planète. On voit d'ici une campagne de com' avec des gamins qui courent au milieu des arbres, puis apparaissent le père, la mère, le grand-père...

— Bien sûr.

— Il est dans quoi au juste, Gazotti ? a crié Carmen depuis la cuisine.

— Les insecticides, a répondu Raul.

— Et à la fin, zoom sur le spray et le slogan : "Protégez-vous en protégeant la planète." »

Marco a prévenu qu'il allait miser le tout sur le tout et tenter de devenir milliardaire. Il a parié sur le huit, a fait tourner la roulette et a gagné. Il a levé les bras et s'est écrié « J'y crois pas ! », une célébration à laquelle les adultes du salon n'ont prêté aucune attention. J'ai commencé à ranger les pièces du jeu, ce qui est précisément ce que font les perdants : ce sont les premiers à vouloir faire disparaître les preuves de leur défaite.

Ma mère a posé les tasses de café sur la table basse.

« Tu as reçu d'autres menaces ? a-t-elle demandé.

— Tu parles, c'est permanent. Ils appellent à la maison et raccrochent dès qu'on répond. Mais ce n'est pas eux qui m'inquiètent le plus, ceux-là sont des lâches. Le problème, c'est que Fred a la trouille. »

João Carlos Satti avait quarante-deux ans. Il ne s'était jamais marié. Il était connu dans la ville pour attirer l'attention des femmes, sans être particulièrement bel homme : un visage que menaçait une certaine flaccidité, un sourire de fumeur, des cernes creusés par des nuits trop courtes. C'était son charisme qui faisait toute la différence. Les femmes appréciaient ses connaissances encyclopédiques et son cosmopolitisme, associés sans coutures apparentes à une sorte de primitivisme gaúcho. Il écoutait de l'opéra et fréquentait la Califórnia da Canção. Il pouvait faire griller à la broche une quinzaine de côtes de bœuf tout en discourant sur Ronald Reagan, Margaret Thatcher et la fin imminente de l'Union soviétique. C'est en 1987 que Fred a emménagé chez Satti dans l'appartement de la rue Quintino Bocaiuva. À ses amis les plus proches, dont faisaient partie mes parents, il avait expliqué que ce garçon de vingt et un ans était né d'une relation qu'il avait eue avec une standardiste de Radio Gaúcha. Cette année-là, elle et leur fils avaient *commencé à ne plus très bien s'entendre*, Satti avait alors décidé d'intervenir et d'enfin assumer ses responsabilités de père. Dans un entretien pour le service de recherche et de documentation historique et le musée de l'Assemblée législative, le député déclarerait un jour : « Tout cela a marqué très douloureusement ma vie. J'ai cherché à corriger mes erreurs l'année dernière, et aujourd'hui j'entretiens avec ce garçon, avec ce jeune homme, les meilleurs rapports du monde. »

« Satti, a dit ma mère, à mon avis, tu devrais parler de ça à la police, pour qu'ils postent deux agents devant chez toi.

— J'y ai pensé.

— Et demande à être placé sur écoute pour savoir qui t'appelle, a ajouté Raul.

— Pourquoi pas ? Moi, ça va, je suis serein, mais c'est Fred qui s'inquiète. Moi, je sais comment me défendre depuis que je suis né. »

J'imagine qu'à cet instant Satti a soulevé sa chemise pour montrer son calibre 38. Mon père est monté dans les tours.

« Bon sang, t'es obligé de porter une arme quand tu te pointes ici, chez moi ?

— Pas chez toi, Raul, mais c'est au moment où je descends de voiture que je dois faire attention.

— Devant les gosses, Satti !

— Je ne voulais effrayer personne, a-t-il dit et il a jeté un coup d'œil vers mes frères et moi. Je suis désolé, les enfants.

— C'est rien », a répondu ma mère à notre place.

Satti a empoigné son arme. Désormais, je voyais distinctement la crosse en bois et le métal brillant du canon.

« Juste pour rassurer tout le monde, je vais enlever les balles, d'accord ?

— Pas la peine, a dit mon père.

— Si, si. Tu viens de dire quelque chose d'essentiel, Raul. Ce rôle de père et tout ça, c'est encore très nouveau pour moi, mais tu as raison. On doit faire attention. Surtout avec les enfants. »

Satti a ouvert le barillet et a posé une à une les six balles dorées à côté de sa tasse vide.

SI JESSE m'appelle, je vais lui dire que mon père a fait un AVC. Je m'entraîne dans ma tête, *Jesse, il est arrivé quelque chose à mon père*, et je sais que lui ne me jugera pas si je ne suis pas en pleurs parce que c'est la seule personne dans ce pays tout entier qui connaît l'histoire dans les moindres détails. Malgré tout, je me sens mal à l'aise, inhibée par une espèce de culpabilité, comme si prononcer cette phrase, *mon père a fait un AVC*, impliquait nécessairement une série d'actions en cascade : je devrais chercher un vol pour le lendemain et payer le prix quel qu'il soit, attendre dans des aéroports tout en échangeant avec ma famille des messages inquiets, puis m'émouvoir en voyant le dernier de mes trois avions décrire une courbe au-dessus d'une ville délimitée au nord et à l'ouest par les eaux marron – mélange de vase, d'ordures et de lumière – d'un grand lac étrange. Dans la foulée, je monterais dans un taxi pour rejoindre la maison de mon enfance, je me souviendrais de choses qui se sont déroulées il y a longtemps dans les endroits que je traverserais, et dans *cet* endroit en particulier, dans la maison de mon enfance, je retrouverais mon père fragilisé, malade, cet homme que, d'après ce qui est communément admis, je devrais aimer et dont je devrais prendre soin.

Mais je suis dans une chambre d'hôtel, me dis-je à moi-même. Très loin de Porto Alegre. Je dois en profiter, tirer avantage de ce que je dispose encore d'une semaine au moins dans cette bulle indéfinie. J'essaie de m'accrocher avec force à l'idée de répétition : une chambre identique à celle d'à côté identique à celle d'à côté identique à celle d'à côté. C'est comme si les mêmes couvre-lits, les mêmes chaises et les mêmes luminaires, disposés encore et toujours selon les mêmes configurations, faisaient écho aux modalités limitées des drames humains qui se vivent ici. L'espace d'un instant, le poids de mon histoire en semble diminué.

Je suis juste une cliente de plus qui utilise une serviette blanche, range sa carte-clé dans son sac et monte dans l'ascenseur. Mais il y a déjà au moins une heure que le soleil s'est couché. Il n'y a personne d'autre que moi au bord de la piscine. Je retire mes vêtements et je sens que j'ai la chair de poule. Je m'approche de l'eau. Je regarde les baies vitrées et les balcons partout autour de moi, une mosaïque en clair-obscur qui commence à me mettre mal à l'aise. Alors je saute dans l'eau pas très chaude et je perfectionne ma pratique de la brasse jusqu'à ce qu'un employé de l'hôtel s'accroupisse pour m'indiquer qu'il est déjà vingt-deux heures et qu'il doit fermer la piscine. Je sors de l'eau sans être très pressée de me sécher. Je prends une autre serviette blanche pour me faire un turban, et c'est alors que je vois une femme debout sur un des balcons.

Elle m'observe, je le sais. Je vois le contour de son peignoir et ses cheveux longs. Nous nous dévisageons. Pendant un instant, elle se retourne vers la chambre, peut-être dit-elle quelque chose à quelqu'un qui se trouve à l'intérieur, mais elle reprend bientôt sa position de départ, ses doigts touchent légèrement la balustrade.

Je pense à ma mère aux Caraïbes, chambre avec vue sur la mer, coupe de champagne à la main sur fond de musique latina, le décor et les accessoires nécessaires pour saisir ce qui s'offre à elle comme *cette chance immense de pouvoir entamer une nouvelle vie*. C'est donc à moitié sans m'en apercevoir que je regagne ma chambre, choisis des habits, me sèche les cheveux et enfile mes éternelles boots Blundstone. Je cherche un bar à proximité de l'hôtel et je m'assois au comptoir exactement de la même façon que Carmen – *qui a renoué avec son nom de jeune fille, Bonacina* – s'est assise à Tampa, Nassau, Tortola, Saint John's, remuant la paille de son drink en attendant que quelqu'un vienne lui parler. Quelques rencontres ont certainement eu lieu dans ces bars des Caraïbes avec toits en paille et embruns de l'Atlantique, même si la chance ne sourit jamais aux femmes divorcées bientôt quinquagénaires – c'était particulièrement vrai dans les années 1990. Toujours est-il que c'est ainsi qu'elle a fait la connaissance d'un certain Guillermo. Il jouait du saxo sur un paquebot, c'était le musicien le plus âgé du groupe. Au moment de leur rencontre, il avait perdu sa femme moins d'un an auparavant, elle était décédée des suites d'une maladie qui tue lentement. Je ne sais pas ce qu'il a promis à ma mère, mais je sais qu'elle a nourri de très fortes attentes à son égard. Pendant plusieurs mois, depuis son nouvel appartement à Porto Alegre, elle appelait chez nous, place Horizonte, et elle me racontait qu'elle allait peut-être se remarier et partait dans des éclats de rire hystériques tout en discourant sur les vagues qualités de cet Argentin dont elle ne savait quasiment rien. Puis un jour, Guillermo a disparu. La compagnie de croisière a indiqué à ma mère qu'il ne travaillait plus pour eux, rien de plus. Il pouvait se trouver n'importe où sur le globe.

Au bar, je demande un whisky sans glace. Il y a derrière moi trois tables de billard, toutes occupées. Un jukebox numérique joue un truc que Jesse appellerait du *rock d'autoroute* (*Dis-moi un peu si ça te donne pas des démangeaisons asphaltiques, ce genre de musique*). Je n'aurai pas attendu longtemps que quelqu'un vienne s'asseoir assez près de moi pour engager la conversation. C'est un type de mon âge, mignon, avec une barbe irrégulière et une casquette noire enfoncée sur le crâne.

« Ça fait trop pour moi », me dit-il en poussant dans ma direction un petit panier de frites.

J'en attrape une. Son pantalon couvert de taches est typique de ces gens qui font tout de leurs propres mains, ce que confirment ses ongles, et je trouve ça plutôt attirant.

« Tu habites dans le coin ? me demande-t-il.

— Non, Los Angeles. Et toi ?

— Volkswagen Westfalia. Je l'ai acheté l'an dernier, je suis sur la route depuis l'automne.

— Waouh. T'as tout lâché ?

— Oh, j'avais pas grand-chose à lâcher. Mon meilleur ami m'a offert un livre, ç'a été pour moi une sorte de signe divin, tu vois ? Par exemple, il y a des gens qui croient reconnaître Elvis dans une frite. »

J'éclate de rire.

« Tu crois qu'Elvis dans une frite, c'est un signe divin ?

— Bon, d'accord, ou Jésus si tu veux. Donc mon ami m'a offert un livre qui s'appelle *Walden sur roues*. Apparemment, le vrai *Walden*, au départ, c'est un autre bouquin écrit par un type qui s'était retiré dans une cabane il y a des siècles.

— Henry David Thoreau.

— Bref. Ce bouquin que j'ai reçu en cadeau raconte l'histoire d'un gars qui a décidé de vivre dans un van. Là, on est dans le concret, plus qu'avec le vieux Walden, non ? Or il se passait rien dans ma vie l'an dernier, j'avais que des emmerdements, alors j'ai vu tout ça comme un signe. J'ai acheté un van et aussitôt après, alors que j'étais en train de le remettre en état, mon ami a fait une overdose.

— Mon Dieu. Il est mort ?

— Ahan.

— Je suis désolée. »

Silence pesant.

« Tu crois pas qu'on a tendance à voir des signes partout dans des moments pareils ? lui dis-je subitement. On veut changer de vie et on attend qu'une chose précise se présente qui servira plus ou moins à justifier cette envie, ensuite on s'accroche à cette chose parce que c'est le seul moyen de, je sais pas moi, trouver le courage nécessaire, non ? »

Il boit une gorgée de bière, puis il repose son verre avec un bruit mat.

« Je crois qu'il va falloir que je médite un peu sur la question. »

J'avais juste envie de sexe, et voilà que je me lance dans une conversation profonde. J'essaie de corriger le tir.

« Donc tu t'arrêtes dans des campings, alors ?

— Ah, seulement quand c'est nécessaire. Il est tout à fait possible de faire jusqu'à huit jours de *boondocking* si t'es débrouillard. » On voit que ça lui plaît de raconter ça, de montrer qu'il est débrouillard. « Après, je passe une ou deux nuits dans un endroit pas cher, pour prendre une douche, ce genre de chose.

— *Boondocking* ?

— T'es pas américaine, si ?

— Non.

— Tu viens d'où ?

— Du Brésil. »

Il boit une nouvelle gorgée de bière. Moi, j'ai déjà fini mon whisky.

« J'avais remarqué ton accent. En gros, tu t'installes au milieu de la forêt et tu croises les doigts pour que personne te repère.

— Ç'a l'air amusant.

— Et c'est gratuit. C'est du whisky que tu bois ?

— Ahan. »

Il me regarde comme s'il s'efforçait de comprendre quel genre de femme je suis.

« Je vais commander deux whiskies, alors.

— D'accord.

— Deux comme ça, s'il vous plaît ! » crie-t-il au barman, en montrant mon verre vide.

« Bon, alors, lui dis-je en me tournant pour le regarder bien en face. Cette nuit, c'est *boondocking* ou camping pas cher ? »

Il se marre.

« J'avais pas encore décidé. Mais il y a sans doute un moyen de trouver un endroit tranquille. »

Il se lève et me dit qu'il a besoin d'aller aux toilettes. Les boissons arrivent. C'est un homme plus beau debout, il a l'allure de quelqu'un qui s'est musclé au gré des circonstances de la vie. Il me sourit, dit qu'il revient tout de suite et commence à marcher lentement vers le fond du bar. Je bois une gorgée de whisky, regarde de nouveau dans sa direction et c'est alors que je vois ce qui est écrit, en lettres jaunes, au dos de son blouson : *Association des chasseurs de l'Oregon.*

Je sens mon cœur qui s'affole tel un vieux moteur déglingué. Sans quitter des yeux la porte des toilettes, j'attrape mon sac, j'ouvre la fermeture et je cherche, les mains tremblantes, un billet de dix dollars. C'était une mauvaise idée depuis le début, me dis-je. Je trouve mon portefeuille, j'en sors un billet que je glisse sous le verre. Cette foutue tentation de faire des conneries quand tout semble s'écrouler autour de moi. Quand je me lève, je vois que le barman me regarde en essayant probablement de comprendre ce qui a mal tourné. Je tourne les talons et quitte le bar.

Au cours de ma vie d'adulte, je suis tombée sur des chasseurs bien plus souvent que je ne l'aurais souhaité. C'est arrivé à partir du moment où j'ai commencé à fréquenter les éditions bisannuelles du championnat du monde de taxidermie, un passage obligé si je voulais faire carrière dans ce domaine. C'était un événement où les chasseurs étaient présents en masse. Ceux qui avaient plus de cinquante ans avaient appris le métier grâce aux cours par correspondance de J. W. Elwood, qui avait fait de la pub dans des magazines de chasse pendant des décennies. Les plus jeunes avaient dépouillé des souris et des écureuils, façonné des volumes en mousse et confectionné des têtes avec du plâtre et des armatures métalliques en s'aidant de tutoriels sur YouTube. D'autres avaient économisé pour se payer des formations de quatre semaines dans des endroits tels que Kooskia dans l'Idaho ou Springtown au Texas, puis ils étaient revenus dans leur ville natale et avaient ouvert un petit atelier dans le garage de leur maison, où ils recevaient les chasseurs de la région et montaient trois têtes de cerf par jour sur des mannequins en polyuréthane achetés sur Internet.

Parmi les gens qui fréquentaient le championnat, certains portaient des casquettes à l'effigie de quincailleries locales et des tee-shirts amusants (*Y a des papis qui jouent au loto. Les vrais papis vont à la chasse*). Les plus stylés estimaient qu'un tel événement méritait qu'on sorte sa plus belle chemise blanche, ses santiags et son *bolo tie* argent et turquoise. La plus grosse cohorte, cependant, rassemblait ceux qui portaient des tenues de camouflage, comme s'ils étaient encore au milieu de la forêt et non dans l'espace de conventions d'un hôtel ; ils faisaient nerveusement d'ultimes retouches avant que le jury vienne évaluer la qualité de leur travail de taxidermiste.

Et il y avait également ceux que j'appelais les *naturalistes*. Ils étaient peu nombreux et ne s'habillaient pas d'une façon particulière. C'était avec eux que je voulais apprendre. Dans l'univers de la taxidermie, à mon sens c'étaient les plus obsessionnels. Ils étaient animés par l'idée fixe de recréer la nature à la perfection. En cela, ils se distinguaient des chasseurs, qui inévitablement succombaient à la tentation de s'autocélébrer par l'entremise de l'animal. Ce que je veux dire, c'est qu'il arrivait fréquemment que les chasseurs naturalisent ces animaux en les rendant plus imposants et hardis qu'ils ne l'étaient réellement quand ils étaient vivants. Et j'étais plus que fatiguée – presque écœurée, pour tout dire – de voir des trophées de chasse reproduisant le réflexe de flehmen de l'animal : le cerf mâle le cou dressé, la lèvre supérieure retroussée d'une manière presque grotesque, les naseaux ostensiblement dilatés en quête d'œstrogènes. Donner du pouvoir à l'animal était un moyen de s'en donner à soi-même.

Les naturalistes, méprisant ce type de récit, avaient une approche éthique fort différente. Ceux qui travaillaient pour des musées s'occupaient d'animaux abattus longtemps auparavant, dans un monde presque méconnaissable où il ne semblait pas contradictoire de tuer au nom de la conservation de la nature et de l'éducation à l'environnement. Le fait qu'ils n'aient pas eux-mêmes appuyé sur la détente pesait en leur faveur. Malgré tout, beaucoup finissaient par être ébranlés par des cas de conscience (*Tous les musées d'histoire naturelle ont été fondés sur la base de principes anthropocentrés très discutables, Cecília*, m'avait dit un jour un type avec qui j'avais travaillé. *Tu crois que présenter des animaux dans une vitrine, ça aide à rapprocher les gens de la nature ? Pas du tout, c'est même exactement le contraire ! Ça institutionnalise les animaux, les plantes, ça laisse penser que tout ça n'a aucun lien avec la vie des gens. Aucun lien avec ce qui se trouve à l'extérieur de la vitrine. Parfois, ça ressemble même à une conspiration pour tout détruire, tu sais ?*). Quant aux naturalistes qui faisaient de la taxidermie dans un but commercial, ils n'utilisaient dans leur immense majorité que la peau d'animaux qui étaient morts de manière naturelle ou accidentelle.

En 2009, je suis allée au championnat du monde de taxidermie pour la première fois. Ç'a beau s'appeler championnat « du monde », l'événement se déroule toujours aux États-Unis. J'ai pris l'avion pour le Missouri. À l'époque, je vivais encore à Oakland, dans la chambre que je sous-louais au couple de tatoueurs, mais vu que mon activité de guide touristique avait périclité – victime de la crise de 2008 –, je m'étais retrouvée derrière le comptoir d'une boutique dans le genre cabinet de curiosités. Dans la foulée, je me suis inscrite à un cours intensif de taxidermie dans l'Idaho, ce qui m'a conduite à faire un travail non rémunéré deux fois par semaine à l'Académie des sciences de Californie, à San Francisco, où j'ai appris presque tout ce que je sais aujourd'hui. J'ai commencé à vendre mes animaux dans la boutique, au milieu des vertèbres de chauves-souris, des améthystes, des illustrations scientifiques, des étoiles de mer, des plantes carnivores. Pour je ne sais quelle raison, les gens avaient envie de faire entrer le monde naturel chez eux. L'époque contemporaine semblait regarder avec admiration – mais non sans une certaine ironie – le monde victorien. Bien souvent, j'observais ces étagères dans la boutique, ce décor à base de nature collectionnable, et je repensais au taxidermiste qui avait des cas de conscience. Devais-je interpréter cet intérêt des nouvelles générations comme un signe positif ou négatif ?

C'est cette Cecília Matzenbacher qui s'est envolée pour Saint Charles, Missouri. Pour cette édition, je me suis contentée d'observer. J'ai analysé, fascinée, le travail des innombrables concurrents en lice dans quantité de catégories et sous-catégories : Mammifère de grande taille, Dindon aux ailes déployées, Reptile, Groupe de canards. Les naturalisations étaient exposées dans un vaste centre des congrès éclairé par des néons. Les gens déambulaient, examinaient minutieusement les spécimens présentés et se mettaient aussitôt à débattre sur des questions anatomiques, sur l'utilisation de tel ou tel matériau, avec un niveau de précision stupéfiant.

Deux ans plus tard, j'étais de retour et je me sentais suffisamment préparée pour m'inscrire dans la catégorie la plus exigeante du championnat : Sculpture en temps réel. À la date et à l'heure indiquées sur le programme, les candidats devaient sculpter, sous le regard de l'assistance, le mannequin d'un animal précis, unique, dont les mesures anatomiques et des photos de référence pouvaient être accrochées sur les parois de la cabine attribuée à chaque participant. C'était l'époque où les taxidermistes rejetaient les mannequins préfabriqués commercialisés à grande échelle depuis les années 1980. L'époque où les naturalistes brillaient.

J'ai travaillé sur un puma. Il avait été percuté à Malibu par une femme qui se rendait à son travail en voiture. En pleurs, elle s'était garée sur le bas-côté et avait appelé la police. Un peu plus tard, c'était au tour de la police de me contacter.

Ce puma m'a permis de remporter une médaille d'or. Donner du pouvoir à l'animal était un moyen de s'en donner à soi-même. Ma médaille autour du cou, j'étais en train de manger mon dessert au dîner de remise de prix quand un homme s'est approché de moi. Il avait la quarantaine et portait un costume avec *bolo tie*. Andrew Norton.

« Bonsoir, je m'appelle Andrew Norton.

— Bonsoir, Andrew. »

Il était le petit-fils du vieil et respecté Joseph Norton, qui était encore en vie à l'époque, mais n'avait plus la main aussi ferme qu'autrefois. Il m'a demandé s'il pouvait s'asseoir à mes côtés et a approché une chaise. En raclant la nappe avec une fourchette – il était un peu timide –, il m'a fait savoir qu'il aimerait beaucoup que je vienne travailler chez Norton Taxidermie. J'ai essayé de rester calme et j'ai répondu que j'adorerais. Norton travaillait avec les plus grands musées d'histoire naturelle du pays, qui au cours des dernières décennies avaient licencié leurs taxidermistes et externalisé leur travail. Jamais je n'avais imaginé que je pourrais arriver si haut.

Pour que les choses soient claires dès le départ, je lui ai dit : « Je ne fais pas les trophées de chasse. » Ce qui signifiait que je ne m'occupais que d'animaux entiers.

La première fois que Jesse m'a vue travailler sur un mannequin en mousse de polyuréthane, il a eu un rire nerveux et m'a lancé : « Alors comme ça tu habilles des fantômes ? » Je me suis dit qu'il n'était pas si loin que ça de la vérité. Les mannequins, très blancs, servaient à remplacer toute la structure osseuse et musculaire du spécimen. C'était une matière souple, maniable et propre qui fournissait une base parfaite pour la seconde vie de l'animal.

MON PÈRE est sorti de l'utérus d'Ondina Matzenbacher presque étranglé par le cordon ombilical le 12 mai 1946, dans une maison du district de Suspiro, sur la commune de São Gabriel. C'était une petite créature bleutée, pour laquelle on a dû faire quelques suppliques à Notre-Dame-de-l'Apparition et courir chercher mon grand-père Wagner dans les champs, et qui pour finir a miraculeusement survécu. Le premier enfant du couple. Les Matzenbacher s'étaient établis comme charretiers après avoir quitté la région de São Leopoldo en 1871 parce qu'ils avaient faim et que quelque chose leur disait qu'à cause de la fameuse Jacobina le sang allait encore couler. Enfant, Raul aidait à l'abattage des brebis et veillait sur les chevaux juste après leur castration, mais ce qu'il aimait par-dessus tout c'étaient les visites régulières d'un docteur, un certain Telêmaco, les courses de lévriers et le centre-ville. On dit qu'il était un garçon timide et appliqué à l'école. En 1964, il a emménagé à Caxias do Sul pour étudier la médecine, faisant ainsi la fierté de sa famille, cela deux mois avant le coup d'État militaire qui devait renverser João Goulart, alias Jango.

À Caxias, l'horizon de la pampa manquait parfois à Raul, mais la plupart du temps il appréciait sa nouvelle vie, de sa chambre à la fac et de la fac à sa chambre. *Je n'ai pas une minute à moi*, disait-il à ses collègues qui l'invitaient à sortir le soir, et il étalait ses livres d'anatomie ou de biochimie sur son lit et prenait des notes dans un cahier avec une écriture si enchevêtrée et empressée qu'elle ressemblait déjà à celle d'un médecin. Lors de ses premières vacances d'été, il est resté plusieurs mois avec ses parents à São Gabriel – c'était vraiment beau, ce vaste firmament –, mais il est rentré à temps pour visiter les pavillons de la Fête du raisin où il a acheté une bouteille de vin Imperial sur un stand étrangement décoré d'un sapin de Noël en février – la bouteille serait la seule gratification que mon père allait s'accorder pendant toute cette année à Caxias do Sul. Il la garderait pour une occasion spéciale. Le lendemain, il s'est joint à la foule dans la rue Sinimbu pour assister au défilé de la Fête du raisin, et il raconterait des années plus tard que tout cela lui semblait démesuré, assourdissant, inutilement tapageur, jusqu'au moment où il a aperçu la fille qui se trouvait sur la partie latérale du char allégorique orné de cygnes. Elle était bien plus jolie que la reine. Étourdi par les coups de cornets, de trompes, par les grosses caisses et les cymbales de la fanfare, il a eu l'impression qu'elle répondait à son regard. Il a alors décidé qu'il irait se présenter à la fin du défilé.

Raul Matzenbacher et Carmen Bonacina ont commencé à sortir ensemble. Carmen est allée à São Gabriel et a rencontré les parents de Raul peu avant la mort d'Ondina – une chute dans la cuisine sans personne à la maison pour venir à son secours –, si bien que la matriarche a tout de même eu le temps d'apprécier suffisamment Carmen pour dire à son fils au moment des adieux : « Je ferai une neuvaine pour votre bonheur. » Ils se sont fiancés. En 1970, sitôt les études de Raul achevées, ils se sont mariés et installés à São Gabriel. Lui passait ses journées dans son cabinet à recevoir des malades à n'en plus finir, tandis qu'elle endurait la monotonie de son existence dans le domaine. Mon frère aîné, Vinícius, est né en juillet 1972, mais fonder une famille au bout du monde – avec ce vent froid et sec qui se déchaînait, le hennissement des chevaux, l'apathie des bœufs – ne correspondait pas tout à fait à ce que ma mère avait imaginé. Elle a commencé à insister auprès de mon père pour qu'il ouvre un cabinet à Porto Alegre. Ils ont déménagé dans la capitale du Rio Grande do Sul en 1973. En 1980 – j'étais déjà de ce monde, ma petite tête ayant été extraite au forceps en août 1978 –, mon père a repris ses consultations à São Gabriel les lundis, mardis et mercredis, et passait donc la moitié de la semaine dans le domaine. Selon ma mère, les séjours à São Gabriel ne s'expliquaient pas par l'argent : « C'est le fantôme d'Ondina qui réclame le retour de son fils préféré. »

Avant d'être invité par le futur gouverneur du Rio Grande do Sul à se porter candidat pour devenir député, Raul ne s'était jamais engagé politiquement. « Écoute, à l'université, je crois qu'il ne savait même pas qui était à la tête du pays », m'a dit un jour le Dr Fernando Paiva, un ancien collègue, pendant une consultation ophtalmologique, un rendez-vous que j'avais pris uniquement parce que je voulais en savoir plus sur les années passées par mon père à Caxias. « Une fois, il a même tenté d'intégrer dans notre bande un parachutiste », a-t-il ajouté en riant, avant de me raconter qu'à un moment donné, durant leur deuxième année à la fac, était arrivé dans la promo un sergent de l'Armée de l'air sorti d'on ne savait où, un mouchard au service du régime probablement, un certain Isaías Macário – jamais il n'oublierait ce nom. Personne n'adressait la parole à ce type qui semblait avoir un accent du Nord, ni ceux qui avaient des raisons de penser qu'il pouvait les expédier dans un sous-sol du Dops, le Département pour l'ordre politique et social, ni les apolitiques qui se contentaient de vivre leur petite vie à l'écart des turbulences que traversait le pays, parce que, en fin de compte, qui pouvait avoir envie de sympathiser avec un mouchard, pas vrai ? « Mais, un jour, ton père a appelé Macário, l'a invité à s'asseoir avec nous et a commencé à lui demander quel club de foot il supportait. » À la fin de l'année, Isaías Macário a été collé dans toutes les matières, mais il est resté à la fac pour surveiller la promo suivante.

L'ouverture lente, graduelle et sûre du pays a laissé mon père indifférent. L'inflation de 239 % en 1983 lui a bien entendu valu des nuits blanches mais, si on l'avait interrogé à ce sujet, jamais il n'aurait accusé les militaires ; il pensait juste que le Brésil était un pauvre bougre sujet à des convulsions incontrôlables. En 1984, il n'a pas pris part à la manifestation pour réclamer l'instauration du suffrage universel direct pour les présidentielles. Il a reçu des indigents en consultation à la Santa Casa et, pendant la journée, il s'est moqué de la fameuse « Samba pour le suffrage universel direct », dont les paroles avaient été publiées dans les journaux (*Une hirondelle toute seule ne fait pas le printemps/Mais qu'elle se joigne à ses voisines et elles accéléreront le temps*).

Quand l'année suivante on lui a proposé de s'encarter au PMDB, le Parti du mouvement démocratique brésilien, et de se porter candidat à la députation – il aurait une bonne base électorale à São Gabriel, les gens le vénéraient –, il a évidemment accepté, plus par vanité que par vocation. Puis il s'est mis à aimer le pouvoir. Et jamais ma mère n'aura été aussi heureuse.

Le 20 novembre 1987 était un vendredi. Il ne me restait plus que deux semaines de classe avant les grandes vacances. La chaleur poisseuse collait nos cuisses sur les chaises en Formica pendant qu'on écoutait Silvana, notre maîtresse, nous raconter des choses qu'on n'avait pas la moindre intention d'apprendre ; la fin était trop proche, on entendait les cigales dans la cour. Des images de vagues et de châteaux de sable flottaient dans notre tête.

Ce matin-là, mes parents étaient partis à Torres avec Satti et Fred. Ils n'avaient même pas envisagé de nous emmener. Mes frères et moi allions rester seuls à la maison pendant qu'eux passeraient trois nuits au Dunas Praia Hotel, dans des chambres immenses donnant sur la mer.

En l'absence de mes parents, Vinícius était responsable des clés de la maison – notre oncle Werner en avait également un jeu –, non parce qu'il était le plus fiable des trois enfants, mais parce qu'il était l'aîné. Le trousseau comptait quatre clés ordinaires et deux Doberman. Avec leurs dents carrées et la tête d'un chien en relief, nos nouvelles clés Doberman faisaient partie de ces choses métalliques qui symbolisaient la progressive augmentation de la violence à Porto Alegre.

À cette époque, je n'avais qu'une hâte : grandir. Depuis notre salle de classe – j'étais en CE2-C –, au premier étage d'un des bâtiments de l'école, j'arrivais à voir une partie de la cour. Les journées chaudes avaient commencé, les collégiens utilisaient la fontaine principalement pour s'asperger les uns les autres : ils collaient le pouce sur l'embout et dirigeaient le jet vers un camarade à proximité. Ça faisait rire les deux intéressés, qui ensuite échangeaient leur place. C'était beau à voir, bientôt c'était un groupe de cinq ou six enfants qui s'y mettaient, se marraient et se trempaient, mais ça n'allait jamais jusqu'à attirer l'attention des adultes chargés de les surveiller. Les enfants savaient se disperser rapidement. Jouait aussi en leur faveur le fait qu'ils n'avaient plus de maîtresse ; ils étaient assez grands pour avoir un professeur par matière, et non plus cette figure maternelle compréhensive dont on s'imaginait toujours qu'elle ne vivait que pour nous, sans mari, sans progéniture, comblée par l'affection d'une trentaine d'enfants qui changeaient de nom et de visage à chaque mois de mars.

Pendant que nous autres, élèves de CE2, cheminions sur la ligne du temps en direction des jeux autour de la fontaine, ceux qui étaient en fin de collège ou début de lycée pouvaient avoir un peu honte de cette période enfantine, parce que désormais ils étaient « trop malins » et « trop cools ». Ils remplissaient des récipients aux lavabos des toilettes qu'ils se renversaient mutuellement sur la tête, ou alors ils poursuivaient les filles les plus mignonnes de leur classe avec des ballons pleins d'eau, visaient leurs seins en espérant que leur tee-shirt se colle à leur peau. Tout cela atteignait son paroxysme le dernier jour de classe, quand éclatait la traditionnelle Grande Guerre de l'eau. C'était aussi le jour où les élèves se signaient leur tee-shirt avec des marqueurs. Effrayés, les adultes chargés de garder la situation sous contrôle et de maintenir la discipline fermaient successivement toutes les arrivées d'eau, mais il y avait toujours quelqu'un pour découvrir un ultime robinet dans un recoin de l'école, de sorte que la guerre se prolongeait d'une manière ou d'une autre presque jusqu'à la fin de l'après-midi. Puis arrivait le moment où, inévitablement, tout le monde devait partir. C'était toujours un peu mélancolique. Même si nombre d'élèves allaient se revoir pendant les vacances, la fin telle que décrétée par le calendrier représentait un poids dont il était difficile de se délester.

En tout cas, j'étais impatiente d'avoir l'âge requis pour le jeu de la fontaine, puis la Grande Guerre de l'eau et le tee-shirt avec les signatures. C'était à ça que je pensais ce vendredi 20 novembre, tout en faisant semblant d'écouter ce que Silvana, notre maîtresse, racontait devant le tableau. Tout ce que j'imaginais, cependant, au sujet de mes prochaines années d'école, ces petits pas inoubliables vers l'indépendance, allait être complètement réduit à néant par ma famille.

La classe s'était achevée un peu plus tôt que d'habitude ce matin-là et, comme convenu, je suis allée attendre oncle Werner devant le portail de l'école. Tante Eliane et lui essayaient depuis longtemps d'avoir des enfants, mais d'après ma mère il y avait chez l'un des deux quelque chose qui ne marchait pas, et les conversations sur l'adoption n'aboutissaient pas non plus parce que mon oncle disait toujours des choses du genre : *Ce ne sera jamais vraiment notre enfant s'il n'a pas nos gènes* ou *Imagine un peu, Eliane, la bombe à retardement que ça pourrait représenter !* D'après ce que j'entendais des discussions entre mes parents, il était inévitable que leur mariage tourne court si mon oncle et ma tante ne parvenaient pas prochainement à former une famille à trois (quatre ou cinq serait encore mieux). C'était vraisemblable. Tous les adultes que je connaissais avaient des enfants, même Satti, qui n'était pas marié, et Marli et Adelino, qui avaient laissé les leurs à São Gabriel parce que c'était mieux ainsi. La seule exception, c'était ma maîtresse Silvana, sur qui on ne savait strictement rien.

Les abords du portail de l'école étaient encore bien déserts. Il restait dix minutes avant la sonnerie. Le gardien discutait avec une femme de ménage quand je suis passée devant lui. Assis à l'ombre du grand kapokier, un marchand de *puxa-puxa*[1] attendait la sortie des enfants et ajustait les bâtonnets dans sa main comme s'il tenait un bouquet de fleurs.

« Tu veux un *puxa-puxa*, ma grande ? »

Je n'ai pas répondu. On ne devait pas acheter de bonbons à des inconnus.

« Ceux-là sont délicieux, ils ont été faits ce matin. Ton père te donne de l'argent pour ton goûter ?

— Non, ai-je dit en mentant.

— Quand il arrivera, alors. »

Je ne me trouvais pas particulièrement près du vendeur, mais j'ai décidé de m'éloigner encore. Je commençais à revenir vers le portail métallique, plus près de l'enceinte de l'école, quand j'ai aperçu Vinícius qui s'approchait. Il portait son sac à dos sur une seule épaule, comme le faisaient tous les lycéens, et au début il ne s'est pas rendu compte que j'étais là, à attendre qu'oncle Werner vienne me chercher. Il était trop occupé à observer le trafic des voitures dans la rue. Il ne rentrait pas à la maison, c'est-à-dire que normalement il ne devait pas rentrer parce que le mercredi et le vendredi il avait entraînement de foot au lycée. Il prenait ensuite un taxi avec l'argent que notre père lui laissait sur le buffet.

Je lui ai fait signe. Il ne m'a pas vue. Il a continué à regarder vers l'avenue, sa tête était un périscope à la recherche de je ne sais quoi. Les voitures roulaient de plus en plus lentement. Des enfants ont commencé à arriver avant même que la sonnerie ait retenti, si bien que le marchand de *puxa-puxa* s'est levé pour se tenir prêt. Vinícius, le regard toujours tourné vers l'avenue,

---

1. Confiserie à base de sirop de canne à sucre, vendue sous forme de bâtonnet à sucer.

a glissé sa main dans ses cheveux et avec ses doigts a essayé de les tirer vers le haut pour leur donner plus de volume, puis il a rajusté la bretelle de son sac à dos. Peut-être cherche-t-il oncle Werner, me suis-je dit, mais je penchais plutôt pour autre chose, et j'ai continué de l'observer à distance, sans me manifester. La sonnerie a retenti.

Pour finir, le regard de mon frère s'est fixé sur un point. C'était une Volkswagen Voyage bordeaux, emboutie sur le côté. Vinícius a fait signe au conducteur et au passager, deux garçons qui semblaient un peu plus âgés que lui, et s'est avancé au milieu de l'embouteillage. Il a ouvert la portière de derrière, a jeté son sac sur la banquette et s'est engouffré dans la voiture comme s'il était chez lui. La Voyage s'est retrouvée quasi immobilisée pendant un moment, parce que la file de parents était immense et les enfants tardaient à se séparer de leurs amis. J'ai continué à observer sans être vue, pour essayer de comprendre qui étaient ces gens.

« Ciça, qu'est-ce que tu regardes, tonton est là. »

C'était Marco.

« Là, oh. »

Les deux bretelles de son sac à dos bien ajustées sur ses épaules, il m'a désigné l'arrière de la Santana bleue à une trentaine de mètres de nous. Je suis restée sans bouger.

« Allez, viens. »

On est montés dans la voiture d'oncle Werner.

« Alors mes grands, ça va ? Grosse chaleur, hein ? »

Il était en pantalon et chemise, avec des auréoles de sueur sous les aisselles. Il avait trois ans de moins que mon père, mais il lui ressemblait tellement que certaines personnes pensaient qu'il s'agissait de jumeaux cherchant à tout prix à se distinguer comme ils le pouvaient, pour l'essentiel avec la barbe, la coupe de cheveux et la forme physique (oncle Werner jouait au foot avec ses amis au gymnase de la Brigade militaire, et semblait légèrement plus corpulent que son frère). Lorsque les journaux publieraient en une un portrait-robot rappelant mon père, j'irais jusqu'à penser l'espace d'un instant que cet homme était en réalité mon oncle Werner ou, pour être plus précise, que cet homme était Werner Matzenbacher, gérant d'une entreprise de matériel hospitalier, et qu'il s'était laissé pousser la barbe dans le but précis de commettre un crime en faisant croire à la culpabilité de son frère.

« Vini est resté au foot ? a-t-il demandé, tout en s'imposant devant une autre voiture, dont le conducteur s'est mis à klaxonner.

— Oui, a répondu Marco. Et moi je donnerais tout pour être à Torres en train de me baigner.

— Mais vous aviez classe.

— Je sais.

— Vous allez partir en vacances, vous aussi. T'inquiète, mon grand », a dit mon oncle, en donnant une petite bourrade sur l'épaule de Marco, lequel a esquissé un sourire inconsolé.

Ce voyage était une idée de Satti. Le projet sur les CFC avait été approuvé deux semaines plus tôt, en partie grâce aux efforts du gouverneur, celui-là même qui avait convaincu Satti de s'engager en politique. Il a proposé à mes parents de l'accompagner. Il était fatigué. Il avait besoin de se tenir à l'écart, au moins pendant quelques jours, de l'agitation de l'Assemblée législative.

« Satti avait envie de faire du cheval, c'est un vieux qui a la nostalgie de sa jeunesse », a lancé mon oncle d'un ton amusé.

Nous arrivions à la maison.

« Comment ça ? À Torres ? a demandé Marco.

— Autrefois, il y avait là-bas un brave type qui louait des chevaux sur la plage. Il dit que Fred n'est jamais monté sur un canasson. C'est un gosse d'appartement. »

Marco souriait franchement à présent, il semblait avoir compris que ce voyage n'était pas pour lui. Quand il faisait du cheval, lui, c'était toujours dans le domaine. Il n'était pas un gosse d'appartement. Il n'avait pas besoin d'aller à Torres chercher un brave type qui tirerait une vieille rosse sur le sable durci.

Quant à moi, j'étais furieuse.

« Ils vont faire du cheval sur la plage ? ai-je demandé, surgissant entre les sièges, la voix désaccordée par la rage.

— Ça m'étonnerait franchement. Ça n'existe plus, ça, à Torres, tout a changé, Ciça. Tout est en train de changer très vite, pas seulement là-bas, ici, partout. »

Vinícius est rentré environ deux heures plus tard que la normale. Il a traversé la cuisine et est allé dans sa chambre. J'ai attendu un peu, puis je suis allée frapper à sa porte. Il a crié « Entrez ». J'ai juste entrouvert et j'ai vu qu'il était assis par terre, adossé contre son lit, occupé à manger des pains au lait qu'il piochait directement dans le sachet. De ses enceintes sortait une musique étrange que je n'avais jamais entendue.

« Tu as fermé la porte à clé en bas ? l'ai-je interrogé. Les portes.

— Pas encore, tu veux le faire ? »

Il s'est levé et est allé fouiller dans un amoncellement de choses sur son bureau. Il m'a donné le trousseau et s'est rassis en mâchonnant.

« C'est de l'opéra, ça ? ai-je demandé.

— Quoi ?

— Ce que tu as mis, là. »

Il a éclaté de rire.

« Bien sûr que non. »

Je suis restée sans bouger.

« Qu'est-ce qui t'arrive, Ciça ?

— C'est que je voudrais te poser une question.

— Ben vas-y.

— Où est-ce que tu étais cet après-midi ?

— Au foot, tu le sais bien.

— Je t'ai vu monter dans une Voyage. Tu es parti avec deux garçons. »

Il m'a regardée d'un air étonné, comme si j'étais plus futée qu'il ne l'avait imaginé.

« Ferme la porte et viens ici. »

Je me suis assise par terre, en tailleur.

« Explique-moi ce que tu veux vraiment savoir », a-t-il dit.

Il me semblait un peu nerveux. Peut-être pensait-il encore possible que je laisse tomber précisément pour cette raison : je me rendais compte que j'étais casse-pieds, que je l'ennuyais. Or, à l'époque mon frère aîné était déjà une sorte de héros pour moi, et habituellement je m'adressais à lui avec pompe et admiration. En même temps, j'étais furieuse à cause de cette histoire de cheval. Maintenant que Marco s'était fait à l'idée que ce voyage à Torres était un truc de parents et de gosses d'appartement, et qu'il semblait vraiment apprécier d'être seul à la maison sans personne pour lui donner des ordres, je n'avais pas envie d'être la seule à ne pas s'amuser.

« Je voudrais savoir à qui est la Voyage, ai-je dit, juste pour commencer.

— À Luciano. Il a plus de dix-huit ans, il a repiqué une fois. Son père est cool et lui a offert une caisse. Et l'autre qui était avec lui, c'est Thiaguinho, ils sont dans la même classe. Ça te plaît, ce groupe ? »

Je ne savais pas quoi penser. J'ai écouté plus attentivement.

« On dirait une fée qui chante. »

Ça l'a fait marrer, un peu trop, j'ai trouvé. Il a attrapé le boîtier de la cassette et me l'a montré, mais c'était une cassette enregistrée, je n'arrivais pas à lire ces pattes de mouche.

« Le père de Luciano a rapporté ça de Londres, il voyage beaucoup, et Luciano m'en a fait une copie. Le groupe s'appelle Cocteau Twins.

— Qu'est-ce que ça veut dire ?

— Je sais pas, moi. *Twins*, ça veut dire jumeaux en anglais.

— Et où vous êtes allés tout à l'heure ?

— On est allés faire un tour à Bom Fim, c'est tout.

— Bom Fim, c'est pas ce quartier que papa déteste ?

— Si, exactement », a-t-il répondu, avec comme une pointe de fierté. Il s'est relevé, est allé jusqu'à son bureau et a recommencé à fouiller dans son bazar, pour finalement me montrer un truc en cuir noir avec des pics métalliques.

« J'ai acheté ce bracelet là-bas.

— Trop beau. Mais c'est punk, non, tu veux devenir punk ? Ça t'a coûté cher ?

— Ah, un peu, mais l'argent du taxi a aidé. Je sais pas si je veux devenir punk. »

Il a souri.

« Tu crois que papa va te laisser porter ça ? »

Alors il a lâché un soupir avec un petit rire, mais c'était un petit rire triste. Puis il est resté sans rien dire, à fixer la cassette qui tournait. J'ai regretté d'avoir dit ça, mais je ne savais pas pourquoi il avait soudain pris cette expression. Les persiennes en plastique de la chambre se sont agitées sous l'effet d'un coup de vent.

« Ângela, la CPE, tu vois qui c'est ? a commencé Vini. Un jour, elle m'a convoqué parce que je séchais les cours. Elle m'a fait tout un sermon, mais en essayant en même temps de faire copain-copain, tu vois, on doit leur dire que ça marche bien, cette méthode. Sauf que moi je tombe pas dans le panneau. Je l'ai écoutée sans vraiment l'écouter, en fixant une représentation du Christ derrière elle, un tableau.

— Et alors ?

— Écoute l'histoire jusqu'au bout, Ciça », a-t-il dit, avec bien plus d'entrain désormais, comme si repenser à cette fameuse conseillère principale d'éducation – que je trouvais terrifiante – lui avait fait l'effet d'une décharge électrique. « À un moment, je l'ai entendue dire : "À ton âge..." Non, non. Elle a dit : "Ce qu'on fait quand on a ton âge est trois fois plus important qu'à n'importe quel autre moment de la vie." Voilà, c'est ça. Là, j'ai arrêté de fixer le Christ et j'ai dit : "Vraiment, madame ?" Ce qu'elle essayait de me dire, c'est que je devrais être plus responsable, étudier plus, parce que tout ça est déterminant pour mon avenir. Mais finalement ça a eu un effet boomerang.

— Comment ça, qu'est-ce que ça veut dire ?

— C'est une expression, ça veut dire qu'elle voulait quelque chose, mais qu'elle a obtenu le contraire de ce qu'elle voulait. Parce que là j'ai commencé à me dire : OK, si tout est trois fois plus important maintenant, il faut que j'en profite, non ? Je veux me faire un stock de toutes ces choses "trois fois plus importantes" pour mes vieux jours. C'est pour ça que j'ai laissé tomber le foot. Le foot, c'est papa et maman, c'est pas moi. Moi, aujourd'hui, c'est la plage de Cachimbo, c'est les disques, et je veux pas savoir ce que je serai plus tard.

— La plage de Cachimbo ?

— C'est un endroit que j'ai découvert la semaine dernière, dans la zone sud. C'est pas vraiment une plage comme tu l'imagines, c'est au bord du Guaíba, l'eau est toute polluée et sur le sable il y a des tas de *despachos*[1], à moitié pourris parfois, mais on peut s'asseoir sur le muret, c'est cool. Un de ces jours, t'iras toi aussi. »

Sur le moment, je n'ai pas très bien saisi ce qu'il disait, mais s'il me parlait autant, s'il me racontait ces choses qu'il ne devait pas raconter à n'importe qui, je me suis dit que ça signifiait qu'il m'aimait bien. Alors j'ai décidé de lui parler de Voix de Jacaré, le surnom que j'avais donné à un chanteur qu'il écoutait tout le temps, mais dont je ne savais pas comment il s'appelait pour de vrai, ni de quel groupe il faisait partie, et je ne connaissais pas non plus le titre du morceau que je préférais, le troisième de l'un des disques qu'il avait. Ce soir-là, on a écouté pratiquement tous ses vinyles et on a bien rigolé quand on a enfin trouvé Voix de Jacaré, qui était en réalité le chanteur d'Echo & the Bunnymen – et mon morceau préféré était « Do it clean ». On l'a écouté au moins cinq fois de suite, et d'après Vini j'étais déjà une sacrée petite rockeuse.

Mes parents sont rentrés le dimanche en fin de journée. Mon père m'a montré cinq coquillages qu'il avait rapportés pour ma collection, tandis que ma mère me disait de bien les laver parce qu'elle n'avait pas envie que ça finisse par sentir le pourri. Le plus joli de tous, je l'apprendrais plus tard, était un *Amiantis purpurata*, intact et avec des stries qui semblaient avoir été faites à la machine.

---

1. *Despachos* : offrandes faites aux divinités dans les cultes afro-brésiliens.

« Celui-ci, c'est Satti qui l'a ramassé pour toi », a dit mon père.

J'ai lavé mes cinq coquillages et je les ai rangés dans ma boîte à chaussures.

« ÇA FAIT COMBIEN, peut-être trente ans que je fais de la taxidermie », dit Greg, du haut de la structure en bois installée devant le diorama des loups. Il me tourne le dos, son corps volumineux découpé par deux projecteurs mobiles, tandis que tout le reste de l'aile des mammifères – moi comprise – reste dans l'obscurité. « Trente-quatre, en réalité, si je choisis comme point de départ la perruche de ma tante. Trente et un si on prend en compte le premier dollar que j'ai touché. Bref, en tout cas, ce chantier-là restera parmi mes préférés.

— Je veux bien le croire. Tu ne m'as même pas laissée m'approcher.

— C'est comme si j'étais accro, parfois. »

C'est un paysage enneigé, la réplique d'un endroit entre le Minnesota et l'Ontario, dans lequel deux loups adultes courent en direction de la vitre (vitre qui a été retirée pour la restauration ; il n'y a pas de porte d'accès dans ce diorama). Chacun des loups ne touche le sol blanc qu'avec une seule patte. Le mouvement suggéré est sublime. Sur la neige poudreuse et brillante, les empreintes d'un cerf. En arrière-plan, on voit les faisceaux fantasmagoriques d'une aurore boréale.

« Tu as changé les ampoules ? je lui demande.

— Yep. Et là, tu sais quoi ? De nouvelles ombres. C'est un boulot dément. Mais ça fait longtemps que j'avais envie de faire un clair de lune. »

Sur l'estrade, il y a des pots de mélanges d'éclats de mica et de poudre de marbre. Six couleurs différentes, des tons de bleu très clair. La fausse neige, si elle n'est pas parfaitement réalisée et parfaitement appliquée, peut donner à un diorama des allures de crèche paroissiale.

« Tu veux voir ce que ça donne ? »

Greg tend le bras pour éteindre le premier projecteur. Puis, pour tenter de rendre l'instant encore plus solennel, il tarde volontairement à éteindre le second. Soudain, la scène bleutée devient vraisemblable, c'est une nuit de pleine lune près du lac Gunflint, à une époque où la vie sauvage était encore abondante. Un diorama représentant un habitat implique toujours un double déplacement, spatial et temporel, dirais-je à Greg dans le cas où il s'intéresserait un tant soit peu à mes « idées de fumeuse de joints » (*C'est très simple, Cecília. Il y a l'animal réel qui un jour a été vivant, et nous, notre travail, c'est de nous approcher le plus possible de cet animal réel. Tout le reste, c'est de la philosophie, pas de la taxidermie*). Pendant l'âge d'or des dioramas, ces reconstructions maniaques faisaient surtout office de fenêtres s'ouvrant sur d'autres parties du monde, dans la mesure où les voyages étaient longs, coûteux et très risqués. Lorsque les distances se sont raccourcies et que la dévastation de la nature s'est accélérée, les dioramas sont aussi devenus des petites machines à remonter le temps. Des vitrines pour notre nostalgie.

Greg n'a pas encore rectifié l'ombre des arbres desséchés.

« Il manque encore l'ombre des arbres, dit-il. J'ai les bras en compote à force d'appliquer cette poudre.

— C'est magnifique, Greg. Vraiment magnifique. »

On continue de contempler le travail.

« Ce Molina, quel sacré peintre c'était, pas vrai ? On dit que c'était un muraliste et qu'il s'est battu pendant la Révolution mexicaine. Il avait pris une balle à Ciudad Juárez, ce qui l'avait rendu boiteux, mais ça c'est parce qu'il était tombé amoureux d'une femme mariée. Dans les années 1950, ils sont venus le chercher sur un échafaudage dans une église du Nouveau-Mexique et ils l'ont expédié dans le Nord pour qu'il vienne peindre cette aurore boréale. Dans ce diorama, il a reproduit très précisément le ciel tel qu'il était à trois heures du matin le 7 décembre 1954. Il est mort un an plus tard, pauvre et malheureux. »

Je reconnais l'Étoile du Nord et la Grande Ourse qui, il y a de ça plusieurs décennies, brillaient sous forme d'autocollants au plafond de ma chambre avant que je m'endorme. Ma chambre. Notre maison de la place Horizonte, que je n'ai pas revue depuis 2002. Mon cerveau se hâte – je ne sais pourquoi – de fabriquer une image inexacte de mon père âgé dans un fauteuil roulant, son visage à quarante ans incrusté dans une scène troublante d'un clip des Smashing Pumpkins que je voyais dans les années 1990. Je ne sais pas à quoi ressemble mon père âgé, et les images les plus nettes que j'ai de lui, celles que je regarde le plus souvent, ce sont celles qu'on trouvait dans la presse au moment de l'affaire Satti.

Lorsque Greg rallume les lumières, je suis en train d'essuyer mes larmes avec le revers de la main.

« Eh… C'est pas à cause de Molina quand même ? Je crois bien que je t'avais jamais vue pleurer.

— Excuse-moi. Peut-être, je lui réponds, en essayant de sourire.

— Je savais que t'allais pas bien, j'en étais sûr. Bon sang, Cecília, tu crois pas qu'il serait temps que tu me racontes ce qui t'arrive ? »

Ce qui m'arrive, ce sont deux choses différentes, mais je ne peux lui parler que d'une seule.

« Je crois que mon mariage touche à sa fin. »

Je marche jusqu'au tabouret devant le diorama des caribous et je m'assois.

« Non ?! Alors là, j'en reviens pas. Je t'assure, dit Greg, en s'approchant péniblement de moi, comme s'il portait déjà le deuil de cette relation. Qu'est-ce qui s'est passé ? Ça me paraît inimaginable. Vous formez un couple génial !

— Je vais commencer par le premier problème, d'accord ?

— De combien de problèmes est-ce qu'il est question, en tout ?

— Deux, je pense. D'abord, Jesse veut avoir des enfants.

— Et toi, tu trouves que c'est une idée absurde. »

Il rit et moi aussi, probablement pour des raisons différentes. Moi, je ris parce que j'adore les filles de Greg.

« Tu es quelqu'un qui a des avis, disons, très arrêtés, Cecília », dit-il après un temps de réflexion. Il se met à tripoter sa petite queue-de-cheval, comme s'il lui fallait vérifier qu'elle est bien toujours là. « Si aucun de vous deux ne veut céder sur cette question, alors là, je ne vois pas trop d'issue. Ce genre d'histoire, ça ne finit pas très bien en général. Désolé de te dire ça.

— Je t'en prie.

— C'est-à-dire que là tu commences à toucher à des questions telles que le but de la vie et tout ça. Enfin, pour la plupart des gens, pas vrai ? Ça m'est arrivé il y a une quinzaine d'années, j'étais exactement dans la même situation que toi maintenant. J'étais avec une fille qui n'avait qu'une idée en tête, tomber enceinte. Ç'a été le cas dès le début de notre relation, quand elle voyait un gamin elle ne pouvait pas s'empêcher de s'approcher de lui, de lui faire des grimaces et tout, même dans la queue au supermarché, tu vois ? Je me demandais toujours si c'était une sorte de message qu'elle m'adressait ou si c'était juste sa façon d'être. La première fois qu'elle est venue chez mes parents, elle a demandé à voir des photos de moi quand j'étais enfant. Elle disait que notre enfant allait être beau, alors que moi j'étais franchement pas beau quand j'étais petit, tu peux me croire. Bref, je la laissais dire, en m'imaginant, je sais pas, soit qu'elle allait finir par arrêter, soit que j'allais commencer à aimer l'idée de devenir père. Seulement, j'étais le genre de type qui rentre du boulot, s'ouvre une bière et se met à jouer aux jeux vidéo. Pour moi, c'était la définition même de la *liberté*. C'était d'une naïveté crasse, je sais. Un jour, elle a fini par s'en aller. Nom de Dieu, tu sais que ça me fait encore mal ? Elle n'est jamais venue chercher ses affaires, elle a tiré un trait sur sa vie d'avant. Elle s'est mariée avec un autre type, elle a fondé une famille et ils sont partis vivre en Floride. J'ai rencontré Emma environ un an plus tard et, quand elle a parlé d'enfants, j'ai pensé : "Mon gars, pas question de passer par tout ça une deuxième fois, alors allons-y !" »

Je le regarde en silence en attendant qu'il se remette de ses émotions, il finit par sourire et me dit, ce que je sais déjà, que je me trouve présentement devant le père le plus gaga et le plus heureux du monde. Puis Greg semble se rappeler qu'on parlait de mon mariage. Il change légèrement de position sur son tabouret.

« Je crois que je ne te suis pas d'une grande aide, là... Et quel est le second motif de la crise que tu traverses ?

— Los Angeles. »

On rentre à la maison quatre jours plus tard, le lendemain du cocktail organisé pour la réouverture des dioramas – *Famille de caribous, Loups au bord du lac Gunflint, Bisons de Yellowstone* et *Fin d'après-midi dans le désert de Sonora* –, modeste événement au cours duquel Greg et moi avons été brièvement présentés et applaudis. Le public était composé principalement de donateurs du musée, des hommes de trente ou quarante ans qui travaillent dans l'industrie de la tech et semblent étonnés qu'on puisse encore réaliser certains travaux entièrement à la main. En les voyant devant les dioramas, j'ai essayé d'imaginer ce qu'ils ressentaient, de savoir si cette sensation s'apparentait plus à celle éprouvée devant un tableau dans une galerie d'art ou lors de la rencontre avec un animal sauvage dans un parc national. « La différence entre mon ours polaire et une toile de Monet, m'a dit un jour un taxidermiste particulièrement fier de lui, c'est que la toile de Monet n'a pas d'yeux. »

À la sortie de l'aéroport, Greg est scotché à son mobile, il se marre devant des mèmes et échange des messages avec sa femme. Mon Uber arrive en premier et on se dit au revoir dans une chorégraphie maladroite. Je lui dis que je vais essayer de sauver mon mariage, mais les mots me viennent sans grande conviction. Alors que je suis en train de monter dans la voiture, il crie que je devrais reconsidérer l'idée d'avoir un enfant, après tout il s'agit juste d'un être humain qui aura besoin de moi sans interruption pendant vingt ans. On se marre l'un et l'autre et on se salue d'un signe.

Je parcours les voies rapides dans mon Uber aux vitres fermées, aux sièges blanchis par la lumière de la mi-journée. J'ai déjà éprouvé bien des sentiments à l'égard de Los Angeles : enchantement ingénu, vertige, mépris pour ce déploiement monstrueux, puis une certaine fascination pour l'énergie avec laquelle des gens ont construit une illusion semi-tropicale dans un environnement d'une aridité aussi violente. La rage est venue ensuite. Elle est apparue à mesure que Jesse semblait de plus en plus frustré par sa carrière ; les disques ne se vendaient pas, le label avait résilié le contrat, les échos dans la presse étaient rares, les jeunes ne s'intéressaient pas à cette musique qui faisait référence au son du Topanga Canyon des années 1970, le rock était mort après une lente agonie, et j'avais donc l'impression plus que Jesse lui-même que tout était la faute de Los Angeles. Notamment parce que la banalité presque choquante de ce tissu urbain contribuait grandement à donner l'impression que la chance, le succès et la gloire étaient toujours sur le point d'arriver. Des films géniaux et des chansons géniales avaient germé dans des snacks poisseux et des chambres d'immeubles construits en quatrième vitesse. *Un jour ton tour viendra*, semblait murmurer la ville. Et on pouvait passer sa vie à en être convaincu.

Quand tu es marié, qu'est-ce que tu fais ? Tu murmures aussi *Un jour ton tour viendra* ?

Le chauffeur de l'Uber met son cligno, quitte la voie rapide et descend la rampe comme un Los Angélien typique qui déteste l'idée d'avoir à ralentir. On arrive dans ma rue. J'ai encore quatre jours à passer sans Jesse. Je rentre – je sens cette odeur qu'on ne perçoit que lorsqu'on est resté plusieurs jours ou plusieurs semaines hors de chez soi –, je range mes habits, je me prépare une omelette, puis je fais des exercices au TRX pendant une heure chrono. Ma mère essaie de me joindre au téléphone. Je ne réponds pas, elle laisse un message sur le répondeur pour me prévenir que mon père a été autorisé à sortir de l'hôpital : « Même moi je suis allée le voir à l'hôpital. Je sais bien que vous êtes fâchés, Cecília, mais je crois vraiment que tu devrais venir à Porto Alegre. »

Par la fenêtre, j'aperçois Rebecca et son fils qui jouent à colin-maillard dans la cour. Rebecca a les yeux bandés. Je m'allume un joint et je regarde un film sur une octogénaire qui, après avoir perdu son mari, voyage dans les Highlands écossais et entreprend d'escalader la plus haute montagne de la région.

L'idée de famille est une idée puissante.

Pendant la première moitié du XXe siècle, le musée Field de Chicago a fabriqué une réplique d'une famille de brontotherium, une sorte de rhinocéros de l'éocène. Les fossiles ont fourni la base anatomique pour la reconstitution des animaux, mais on ignorait comment les brontotherium vivaient, socialement parlant. Soumis à la vision traditionnelle et sexiste de l'époque, les scientifiques du musée Field ont représenté le bébé brontotherium couché et se frottant au museau de sa mère. Ils étaient tous deux au repos, les oreilles basses et le regard tranquille. Pour le père, le choix a été fait d'une posture dressée, protectrice, le corps tout en tension. C'est ainsi que les brontotherium ont été montrés pendant des décennies.

À la fin du XXe siècle, l'imprécision scientifique a commencé à être un peu embarrassante pour l'institution. Mais les brontotherium étaient populaires ; les enfants, sans qu'on sache pourquoi, aiment toujours les espèces disparues. Alors, pour leur éviter de rejoindre les tristes réserves du musée, quelqu'un a eu l'idée d'ajouter un cartel à visée didactique, qui indiquait ceci : *Les femelles mammifères sont de bonnes mères : elles allaitent toutes leurs bébés et veillent sur eux pendant leur croissance. Beaucoup de pères mammifères participent également à l'éducation de leurs petits, raison pour laquelle nous montrons ces brontotherium en tant que groupe familial. Mais il y en a d'autres qui ne se soucient même pas de la naissance de leurs bébés.*

Le cartel, à vrai dire, se montrait plutôt généreux. Dans la nature, les pères ont pour habitude d'être à tout le moins souvent absents et, dans bien des espèces, ils sont même véritablement dangereux. C'est le cas des grizzlis : la femelle est obligée de renvoyer le mâle pour qu'il ne tue pas leurs petits. Un vieux diorama, pourtant, montre le papa ours, la maman ours et les oursons ensemble, en train de se désaltérer dans les Rocheuses. Heureux, épanouis. Une belle famille nucléaire.

Je rallume mon joint et j'appelle Vinícius.

« Alors, il a été autorisé à sortir ?

— Salut, Ciça. T'as eu maman ?

— J'ai juste écouté son message.

— Il est sorti ce matin. La vache, je suis épuisé. Tu sais ce que c'est, d'être épuisé ? J'ai cuisiné pour lui pendant qu'il me regardait depuis son fauteuil roulant, et tout doit être semi-liquide maintenant. Je l'ai fait manger. Enfin, je sais pas comment dire, mais je suis pas loin de craquer, là.

— D'où tu tiens la force nécessaire pour faire tout ça ?

— Je n'ai pas la force nécessaire, répond-il en bâillant. Je rentre à Rio demain. Marco va revenir le voir. Il a trouvé une auxiliaire de vie, il va lui parler cet après-midi. »

Je toussote.

« T'es en train de fumer ? »

Je prends le pot. On dirait un packaging de produit de beauté.

« Wedding Cake, 60 % *indica*, 40 % *sativa*. THC 24 %.

— Qu'est-ce que c'est que ces noms à la con ? Moi, ce que j'aimais, c'était le Prensado Premium, tu te rappelles, l'herbe en brique qu'on achetait avenue Osvaldo Aranha. On savait même pas ce qu'il y avait dedans. »

Bien entendu, après ça, j'ai envie de manger quelque chose de sucré. À sept heures, je fais un saut au supermarché. Je prends deux barres de chocolat 85 %, un shake protéiné, un chou, quelques carottes et une boîte d'œufs. J'ajoute un Snickers au dernier moment. La fille que je connais, Kristen, est de service aujourd'hui, je me mets donc dans la file de sa caisse. Elle a vingt-cinq ans au maximum, un visage menu, des cheveux ondulés et cuivrés, un corps qui semble mince et ferme. J'ai déjà fait un rêve à moitié érotique avec elle – je tombais sur Kristen après avoir fui un mammouth dans un monde postapocalyptique, et alors on s'embrassait –, mais je n'ai jamais eu d'histoire avec une fille dans la vie, et je me rappelle m'être réveillée de ce rêve plutôt confuse et plutôt enchantée. Je n'ai pas creusé la question. Depuis quelques mois, on bavarde un peu pendant qu'elle scanne mes produits parce que je finis toujours par choisir sa caisse, mais tout au plus en est-on arrivées un jour à inventer des recettes absurdes qui nécessiteraient de mélanger toutes les choses que j'étais en train d'acheter. On a bien rigolé. Parfois je me dis qu'elle cherche à me draguer. D'autres fois, que c'est juste une manière pour elle de lutter contre l'ennui. Je vais avoir quarante ans au mois d'août.

« Ça fait un moment que je t'avais pas vue, me dit-elle quand vient mon tour.

— Je travaillais. Je veux dire, j'étais en déplacement. À Seattle. »

Ses mains osseuses couvertes de bagues argentées placent délicatement un élastique autour de ma boîte d'œufs. Elle sourit.

« Alimentation toujours très saine.

— Plus ou moins, dis-je en désignant le Snickers.

— Waouh, qu'est-ce qui t'arrive ? »

Oui, elle cherche bel et bien à me draguer.

« Je pense que par moments j'ai besoin de faire un pas de côté. »

J'ai du mal à croire que j'ai bien dit une chose pareille, mais la sensation est agréable.

« Il va te falloir plus qu'un Snickers pour ça. »

Son sourire se fait plus mutin. Pendant un instant je suis prise de vertige et j'enfonce ma carte bleue à l'envers dans la machine.

« Dans l'autre sens, la carte.

— Ah, oui. Tu sais quoi, tu as raison. Je crois que je vais prendre une bouteille de saké. Tu aimes ? »

*

J'ai l'impression que je suis en train de faire la rencontre d'une femme. Les choses ont l'air de fonctionner plus ou moins comme d'habitude : chacune essaie de présenter à l'autre la meilleure version d'elle-même. Depuis que je me suis assise dans ce restaurant, je sens en moi une puissance que je n'avais pas ressentie depuis longtemps. Je suis en train de séduire quelqu'un. Je suis en train d'être séduite par quelqu'un et aussi par l'image de moi-même que je me suis créée. Tout paraît à la fois très calculé et très primitif.

La serveuse nous apporte deux verres de saké supplémentaires et remporte les assiettes tachées de sauce shoyu et les bols où restent quelques nouilles.

« Le saké est la meilleure boisson du monde, dis-je. En tous les cas, aujourd'hui, ici, en ce moment. »

Kristen éclate de rire et boit une gorgée, comme si elle n'avait pas fait attention à ce qu'elle buvait jusque-là et qu'elle avait besoin maintenant de valider ou d'invalider ma déclaration grandiloquente.

« C'est un peu sucré, dit-elle.

— Une personne dont j'étais amoureuse trouvait que ç'avait un goût d'infusion de chaussettes sales. »

Il s'agit de Jesse, en réalité. Avec qui je suis pourtant bien encore mariée.

« Je crois que je vais devoir en reprendre en pensant à des chaussettes. »

Mais elle n'en reprend pas tout de suite. Elle m'écoute raconter qu'au début ce que j'aimais surtout c'étaient les verres cubiques, les *masu*, poser mes lèvres sur la laque noire ou, mieux encore, sur le cèdre non vernissé, sentir la rugosité du bois avant de faire tourner en bouche le liquide fermenté, et seulement ensuite avaler comme si c'était de l'eau avec juste une note légèrement détonnante. Sincèrement, je peux comprendre le concept d'« infusion de chaussettes sales », lui dis-je, et je pensais vraiment que ce qui m'attirait le plus c'était le cérémonial, les *masu*, les jambes croisées, les tables basses, mais ensuite tous les endroits où j'ai commencé à aller servaient le saké dans des verres en verre et j'aimais toujours autant. Comme ici, maintenant.

Je crois que je suis soûle.

« Excuse-moi, je parle trop. »

Kristen a des cils immenses. Ils ont l'air d'être authentiques. Son regard a quelque chose de tranchant qui provoque un léger tremblement entre mes jambes. Je veux sortir de ce restaurant.

« Mais pas du tout, j'adore t'écouter. Et moi je t'ai parlé de yoga pendant des heures. »

La partie obligatoire – *qu'est-ce que tu fais dans la vie ?* – a été expédiée depuis longtemps, avant même l'arrivée des plats. Elle a ce boulot au supermarché bio (*C'est pas si horrible qu'on pourrait le penser, tu sais ?*), mais elle suit une formation pour devenir prof de yoga. Moi, je travaille *pour des muséums d'histoire naturelle.* J'ai appris au fil du temps que c'était la façon la moins brutale de présenter mon travail. Je ne fais pas allusion au dépouillage, à la préparation de la peau, aux coutures. Je ne dis pas un mot des colonies de coléoptères de la famille des dermestidés qu'on utilise pour le nettoyage des os.

Maintenant, elle boit son saké.

« Tiens, dit-elle, ils vont bientôt fermer. Qu'est-ce que tu dirais de venir chez moi ? On pourrait emporter la meilleure boisson du monde. C'est bien pour ça que tu as acheté la bouteille, non ? »

Kristen habite avec d'autres gens, évidemment, deux filles qui sont en train de regarder un vieux film quand on entre dans l'appartement. Sur l'écran, je vois Christina Ricci assise sur un lit dans une chambre d'hôtel bon marché. Une des filles, qui porte un tee-shirt coupé juste sous les seins, appuie sur pause et déclare ne pas savoir pour quelle raison elles regardent un film dans lequel une femme se fait continuellement humilier. Par-dessus le marché, ajoute-t-elle, au bout d'une heure, on ne sait toujours rigoureusement rien sur cette femme, alors qu'on nous a déjà appris le nom du chienchien qu'avait le personnage masculin dans son enfance. L'autre fille se contente de nous demander ce qu'il y a dans notre sachet. Kristen va chercher deux verres dans la cuisine tandis que je reste debout dans le salon, bien trop consciente de ma propre présence.

« Elle a des avis formidables sur tous les sujets, mais parfois elle oublie de faire la vaisselle », dit Kristen à voix basse une fois qu'on est dans sa chambre. Les murs sont violets. On s'assoit sur des coussins disposés par terre. Pendant un moment, la conversation tourne autour de ses colocataires qui traînent des pieds quand il s'agit de nettoyer la salle de bains ou qui pleurent toutes seules enfermées dans leur chambre (*Est-ce que je dois frapper à sa porte ou pas ?*). Le problème, c'est que tout cela me paraît tellement vague, tellement éloigné de mon quotidien et si radicalement dépassé que j'ai l'impression de ne pas être à ma place. Pourtant, je suis bien là.

Une nouvelle dose de saké est engloutie.

Elle aurait vraiment voulu emménager à Los Angeles pour des raisons professionnelles, explique Kristen, mais en fin de compte, si elle est venue, c'est parce qu'elle est tombée amoureuse d'une fille. « Dans le fond, pourquoi faudrait-il toujours que ce soit pour un travail ou pour une femme, pourquoi ne pas déménager juste comme ça, pour le plaisir ? » poursuit-elle, puis elle se lève, pianote sur son mobile et met une musique que je ne reconnais pas, soyeuse et syncopée. Elle se rassoit.

Avant qu'il soit trop tard pour stopper le long train des confidences, je saisis Kristen par les épaules. À genoux sur le tapis, je presse son corps contre le bord du lit tandis que ma langue passe sur sa bouche délicieuse, pressée de tout en connaître. Elle m'attire contre elle. Elle enlève son chemisier, ses cheveux recouvrent son visage. J'attrape toutes les mèches que je peux et les tire en arrière tout en essayant de trouver le bouton de son jean juste au toucher. Quand je m'allonge sur elle dans le lit, j'ai la conviction – j'en suis tranquillement et irréfutablement certaine – qu'il y a une éternité que je n'ai pas mouillé autant juste en frôlant la peau de quelqu'un. Dans cette chambre étrange, avec accroché au mur un tissu imprimé représentant Shiva, sous l'éclairage indirect d'une enseigne publicitaire, je suis tout en sueur et accolée à une femme qui a quinze ans de moins que moi et je fais glisser mes doigts jusqu'à son entrejambe. Je cherche un espace à l'intérieur et halète au même rythme qu'elle et sens une pression visqueuse. Je la regarde dans les yeux pendant que je fais ça.

Je m'en vais un peu avant quatre heures. Kristen a l'air un peu déçue, mais je ne vois rien de pire que la perspective de me réveiller dans un appartement inconnu et de devoir endurer ce moment de gêne du petit déjeuner, a fortiori quand il y a d'autres personnes qui vivent sous le même toit. Elle me raccompagne jusqu'à la porte et m'embrasse comme si on allait tout recommencer dans le salon. Soudain, elle se ressaisit. Elle recule d'un pas.

« Écoute… Tu es mariée, non ?

— Oui.

— Avec un homme ?

— Oui.

— Ce qui veut dire ?

— Comment ça ? Je crois que ça veut rien dire.

— OK, laisse tomber. Tu m'appelles, d'accord ? Je ne sais pas où se trouve ton mari ni ce qui se passe entre vous, mais j'aimerais beaucoup te revoir. »

LA NUIT TOMBE SUR PORTO ALEGRE

UNE VILLE SUD-AMÉRICAINE en proie au froid, c'est une ville prise au dépourvu qui se recroqueville, sous une épaisse couche d'humidité, qui tremble et attend que la nuit s'achève. Sur les murs gelés des maisons et des immeubles, s'accrochent des milliards de microscopiques champignons filamenteux, des colonies vert et noir qui croissent et gonflent et font peu à peu se décoller la peinture des façades. Des statues de généraux qui ont combattu lors de guerres dont on parle à peine au lycée – quand bien même elles ont scellé notre sort à tous – sont vandalisées sur les places par ennui et désespoir. Au bord du fleuve, au milieu des entrepôts vides aux fenêtres brisées, titubent des hommes seuls et peu habillés, qui s'immobilisent parfois pour regarder la masse d'eau sombre et mystérieuse comme si elle marquait la dernière frontière avec la misère. Une alarme retentit dans le centre-ville. Deux personnes masquées sautent par-dessus un mur. Dans les quartiers habités par la classe moyenne supérieure, où l'ombre des arbres projetée sur la chaussée est quasiment la seule chose qui bouge, les portes sont verrouillées, les voitures au garage, les enfants au lit.

C'est le soir du 7 juin 1988, un mardi, à Porto Alegre. Il y a tout de même des endroits dans la ville où tout n'est pas à l'arrêt. L'Escaler. L'Ocidente. L'Ange bleu. Le Wunderbar. L'Hotel Plaza São Rafael. Quelques phares déchirent la nuit sur les avenues Osvaldo Aranha et Protásio Alves et, par les vitres des voitures, qui ont été entrouvertes pour retrouver un minimum de visibilité et éviter les accidents, s'échappent des bribes de chansons qui parlent d'amour éternel, de murs, de choucroute et de rock'n'roll. Des punks et des skinheads laissent des traces de rangers sur le sol mouillé du Bar João, sur les fameuses étagères duquel sont alignés des bocaux de cachaça, avec des briques, des chauves-souris et des mille-pattes plongés dans l'alcool. On se croirait dans un laboratoire scientifique imaginé par un enfant. La plupart des rues résidentielles sont immergées dans un silence oppressant, conservées dans le froid – il fait quatre ou cinq degrés. Au croisement entre les rues Quintino Bocaiuva et Marquês do Herval, une Monza gris foncé s'arrête devant l'immeuble Elizabeth.

Il est 21 h 10. Un épisode de *Vale Tudo* vient de se terminer, et Gláucia Pereira Almeida, de l'appartement 301, se lève de son fauteuil à bascule et va jusque dans sa chambre dans l'intention de fermer le volet roulant, ainsi qu'elle le fait systématiquement après la telenovela de vingt heures. Il n'est pas rare que des voitures soient garées le soir devant son immeuble de trois étages – malheureusement, aucun règlement ne l'interdit, dira-t-elle plus tard – étant donné que le Wunderbar se trouve à moins d'un pâté de maisons, dans la rue Marquês do Herval. Ce mardi-là, Gláucia ouvre les rideaux de sa chambre et examine la rue, ce qu'elle a l'habitude de faire juste avant de tirer sur la sangle pour faire descendre complètement le volet roulant. Une voiture – la Monza – vient de se garer devant l'immeuble. Elle entend le moteur robuste et elle voit les phares et les feux arrière encore allumés, floutés par l'air de la nuit la plus froide de l'année. Les lumières s'éteignent, le moteur est stoppé. La voiture est équipée d'un becquet. Elle aime vérifier les allées et venues, dira-t-elle plus tard. Elle considère ce qui s'offre à sa vue depuis sa fenêtre comme une extension de son logement, elle est donc attentive aux gens qui vont et viennent, en général des couples élégamment habillés, quelques familles, des gens bien sans aucun doute, mais aussi parfois de mauvais éléments qui boivent trop, interpellent les femmes, font ronfler leur voiture et partent en klaxonnant.

Alors qu'elle descend le volet roulant, celui-ci se bloque à mi-parcours. Gláucia ouvre la fenêtre et tire sur le volet, elle réessaie avec la sangle, tire une nouvelle fois sur le volet. Durant trois, peut-être quatre ou cinq minutes, elle s'acharne, et elle est en mesure d'affirmer que, pendant tout ce temps, alors qu'elle se bagarre contre son volet et que l'air glacé lui anesthésie le visage, personne ne descend de la Monza, elle en est certaine.

À 21 h 20, un gamin que certains chargent de surveiller leur voiture, connu dans le quartier par son surnom, Restinga, reçoit une barquette en alu à l'arrière du Wunderbar. Les gens du bar n'aiment pas que les clients le voient manger là, alors Restinga va toujours s'asseoir sur la bordure en briques qui entoure le parterre devant l'immeuble Elizabeth, rue Quintino Bocaiuva (un arbre au milieu est aussi haut qu'un homme de grande taille, et les arbustes autour n'ont pas été taillés depuis plusieurs mois). Restinga a onze ans, un père inconnu, une mère qui de temps en temps travaille chez des gens riches à Ipanema, et deux sœurs de douze et quatorze ans qui traînent dans les allées du marché, regardent les cages aux oiseaux, demandent du lait, des gâteaux ou quelques pièces. Il s'approche de la Monza. Pendant un millième de seconde, comme si Dieu Notre-Seigneur avait résolu de lui faire tourner la tête pour lui montrer le mal et le péché et peut-être aussi le salut, Restinga jette un œil à l'intérieur de la voiture. La première chose qu'il voit est un fusil sur la banquette arrière. La seconde chose qu'il voit est un homme.

João Carlos Satti, de l'appartement 302, n'est pas encore rentré chez lui.

Ce jour-là, il est sorti de l'Assemblée législative aux environs de dix-neuf heures – selon une estimation de son directeur de cabinet, Paulo Bittencourt – et il est allé rendre visite à sa mère, qui habitait non loin de là, dans la rue Fernando Machado. Il est entré dans l'appartement du huitième étage avec un carton sous le bras. *Il n'y a pas de raison que tu restes avec les pieds gelés, maman,* elle se souvient que c'est ce que lui a dit son fils pendant qu'il défaisait lui-même l'emballage. C'était un radiateur mobile acheté chez Arno. *Ça va te plaire, et c'est sans danger*. Elle n'a rien dit mais n'en pensait pas moins, parce qu'elle avait vu à la télé une petite maison en bois à Carlos Barbosa qui avait été entièrement détruite par les flammes en deux heures à peine ; le lendemain, devant l'équipe de tournage, la propriétaire de la maison fouillait dans le tas de cendres à l'aide d'une tige métallique qui devait être le reste de quelque chose, en larmes, jusqu'au moment où elle a montré à la caméra la partie fondue d'un radiateur qui ressemblait beaucoup à celui-ci. João a branché l'appareil à une prise. Juste après, alors que Maria de Lurdes Satti était confortablement installée dans son fauteuil, concentrée sur les trois lignes horizontales orange de son nouvel équipement, et que son fils fumait à la fenêtre comme s'il voyait l'arrière de la Catedral Metropolitana pour la première fois, le téléphone a sonné.

João a décroché.

« Raul ? Ah, salut, Raul ! Mais comment tu as su que j'étais ici, dis-moi ? »

« C'était la première fois que Raul Matzenbacher téléphonait chez vous ? allait-on plus tard demander à Maria de Lurdes, au commissariat.

— Oui. La première fois, oui.

— Comment a-t-il trouvé votre numéro ?

— Il avait d'abord téléphoné à Paulo. Paulo Bittencourt, le directeur de cabinet de mon fils.

— Pour quelle raison le Dr Matzenbacher voulait-il parler à votre fils ce 7 juin au soir ?

— Pour quelle raison, je ne sais pas. Ce qu'il a dit, ça je peux le raconter. »

Raul Matzenbacher avait quitté l'Assemblée législative à dix-huit heures. Aux environs de 19 h 30, enfermé dans son bureau chez lui, place Horizonte, il a passé trois coups de fil : il a d'abord téléphoné à Satti chez lui – personne n'a répondu –, puis à Paulo Bittencourt, puis à Maria de Lurdes. À Bittencourt, il a demandé s'il avait une idée de l'endroit où pouvait se trouver Satti, le directeur de cabinet lui a répondu qu'il devait passer chez sa mère et, peu après vingt heures, un dîner était prévu avec Glória Andrade au restaurant de l'Hotel

Plaza São Rafael. Même si Bittencourt n'appréciait pas tellement le député Matzenbacher, il a estimé, à ce moment-là, qu'il n'avait aucune raison de ne pas lui transmettre ces informations. Ensuite, Raul lui a demandé le numéro de la mère de Satti.

Certains se demanderaient par la suite pour quelle raison il avait passé ce troisième coup de fil.

D'après Mme Satti, la conversation entre les deux hommes n'a pas duré très longtemps. Son fils a dit à Raul qu'il allait au Plaza avec Glória – ce qu'apparemment son interlocuteur savait déjà – et lui a demandé s'il voulait se joindre à eux. Après ce qui avait probablement été, à l'autre bout du fil, un refus suivi d'une longue justification, Maria de Lurdes a entendu son fils insister. Quand il a reposé le combiné, il était en train de rire. Elle se souvient de son expression un peu perplexe, comme s'il n'était pas certain qu'il y ait vraiment de quoi rire, c'est du moins ce qu'elle s'est dit après la survenue de l'innommable (*Il n'y a pas de mot pour cela parce que ce n'est pas naturel, n'est-ce pas, commissaire, mais je le dis à ma manière, « je suis orpheline de mon fils »*).

« Tu sais que ce que Raul vient de me dire ? a-t-il demandé à sa mère, encore immobile à côté de la petite table où était posé le téléphone. Que Glória était une casse-pieds de première bourre. Pas n'importe quelle casse-pieds, attention. Une casse-pieds de première bourre ! »

Quelques minutes avant vingt heures, il a embrassé sa mère, lui a fait promettre de ne pas débrancher le radiateur dès qu'il aurait franchi la porte et est parti rejoindre Glória.

Il sentait un début de grippe, si bien qu'il avait prévu de dîner tôt. Glória Andrade était une amie de l'époque de la télé, elle avait été la productrice de l'émission d'entretiens de Satti. Ils avaient pour habitude de se voir au moins deux fois par mois. Ce devait être un dîner ordinaire. Il rentrerait directement chez lui après le Plaza São Rafael, parce que c'était ce qu'entendait Satti par « faire attention » : la nuit la plus froide de l'année, trois verres de vin au Plaza, le calibre 38 dans son holster, peut-être une infusion au miel avant d'aller se coucher.

Il est 22 h 13 lorsqu'il dépose Glória chez elle. Elle le sait parce qu'elle regarde tout de suite le réveil numérique dans la chambre de son fils – 22:15 –, avec ce frisson de culpabilité qui la saisit immanquablement lorsqu'il dort déjà au moment où elle rentre. Il est probablement 22 h 18 quand Satti se gare au niveau de la station-service Estrela, dans la rue Quintino Bocaiuva. Il ferme à clé son Escort et parcourt en marchant la quarantaine de mètres qui le séparent de chez lui. Personne ne le croise sur cette distance. Restinga se trouve devant le Wunderbar et a déjà oublié la Monza grise parce qu'une arme n'est rien d'autre qu'un canon en métal poli avant que quelqu'un s'en serve pour tirer. Gláucia Pereira a consulté l'annuaire, noté le numéro d'une entreprise de réparation de volets et est allée se coucher tandis que la Monza était toujours au même endroit.

22 h 20, le député João Carlos Satti s'arrête devant la première porte à franchir pour atteindre l'immeuble. Cela fait huit jours qu'une clôture métallique surmontée de lances a été installée autour de l'immeuble Elizabeth. Dans sa poche, il cherche la bonne clé. Il n'aperçoit pas la Monza grise avec becquet garée derrière l'arbre. Il passe le portail et se trouve désormais dans la partie privée de la résidence, entre la première et la seconde porte, et se dit peut-être quelque chose comme : *Il y a cette infusion, là, que je pourrais prendre* et *Maman va s'habituer au chauffage, enfin pas si sûr,* ou encore *Je vais avoir quarante et un ans le mois prochain mais je me sens plus jeune que quand j'en avais vingt-cinq*. Il a fait deux pas seulement quand quelque chose le conduit à se retourner. Un bruit. Un appel. Son nom. Il voit la Monza vitre ouverte, peut-être le fusil calibre 12, peut-être uniquement l'homme. Cet homme, il le connaît, dira-t-on plus tard, parce que quelqu'un se rappellera avoir entendu deux voix exaltées. Le premier coup de feu atteint la serrure du portail et la fait exploser en morceaux qui brillent sur le sol. Le deuxième coup de feu atteint Satti dans la poitrine à l'instant où sa main touche son revolver. Les petites billes de plomb perforent sa chair en une douzaine d'endroits, ruinent le lobe supérieur de son poumon gauche, la veine du ventricule gauche et l'artère pulmonaire.

La Monza démarre en trombe, remonte la rue Quintino Bocaiuva en faisant crisser ses pneus, puis se mêle normalement au flot réduit de voitures qui s'approchent du feu rouge. João Carlos Satti, recroquevillé à terre entre les deux portes de l'immeuble, est encore vivant lorsque Restinga et deux policiers qui sortaient du Wunderbar le hissent dans un taxi.

Cette nuit-là, j'ai été réveillée par le cri de ma mère. Ma chambre était plongée dans une obscurité complète, seul un rai de lumière passait sous la porte. Le radio-réveil affichait 2:32. J'avais presque dix ans et une vie ordinaire et protégée. Mon enfance était pareille à un gâteau encore chaud, cuit conformément aux recommandations de la recette. Ç'allait durer ainsi un certain temps, peut-être jusqu'à ce que j'atteigne l'âge de Vini, et alors je commencerais à mentir dans mon intérêt, à chercher des endroits à moi dans la ville, plus tard je prendrais la voiture après le coucher du soleil et je roulerais juste pour avoir l'impression de m'échapper. Mais, le 7 juin 1988, tout cela appartenait encore à un avenir éloigné. Mes envies d'aventure se nourrissaient alors essentiellement des pages du *Guide du naturaliste amateur* et du *Manuel du jeune scout*.

Si je reste dans la chambre, ai-je pensé, si je me rendors, rien n'aura jamais eu lieu.

J'ai allumé ma lampe de chevet, enfilé mes pantoufles et ouvert la porte.

Du haut de l'escalier, je pouvais voir le salon avec toutes les lumières allumées. Dans un premier temps, la scène m'a semblé se dérouler sans son, comme si, sur une décision avisée de mes neurones, mes oreilles étaient momentanément épargnées tandis que mes yeux affrontaient seuls cet événement nocturne. Mes frères et mes parents se tenaient debout en bas, tous unis dans une étrange accolade. Toujours sans rien entendre, j'ai commencé à descendre les marches, et j'étais encore sourde au moment de fouler le sol du salon. À ce stade, il était évident que quelque chose de très grave était arrivé, si bien que je me suis approchée et j'ai fixé mon regard sur un bout du peignoir de ma mère, comme si ç'avait été une espèce de bouée au milieu d'un courant violent. Je n'ai pas quitté des yeux ce tissu-éponge rose jusqu'au moment où j'ai senti qu'on me tirait par le bras, et alors le temps a recommencé à défiler et j'ai vu leur visage sillonné de larmes et leurs cheveux en bataille et leur bouche ouverte. Mon père a été le premier à me regarder. J'avais recommencé à entendre. Plus haut que tout le reste, les sanglots et les gémissements de ma mère.

« Satti est mort, Ciça », elle a dit, et devoir ainsi l'admettre à voix haute n'a fait qu'accroître son désespoir. Par réflexe, elle m'a attirée moi aussi dans le cercle éploré. J'avais la tête écrasée, je sentais l'odeur de cigarette de mon père et celle de la crème poisseuse dont ma mère s'enduisait le visage, mais avec ce qui venait de se passer elle allait vieillir de dix ans en une seule nuit. Je me suis mise à pleurer à mon tour. À cet instant, la mort de João – l'ami exotique de la famille, l'ami aux bonbons et aux chewing-gums, la voix indignée à la radio – était pour moi une idée très abstraite, c'était comme s'il venait de quitter la politique pour se consacrer à l'élevage de chevaux, mais qu'il vivait toujours quelque part dans ce monde avec au moins un chemin de terre menant jusqu'à lui et un téléphone pour le joindre.

Mes parents m'ont fait m'asseoir sur le canapé. Ma mère a dit que quelqu'un avait tué Satti alors qu'il s'apprêtait à rentrer chez lui. Un de ses seins sortait presque de son peignoir. Elle s'est remise à pleurer et à crier, tandis que Marco essayait de placer dans son champ de vision un verre d'eau avec du sucre, un truc qu'il avait sans doute vu une fois à la télé. Elle a esquissé un geste pour s'en saisir, mais a renoncé, ou oublié à mi-parcours. Le verre a donc fini éclaté sur le carrelage. Personne ne s'en est soucié. Tâchant de reprendre l'histoire là où ma mère s'était interrompue, mon père s'est agenouillé devant le canapé, mais cette fois c'est lui qui s'arrêtait au milieu de ses phrases, il se demandait sans doute à quel point une petite fille de mon âge devait être mise au courant. Il a bientôt renoncé à son tour et s'est violemment jeté sur le canapé. Il est resté figé dans la même position, fixant le vide de ses yeux qui ressemblaient à deux flaques.

C'est à cet instant que lui et ma mère sont devenus deux figures opposées, elle entamant une espèce de ballet psychotique, tournant dans tous les sens et criant d'une manière qui ne semblait même pas humaine, lui totalement prostré, incapable d'offrir le moindre réconfort, prisonnier de ses propres ruminations. Il n'a émergé de cet état que lorsqu'il a entendu le téléphone sonner.

« Allô ? Salut, Werner. »

Désormais, c'était ma mère qui était figée et, debout au milieu des bris de verre, elle regardait mon père comme si une bonne nouvelle pouvait encore sortir de cet appareil.

« Sous le choc, comme tout le monde. Werner ? Attends, je vais te prendre dans mon bureau. Juste une seconde. »

Il a demandé à ma mère de raccrocher quand il aurait pris l'appel depuis l'autre pièce. Elle a pris le combiné, mais sans échanger un mot avec oncle Werner. Elle a raccroché. Elle m'a regardée, a regardé mes frères.

« Je crois qu'il vaut mieux que vous montiez.

— On ne peut pas rester ici dans le salon ? » a demandé Marco, la voix à moitié éraillée.

Elle lui a tendrement caressé la tête.

« Non, il faut que vous dormiez. » Cette accalmie soudaine m'a encore plus effrayée que la crise cinq minutes plus tôt.

« Vous avez classe de bonne heure demain.

— Aujourd'hui. Est-ce qu'on ne pourrait pas ne *pas* aller en cours pour cette fois, maman ? Il s'est passé quelque chose d'exceptionnel », a dit Vini.

Elle a tourné la tête lentement et l'a regardé. Son visage s'est crispé et elle a souri telle une démente avant de finalement faire une sorte de grimace difficile à interpréter. Elle n'a pas répondu. Elle a tourné les talons et s'est dirigée vers le bureau comme si absolument rien ne pressait. Nous sommes restés là un moment, tous les trois, interdits, à renifler et à trembler de froid. Il était presque trois heures du matin. Le vent parvenait à se faufiler sous n'importe quelle porte ou fenêtre et courait au ras du sol, agitant les franges du canapé.

Vinícius a commencé à monter l'escalier. Marco et moi lui avons emboîté le pas. Je n'avais pas envie de rester seule, aucun de nous trois n'en avait envie évidemment, mais personne n'a rien dit, et on est entrés sans un mot dans ma chambre, on a laissé la lampe de chevet allumée et on s'est glissés sous le drap et les trois couvertures de laine sans avoir la moindre intention de dormir. On était serrés. Vini et moi partagions l'oreiller. Marco s'était couché dans l'autre sens, la tête du côté de nos pieds.

« Qu'est-ce qui s'est passé ? j'ai voulu savoir.

— João s'est fait tirer dessus alors qu'il rentrait chez lui, a dit Marco. Deux policiers ont entendu les coups de feu, ils l'ont trouvé effondré à terre et l'ont emmené à l'hôpital. Mais ils n'ont rien pu faire.

— Et ils ont attrapé l'assassin ?

— Non, il a pris la fuite.

— En courant ?

— En voiture. »

Vini fixait le plafond. Une larme a coulé sur sa joue jusqu'à la pointe de son oreille.

« Vous croyez vraiment que Fred est son fils ? » a-t-il demandé.

Marco a relevé la tête.

« Comment ça, pourquoi ?

— Je sais pas. Juste un truc qui m'a traversé l'esprit.

— Tu crois qu'il aurait fait semblant d'être son fils pendant tout ce temps ?

— Ça n'aura pas été si long que ça.

— Mettons, mais quand même. Il faudrait qu'il soit vraiment bon acteur pour faire semblant pendant deux ou trois ans d'être le fils de quelqu'un, et la femme, la mère, elle aurait été dans le coup elle aussi ? La standardiste, là, Fred vivait avec elle avant, et apparemment il est même reparti vivre chez elle. Et tous ces mensonges dans quel but, au juste ?

— Pour voler quelque chose dans l'appartement ? ai-je dit, mais personne n'a fait attention.

— J'en sais rien, Marco, j'ai déjà dit que je savais pas. Je suis juste en train d'évoquer des possibilités.

— OK, OK, Sherlock Holmes. »

« Ta mère était amoureuse de Satti, m'a dit Glória Andrade lorsqu'elle a enfin accepté de me rencontrer, en 2001. Tu t'en étais aperçue à l'époque ? » m'a-t-elle demandé, et j'ai répondu que pas vraiment, mais que je me souvenais très bien d'avoir entendu un jour le présentateur du journal télévisé mentionner des cadeaux que Carmen Matzenbacher avait offerts à la victime quelques semaines à peine avant le crime : un plat décoratif, de ceux qu'on accroche au mur, un verre à pied, deux petits ânes en terre cuite. J'avais neuf ans, ai-je dit à Glória Andrade ce jour-là, personne ne me laissait rien voir sur l'affaire Satti, et c'est peut-être pour ça que cette minuscule information m'avait semblé à ce point fascinante et incompréhensible, une énigme à déchiffrer : un plat décoratif, un verre à pied, deux petits ânes en terre cuite. Pourquoi ces objets-là, plutôt que d'autres ? Quel sens avaient-ils ?

Marco, Vini et moi nous sommes réveillés quelques heures après, dans mon lit étroit. Le jour s'était levé. J'ai regardé par la fenêtre, il y avait de la rosée sur toute la surface de l'arrière-cour, ça brillait comme une plantation de pierres précieuses. Je suis sortie de la chambre en me frottant les yeux. J'aurais mis un certain temps à me rappeler qu'il était arrivé quelque chose d'anormal si je n'avais pas vu ma mère tout en noir, puis mon père tout en noir lui aussi, tandis que le téléphone n'arrêtait pas de sonner. Ils m'ont dit d'un ton calme qu'il était l'heure d'aller à l'école – les sonneries stridentes des appareils retentissaient encore –, et ils sont allés dire la même chose aux garçons, qui ont protesté, avant de rejoindre leur chambre respective, obéissants et abattus. Quinze minutes plus tard, nous étions tous l'estomac vide dans la Monza.

Ce matin-là, la voiture n'avait rien qui pût sembler anormal, me dirais-je quelques jours plus tard – nulle trace de choc sur la carrosserie, nulle tache de sang sur la banquette ni aucune autre marque évidente, qui auraient suffi à intégrer la Monza dans la scène du crime. Qui plus est, c'était cette même voiture que nous étions allés chercher ensemble chez le concessionnaire trois ans plus tôt, au volant de laquelle Marco et Vini avaient appris à conduire dans le domaine à la campagne, cette même voiture qui s'arrêtait presque tous les jours devant l'école avec le warning allumé. La même Monza et le même père. Quand je serais bien plus âgée, je penserais aux microparticules de poudre qui s'étaient probablement accrochées à nos vêtements en ce mercredi matin.

Au milieu du trajet, que nous faisions en silence, radio éteinte, ma mère tout à coup a demandé à mon père de s'arrêter. Elle a ouvert la portière, fait quelques pas mal assurés en prenant appui sur la carrosserie et s'est arrêtée. On pouvait la voir en partie à travers la vitre arrière. Je regardais la nuque de mon père – toujours assis à la place du conducteur – et une moitié de ma mère, dans le cadre de la vitre, penchée en avant, les cheveux lui tombant sur la figure, en train d'essayer de vomir. Un filet épais a coulé de sa bouche, est resté suspendu un instant, puis s'est finalement détaché. Mon père est descendu de la voiture. « Il s'est présenté à la veillée funèbre la mine décomposée, dans une tenue négligée », serait-il écrit ensuite dans le journal. Il a essayé de poser la main sur l'épaule de ma mère, mais elle s'est éloignée et a commencé à pleurer.

Quand on s'est remis en route quelques minutes plus tard, Marco a demandé si tout ça pouvait avoir un lien avec l'histoire de l'interdiction des aérosols, et mon père a répondu que c'était possible, mais que c'était difficile à dire parce que « Satti dérangeait beaucoup de monde dans bien d'autres domaines ».

« Ce que veut le jaloux, c'est qu'on l'adore, a commencé ma mère d'une voix qui ne ressemblait pas à la sienne, mais étant dépourvu de qualités, il exhibe ce qui lui reste, c'est-à-dire le mensonge qu'est sa propre existence.

— Qu'est-ce que c'est que ça ? » a demandé Marco.

Mon père s'était arrêté à un feu rouge.

« C'est à propos de Ferrari qu'il a écrit ça, a-t-il dit, en regardant ma mère.

— Je le sais bien.

— Pour une connerie.

— Mais lequel des deux avait fait cette connerie ?

— Quelle importance maintenant ? »

La voiture a redémarré. Ma mère s'est tournée vers Marco.

« La chronique que Satti présente sur Radio Gaúcha. C'est un extrait de celle d'avant-hier, intitulée "Le jaloux".

— Ferrari était hors de lui, il me l'a dit lundi soir. Il a trouvé cette façon de faire passer des messages par la radio complètement puérile. »

Depuis le début de cette année-là, ma mère travaillait pour le compte du député Afonso Ferrari, membre du PMDB lui aussi, conformément à cette technique très ancienne qui consiste à recruter dans un cabinet des membres de la famille d'un collègue pour rendre la pratique du népotisme un peu moins criante. Le bureau de Ferrari jouxtait celui de Satti, et la proximité quotidienne entre ce dernier et Carmen faisait naître tout type de rumeurs à l'Assemblée. On racontait qu'elle était amoureuse du « député Ozone », qu'elle lui écrivait des lettres enflammées. On racontait que Raul était bizarre et qu'on l'avait vu crier sur Carmen à au moins deux reprises. Les ragots avaient atteint des sommets dans le groupe d'amis et de collègues qui, dans la nuit du 7 juin, attendaient des nouvelles de Satti à l'entrée des urgences.

« Même s'il pleut, même si le temps est humide, a repris ma mère, de nouveau avec cette voix qui n'était pas la sienne, l'important, c'est de vivre, voir du vert, un arbre, se débarrasser de sa montre.

— Ça suffit, Carmen. »

Ce texte était également signé Satti.

C'est lors de la veillée funèbre et de l'enterrement que mon père allait découvrir son statut de suspect. Plusieurs amis l'alerteraient. Ce matin-là – ce qui paraissait un peu étrange –, il n'avait allumé ni la télé ni la radio, n'avait même pas répondu au téléphone, mais, avant même que la dépouille de João Carlos Satti ait parcouru le trajet entre l'Assemblée législative et le cimetière de la Santa Casa, sous les applaudissements de la foule qui se pressait sur les trottoirs, la police était déjà en train d'assembler les premières pièces du puzzle. Quatre témoins avaient vu sur la scène du crime une Monza gris foncé avec becquet. Paulo Bittencourt, le directeur de cabinet de Satti, avait décrit à la police les sentiments de ma mère (intenses, un peu obsessionnels, allant certainement au-delà de l'amitié). Bittencourt, tout comme Glória Andrade, déclarerait également que Satti avait vu la voiture de Raul en face de chez lui quelques jours avant le crime.

Au terme de cette même journée, mon père s'est rendu dans les studios de Radio Gaúcha pour tâcher de s'expliquer. Il a été interviewé par le journaliste Pedro Martins. J'ai ici avec moi le fichier numérique et la transcription de cet entretien qui a été utilisé par l'accusation lors du procès parce qu'il était honteusement compromettant. Cette interview allait devenir un cauchemar pour Arnaldo de Souza Andrade, futur avocat de mon père (*Vous n'auriez jamais dû aller vous coller devant un micro dans cet état, Raul*). Sa voix laissait transparaître sa nervosité, et ses propos relevaient à la fois de la langue de bois et de la confusion mentale d'un homme conscient d'avoir perdu le contrôle de la situation.

« Nous accueillons maintenant à ce micro le député Raul Matzenbacher, médecin, membre du PMDB et considéré comme l'un des meilleurs amis de João Carlos Satti, mais qui étonnamment fait aussi figure de suspect. Bonsoir, monsieur le député.

— Bonsoir, Martins. Je suis réellement sous le choc, et je crois que nous le sommes tous. Réellement sous le choc à cause de ce qui ébranle jusqu'aux structures de notre cerveau, qui n'arrive pas à comprendre un événement pareil. Mardi soir, on se parlait encore au téléphone vers dix-neuf heures, dix-neuf heures trente. Satti allait dîner à l'Hotel Plaza São Rafael. Je l'ai même un peu chambré, vous voyez, je lui ai dit que c'était un endroit pour les nababs et que moi j'étais un député pauvre, que je ne pouvais donc pas venir, bon, mais en fait la vérité c'est qu'il faisait mauvais temps, en plus j'étais allé à un barbecue à midi, j'ai renoncé à ce dîner qui nous aurait réunis le mardi soir.

— Mardi soir, Satti a-t-il dîné uniquement avec Glória Andrade ou y avait-il quelqu'un d'autre ?

— Pour autant que je sache, il n'y avait que Glória. Mais, dans tout ça, Martins, ce qui m'afflige, au-delà de la douleur de la perte, bien sûr, au-delà de la douleur de la séparation, c'est ce que la presse du Rio Grande do Sul aujourd'hui...

— Je comprends. Comment expliquez-vous cette situation, monsieur le député ?

— Je ne me l'explique pas, Martins. On est peut-être dans un de ces cas de figure, pure fatalité peut-être, qui font dire que la politique apporte plus de déboires que de joies, parce que moi j'ai quitté mon cabinet de consultation, j'avais une vie tranquille, paisible, et j'ai été élu non pas grâce à la légende de mon parti, mais uniquement grâce à l'exemple que j'incarne, au type d'être humain, de père, de mari que je suis. Et c'est très douloureux pour moi aujourd'hui, très pénible, de voir toutes ces spéculations, ne serait-ce que parce qu'il y a plusieurs hypothèses, on n'a absolument aucune preuve concrète. Et, pour ma part, je vais vous dire, Martins, je suis tout à fait serein, parce que mardi soir il se trouve que j'étais avec mon épouse et mes enfants, mais pas seulement, parce que par un de ces hasards qui font que, quand des choses désagréables nous attendent, bien souvent on reçoit l'aide de Dieu, on profite d'un coup du sort, parce que ce soir-là, Martins, je suis revenu du travail et, après le dîner, je suis sorti pour acheter des cigarettes, puis je suis rentré à la maison, et nous avons reçu la visite d'un couple de Caxias do Sul, chez moi, précisément, donc vous pensez bien que je suis absolument serein et persuadé que tout cela finira par s'éclaircir, c'est que j'ai une famille moi, et le manque de respect dont témoigne ce genre d'affirmations...

— Soit, monsieur le député. Mais, en toute franchise, nous nous connaissons depuis longtemps, vous êtes dans votre rôle d'élu et nous, ici, sommes dans notre rôle de journalistes, aussi permettez-moi d'approfondir un point.

— Mais avec plaisir, Martins.

— Ces spéculations n'ont pas commencé dans la presse. Notez bien qu'il y a deux éléments, monsieur le député, qui ont donné du grain à moudre à la presse. Par exemple, le directeur de cabinet du député Satti, Paulo Bittencourt, dans sa déposition d'hier, vous a cité nommément.

— Oui.

— Et votre épouse a fait de même, et par ailleurs elle a remis une arme à la police.

— C'est exact.

— Comment expliquez-vous que ces deux personnes aient fait des dépositions qui placent le député Matzenbacher en position de suspect ?

— Vous avez raison, Martins, et à aucun moment je n'ai voulu m'en prendre à la presse en général, il n'est pas question pour moi de la montrer du doigt, parce que le rôle de la presse c'est d'informer, bien évidemment. En l'occurrence, je dois avouer que je suis stupéfait, tout le monde est stupéfait. Écoutez, je n'ai pas connaissance de la teneur de ces dépositions, donc j'aurais bien du mal à me faire une idée. Mais les circonstances et une accumulation de micro-facteurs peuvent parfois donner lieu à des raisonnements un peu hâtifs qui conduisent à des injustices en l'absence de la moindre preuve, m'impliquer dans un crime qui a enlevé la vie à quelqu'un que je n'étais pas loin de tenir pour mon meilleur ami, Martins, lui et moi nous étions comme les deux doigts de la main.

— Et cette arme que Carmen a remise à la police, un fusil à double canon de calibre 12, était-elle à vous ?

— Oui. Martins, je suis, conformément à la tradition à la campagne, un chasseur. Mais, à partir du moment où je me suis engagé en politique, j'ai arrêté de chasser, ne serait-ce qu'à cause de mes obligations quotidiennes.

— Très bien, monsieur le député, nous sommes sur Radio Gaúcha pour ce long entretien avec vous, nous avons même choisi de supprimer les publicités et d'empiéter largement sur Gaúcha Reporter, une émission qui a eu pour premier présentateur João Carlos Satti, qui a toujours été l'émission de Satti. Nous arrivons au terme de notre échange, j'aimerais vous poser une dernière question.

— Allez-y, Martins.

— Où êtes-vous allé acheter vos cigarettes mardi soir ?

— Dans un tabac, là, il y en a un qui se trouve rue… vous connaissez la rue, est-ce que c'est la rue Euclides, oui, c'est ça, à côté de l'université IPA.

— À côté de l'IPA.

— À côté de l'IPA il y a un bar-tabac, le Figueroa, sauf erreur.

— C'est à combien de mètres de chez vous ?

— C'est aussi une station-service, combien de mètres, je ne saurais pas vous dire, c'est à quelques pâtés de maisons.

— Quelques pâtés de maisons ?

— Oui, six, sept, huit pâtés de maisons.

— Six, sept, huit pâtés de maisons. »

ALBERTO ET ESTELA SARTORI, le 7 juin, sont descendus de la montagne parce qu'ils voulaient aller écouter un orchestre jouer les Requiem de Mozart. Au lever du jour, la température était négative à Caxias do Sul, si bien qu'à huit heures du matin les maisons le long de la sinueuse BR-116 semblaient encore couvertes de verre pilé. Alberto possédait une petite fabrique de meubles – qui surmontait péniblement les crises économiques successives affectant le pays –, et Estela avait arrêté d'enseigner les mathématiques pour élever leurs enfants. Une fois tous les trois ou quatre mois, les Sartori descendaient à Porto Alegre, mangeaient de la morue chez Gambrinus, achetaient des petits cadeaux pour leur progéniture, assistaient à un concert, rendaient visite à un ami et, pour finir, rentraient épuisés à l'hôtel Everest, où ils demandaient toujours une chambre à l'étage le plus élevé possible. Le lendemain, ils rentraient chez eux.

Le 7 juin, Alberto et Estela ont suivi leur programme habituel. À leur arrivée devant le théâtre de l'Ospa, l'Orchestre symphonique de Porto Alegre, cependant, on les a informés que le concert était annulé. « Tout a commencé à cause de la Varig : la compagnie aérienne avait endommagé un violon », expliquerait Estela Sartori trois jours plus tard, dans son entretien téléphonique avec le *Correio do Povo*, « le violoniste invité, qui venait de Rio de Janeiro, se trouvait donc dans l'impossibilité de jouer. C'est ainsi que nous avons finalement décidé de rendre visite aux Matzenbacher. »

Ils ne voulaient pas perdre leur soirée. Pour commencer, ils ont pris un taxi pour se rendre chez un ami d'Alberto qui venait tout juste d'emménager. Ils ont sonné, mais personne n'est venu leur ouvrir. Les lumières devaient être allumées juste pour faire croire à la présence de quelqu'un à la maison – Porto Alegre est devenue tellement dangereuse, avait dit Estela à son mari. Puis ils ont marché jusqu'au premier carrefour, puis jusqu'au carrefour suivant, afin d'essayer de comprendre à quel endroit ils se trouvaient précisément. « Tiens, mais on est tout près de chez Carmen et Raul », s'est exclamé Alberto, sûr de lui, et ils ont parcouru deux pâtés de maisons pour venir sonner chez nous, non pas parce qu'ils mouraient d'envie de rendre visite à mes parents, mais parce qu'ils se sentaient perdus dans le dédale du quartier de Bela Vista, avec peu de chances de dégoter un taxi. Il était 21 h 15 lorsqu'ils sont arrivés dans notre maison de la place Horizonte, et sur ce point tout le monde serait d'accord par la suite.

Ma mère et Estela avaient été très amies pendant l'adolescence, mais ces dernières années elles étaient en contact seulement de manière épisodique (*Tu te souviens d'Estela, Ciça ? Et d'Alberto ? Ils étaient venus pour mon anniversaire il y a quelques années*). Ce soir-là, elle a été surprise par l'arrivée soudaine du couple Sartori, mais n'a pas semblé contrariée, si ce n'est par le fait qu'elle n'était pas vraiment présentable dans son peignoir rose et ses pantoufles en peau de mouton (au moins, elle ne s'était pas encore démaquillée, heureusement). Ils se sont installés tous les trois dans le salon pour bavarder. Mon père était sorti aux environs de vingt et une heures et je ne savais pas où il était, ou plutôt, où il avait dit à ma mère qu'il allait. Devant les visiteurs, elle s'en est tenue à ce commentaire : « Raul est sorti. Je pense qu'il ne va pas tarder. »

Je suis montée tout de suite après leur arrivée. Je suis passée devant la chambre de Vini et j'ai entendu de la musique, fort comme chaque fois que notre père n'était pas à la maison. Je suis entrée dans ma chambre et j'ai entrouvert la fenêtre, un tout petit peu, sans faire ce que je faisais d'habitude, c'est-à-dire ouvrir la fenêtre et monter sur une chaise pour mieux entendre. Ce soir-là, le temps était aussi glacial que dans les pages 100 et 101 du *Guide du naturaliste amateur* (un lapin blanc les pattes enfoncées dans la neige, une chouette blanche aux yeux jaunes qui semblait se préparer à quelque chose). Je me suis mise à lire une version jeunesse des *Trois mousquetaires*, j'entendais de la musique mais sans pouvoir l'identifier précisément. Malgré tout, je trouvais à ces sons vagues un côté réconfortant, allez savoir pourquoi.

Personne ne m'ayant demandé d'aller dormir, j'ai continué de lire même après vingt-deux heures, ce qui était l'horaire officiel pour me coucher. D'après les dépositions de ma mère et d'Alberto auprès de la police, mon père est rentré à la maison à 22 h 15. D'après la déposition d'Estela, il était 22 h 25. Il est entré, il est tombé sur le couple de Caxias, il les a salués, Estela a raconté l'histoire du violon cassé, puis, prétextant une extrême fatigue et une migraine, mon père les a priés de bien vouloir l'excuser et s'est retiré.

La police allait estimer que les coups de feu avaient été tirés entre 22 h 15 et 22 h 20, cela sur la base des dépositions d'au moins huit personnes. Nous habitions à environ trois kilomètres de chez Satti, une distance qu'il était possible de parcourir en voiture en cinq minutes un soir sans trop de circulation. Ainsi, la petite différence entre l'heure indiquée par Estela et celle indiquée par Alberto était capitale : cette différence entraînait la possibilité ou l'impossibilité d'intégrer mon père dans la scène du crime.

Le problème, c'est que je savais exactement à quelle heure il était rentré. Ce qui s'est passé n'a pas été simple pour une fillette de neuf ans. Bien évidemment, personne n'allait m'interroger sur la question, ni cette semaine-là ni plus tard. Je l'ai su à cause du tourne-disque et du moteur de la Monza. Mes parents garaient toujours la voiture entre la maison et le mur. Chaque fois que la voiture arrivait, le son ricochait dans ce couloir de béton et de dallettes hexagonales, puis montait. Le soir du 7 juin, Vinícius a arrêté la musique dès qu'il a entendu le moteur. Je voulais savoir de combien de temps j'avais dépassé l'heure à laquelle j'étais censée me coucher, et je me souviens que j'étais contente, contente d'avoir veillé et lu pendant un temps qui m'avait paru très long, l'adrénaline de l'aventure de cape et d'épée se mêlant à celle de ma petite désobéissance. J'ai regardé le radio-réveil. Il était 22 h 27. Je me suis levée et je suis allée jusqu'à la fenêtre. J'ai aperçu l'avant sombre de la voiture en bas. J'ai refermé la fenêtre et j'ai éteint ma lampe.

J'ai voulu par la suite remettre en cause ma propre mémoire, mais cela n'a guère duré, j'étais certaine des chiffres, le triple deux et le sept final semblaient imprimés sur ma rétine, et je me suis dit pendant un certain temps que le couple Sartori avait tout simplement l'habitude de vivre sans faire attention aux horloges autour d'eux, comme la plupart des gens, sans imaginer le moins du monde que douze minutes, ou deux, pouvaient absolument tout changer.

Quoi qu'il en soit, je savais ce que personne ne savait, ou peut-être ce que personne ne voulait raconter : mon père était arrivé à la maison à exactement 22 h 27.

À partir du moment où il s'est attaché les services de l'avocat pénaliste le plus célèbre du Rio Grande do Sul pour assurer sa défense, son alibi pour la nuit du crime a été peaufiné au maximum : le député Matzenbacher était sorti de chez lui pour aller acheter une cartouche de cigarettes à la station-service Figueroa et, dans la foulée, avait décidé de faire un tour en voiture « pour se changer les idées », en passant par les artères principales de la ville et par un terrain qu'il avait acheté non loin de là où nous habitions. De retour chez lui, il avait trouvé dans son salon un couple respectable de Caxias do Sul, qui confirmait l'heure à laquelle il était arrivé (22 h 15 d'après Alberto, 22 h 25 d'après Estela, mais, il fallait s'y attendre, la déposition de l'homme aurait plus de valeur que celle de la femme).

Dans son fameux entretien à Radio Gaúcha, mon père ne fait pas allusion à sa promenade en voiture, seulement aux cigarettes (*Ce soir-là, Martins, je suis revenu du travail et, après le dîner, je suis sorti pour acheter des cigarettes, puis je suis rentré à la maison*).

Au fil des années, cette histoire de cigarettes m'apparaîtrait de plus en plus risible ; c'était comme si mon père avait cherché, à travers ce détail, une manière sophistiquée, délibérée, de se moquer du monde. Parce que « sortir pour acheter des cigarettes » était une phrase qui, dans l'imaginaire collectif, annonçait une disparition soudaine ; une personne sort de chez elle avec rien d'autre que ses habits sur le dos en annonçant qu'elle revient tout de suite, et met aussitôt en branle un plan échafaudé avec la plus grande rigueur pour disparaître à l'autre bout du monde sans plus jamais donner signe de vie à sa famille. On avait tellement utilisé cette idée de sortir pour acheter des cigarettes dans des livres, des films et sans doute dans des situations réelles que c'était devenu une sorte de blague sur le désir très humain de tourner le dos à sa propre existence. Seulement, mon père avait inversé l'idée. Il n'avait pas pour objectif de rompre avec sa famille. Il n'avait aucune envie de disparaître. En l'occurrence, celui qui devait disparaître, c'était l'Autre, celui qui menaçait sa cellule familiale.

Ce jour-là, oncle Werner est venu nous chercher à l'école pendant qu'un médecin ami de mon père se rendait chez nous et administrait à ma mère un mélange de Valium et d'Equilid qui aurait pu terrasser un cheval. Au commissariat central, quelqu'un traçait le portrait-robot de l'assassin présumé à partir de la déposition de Restinga, le gamin qui surveillait les voitures. Résultat : un homme blanc entre deux âges coiffé d'une casquette, un dessin esquissé à partir de quelques secondes d'observation et du souvenir qu'en avait gardé un garçon de douze ans qui, bien que peu concluant, allait être publié en une du *Zero Hora* dès le lendemain. Lorsque je le découvrirais, je serais très impressionnée et trouverais que ce portrait rappelait énormément mon père (*Ça ne lui ressemble pas du tout, Ciça,* dirait Marco, en m'arrachant le journal des mains).

Mon père se rendrait en voiture au numéro 386 de la rue Tauphick Saadi. C'était l'adresse de Paulo Bittencourt. Il attendrait dans la Monza que Paulo revienne de sa première convocation par la police, il descendrait alors subitement de la voiture et lancerait ainsi au jeune assistant effrayé : *Je veux juste savoir ce que tu leur as dit, c'est tout !* Pour une raison inconnue, mon père serait encore dans la rue Tauphick Saadi quinze minutes après que Paulo lui eut claqué la porte au nez, quand pas moins de six véhicules de la Brigade militaire surgiraient et qu'un sergent prendrait l'initiative d'aller toquer à la vitre de la Monza, visiblement embarrassé par le déploiement d'un dispositif pareil : *Je crois que vous devriez vous en aller, monsieur le député, sinon ça va poser problème pour nous. Vous voulez bien ?*

Paulo Bittencourt avait toutes les raisons du monde de paniquer. Pour lui, la Monza gris foncé était certainement devenue un signe funeste, une sorte de présage de mort. Trois jours avant le crime, Satti lui-même lui avait raconté qu'il avait aperçu la voiture de Matzenbacher garée devant son immeuble. L'épisode s'était produit juste après un dîner à la Churrascaria Barranco, où les deux députés se trouvaient en compagnie d'un groupe de politiciens et de journalistes. Tous diraient ensuite que Raul Matzenbacher semblait bizarre ce soir-là. La tête ailleurs, l'air abattu. Pas très bavard. À un moment, alors qu'il n'avait quasiment pas touché à son assiette, il s'était levé et avait demandé à utiliser le téléphone du restaurant. À son retour, il avait enfilé sa veste et était parti à la hâte, prétextant qu'un de ses enfants était souffrant. Et pourtant, moins de deux heures plus tard, Matzenbacher était garé rue Quintino Bocaiuva dans sa Monza grise. Quand Satti l'avait reconnu et avait traversé la rue en direction de la voiture, Raul avait tout simplement démarré en trombe.

Paulo Bittencourt avait raconté cet épisode à la police, de même que l'histoire du sac de ma mère. À l'époque, il était convaincu que mon père avait tué Satti, et il répéterait à qui voulait l'entendre, pendant des années et des années, qu'il allait jusqu'à comprendre les motivations de Raul, mais qu'en revanche ce qui lui paraissait indéchiffrable, c'était l'attitude de Carmen (*Raul peut très bien avoir décidé, vraiment décidé, en quelques secondes. C'est vite fait, de tuer quelqu'un. Mais Carmen, heure après heure, jour après jour, mois après mois, elle a choisi de rester avec cet homme. Pourquoi ? Et quand finalement elle choisit de partir, elle laisse tomber ses enfants. Lamentable !*).

L'épisode du sac avait eu lieu la veille du dîner à la Churrascaria Barranco. C'était un jeudi, à l'heure du déjeuner. Ma mère a cherché à joindre le chef de la sécurité de l'Assemblée législative pour déclarer un vol. Son sac était resté accroché toute la matinée à un portemanteau dans le bureau du député Ferrari. Carmen était sortie déjeuner en ne prenant que son porte-monnaie. À son retour, le sac avait disparu. Une rumeur a rapidement commencé à circuler dans les couloirs de l'Assemblée : ce sac contenait des lettres d'amour adressées au « député Ozone » et Raul avait trouvé le moyen de mettre la main dessus. Mais personne n'a jamais vu ces fameuses lettres, et ma mère a toujours nié jusqu'à leur existence.

En quittant la rue Tauphick Saadi le lendemain de l'assassinat de Satti, mon père a poursuivi son itinéraire des mauvaises idées qui aurait pour point d'orgue l'entretien à la radio en fin d'après-midi. Il ne s'est pas rendu compte que, au vu de la gravité de la situation, la meilleure chose à faire était de se tenir tranquille. Il est allé en voiture chez Afonso Ferrari – *Quel malentendu affreux, Raul, entre !* – et de là il a téléphoné au palais Piratini. À cet instant, le gouverneur était justement en train de s'entretenir à huis clos avec les deux commissaires qui allaient s'occuper du dossier Satti. Le gouverneur ne savait pas comment réagir à ce qui semblait prendre la tournure d'un scandale fratricide ; il avait lui-même convaincu aussi bien Matzenbacher que Satti de rejoindre le PMDB. Toute cette affaire était très mauvaise pour le parti et très mauvaise pour le processus de retour à la démocratie. Au téléphone, le gouverneur a indiqué qu'il allait envoyer les deux commissaires chez Ferrari pour qu'ils recueillent une déposition informelle. Avant leur arrivée, mon père a téléphoné aux Sartori et les a prévenus qu'ils allaient être contactés par la police. Il est impossible de savoir ce qu'ils se sont dit. Peut-être Alberto croyait-il déjà que Raul était arrivé chez lui à 22 h 15. Peut-être s'en est-il laissé convaincre au cours de cette conversation téléphonique.

Marco, Vinícius et moi sommes restés chez notre oncle Werner une bonne partie de l'après-midi, à regarder les films qu'il avait loués pour nous – *Retour vers le futur* et *Big* – et à engloutir de monumentales parts de gâteau au chocolat. Tante Eliane était avec ma mère chez nous, place Horizonte. Aux environs de dix-huit heures, deux policiers se sont garés devant le château d'eau bizarroïde, la tour de Raiponce, le château que Robin des Bois attaquait sans cesse, le monument en l'honneur d'un général sans importance, puis ils ont traversé la rue et frappé à notre porte (*Bonjour, on aurait quelques questions à poser à Mme Carmen Matzenbacher, est-ce qu'on peut entrer ?*). Elle s'est assise dans le fauteuil, encore sous l'effet du Valium et de l'Equilid, dans son peignoir rose, et un des deux policiers a dû détourner le regard pour ne pas en voir plus qu'il ne le souhaitait. Non, elle ne savait pas pourquoi son mari avait passé autant de temps hors de chez eux la veille. Parfois, il appréciait de rester seul. C'était une caractéristique des gens qui avaient grandi à la campagne. L'immensité des grands espaces leur manquait, ce qui n'était absolument pas son cas. Pour elle, la campagne avait été synonyme de tristesse, de monde sans issue, parce qu'il revenait au même d'aller tout droit, d'un côté ou de l'autre, ou de faire demi-tour. Mais, dans une relation, on finit par s'accommoder de ces différences, c'était ce qui s'était passé depuis le tout début, quand ils s'étaient rencontrés, imaginez un peu, elle avait été princesse de la Fête du raisin en 1965. Bien sûr, leur couple était, est un couple heureux. Bien sûr, Satti est, était un grand ami de la famille. Ils travaillaient tous les trois dans une grande proximité. Des armes ? Oui, Raul en a, toutes dûment déclarées, la plupart dans leur domaine de São Gabriel, parce qu'il chasse, il était déjà chasseur à sa naissance. Mais aujourd'hui de bonne heure je suis allée dans la remise au fond du jardin et j'y ai vu un fusil à double canon. Je peux aller le chercher si vous voulez. Vous voulez ? Je reviens tout de suite.

« Marco, ton visage, mais qu'est-ce...

— Je sais... »

Je me suis levée du banc. C'était le deuxième jour d'école après le crime.

« Ça te fait mal ?

— Touche pas, Cecília. Un peu. »

Sa paupière gauche était enflée et on arrivait à peine à voir l'œil dessous. Sur ses lèvres, deux croûtes de sang séché, et sur ses habits, plein de taches orangées, ç'avait dû se passer sur le terrain de foot. On aurait dit que quelqu'un l'avait traîné sur la terre battue. Il se touchait les lèvres, pour mesurer l'étendue des dégâts. À ma connaissance, Marco ne s'était jamais battu avec personne.

« Je lui ai cogné dessus, moi aussi. »

C'était l'heure de la récréation, je me trouvais dans la cour avec Adriana, la seule amie que j'avais à l'école. Elle l'a bien regardé, sans être effrayée contrairement à moi, avec même une curiosité un peu morbide.

« Je l'ai laissé la bouche en sang, a ajouté Marco.

— C'était qui ?

— Mathias Almeida, tu connais ?

— Il fait du judo avec mon frère. Il est bien plus grand que toi.

— Et alors ?

— Alors rien. Je vais m'acheter un chocolat, Ciça. »

Adriana s'est levée, et Marco s'est assis à sa place. Il s'est touché la paupière gauche, puis a reniflé. Il avait l'air à moitié perdu, il regardait les enfants et les ados dans la cour comme s'il ne les avait jamais vus jusque-là. Pendant ce temps, je le regardais lui et je me disais que c'était étrange qu'il soit là, dans la mesure où une discussion avec sa petite sœur dans la cour de récréation pouvait avoir valeur de défaite majeure dans la longue liste des défaites scolaires. À ce stade, le bilan était désastreux : pendant ces quinze minutes de pause, il avait déjà pris un coup de poing dans la figure et s'était fait traîner sur la terre battue au point d'avoir les habits tout orangés, sans compter ce que j'ignorais. Maintenant l'humiliation pouvait être plus grande encore du fait qu'il discutait avec sa petite sœur.

« Qu'est-ce qui s'est passé ? ai-je demandé.

— Je me suis battu avec Mathias.

— Ça, je le sais déjà, mais à cause de quoi ? Tu es allé voir la direction ?

— Tu rigoles ? Oublie, Ciça.

— Ils ont sans doute de la pommade, ai-je dit en examinant son œil de plus près. Tu crois qu'il va falloir te faire des points de suture ?

— Mais non, ça s'est arrêté de saigner.

— Qui a commencé ?

— Qui a commencé à parler ou commencé à cogner ? On jouait au foot, Mathias m'a sorti un truc qui m'a pas plu. Alors je me suis occupé de lui.

— Le truc qui t'a pas plu, c'était pas sur papa par hasard ?

— Comment tu le sais ?

— Une idée, comme ça. »

Les journaux que les parents de nos camarades avaient feuilletés pendant le petit déjeuner ce jour-là titraient par dizaines sur ce que la presse et la police appelaient déjà l'affaire Satti. Nombre d'entre eux mentionnaient le nom de mon père : *Matzenbacher suspect, il se défend : « C'est une erreur » ; Matzenbacher : « Satti m'a invité à dîner samedi. Je n'y suis pas allé » ; Matzenbacher recherche le directeur de cabinet de Satti (qui prend peur et appelle la police).*

« Tu crois que les choses vont revenir à la normale ? a demandé Marco.

— Je sais pas, et toi ? »

Il a haussé les épaules.

« Je préférais vraiment quand papa était juste médecin. »

On a souri pour la première fois depuis le début de la récréation.

Adriana n'est pas revenue sur notre banc, la sonnerie a retenti et Marco s'est levé aussitôt telle une figurine surgissant de sa boîte. « À plus », a-t-il lancé, et j'ai eu l'impression que son œil gauche était encore plus fermé qu'avant, comprimé sous la chair enflée et rougie, ce n'était pas très joli à voir. Il a tourné les talons et a filé. Je suis partie de mon côté, vers ma salle de classe. La cour était presque vide à présent, mais quelqu'un était toujours assis sur le sol goudronné, le dos contre le mur tout blanc, le casque de walkman au milieu d'une chevelure dont il pouvait jurer qu'elle était la même que celle du clavier de Depeche Mode. Je lui ai fait signe. Mais Vini avait la tête complètement ailleurs.

Ce matin-là, mon père devait s'inquiéter des unes des journaux et de toute cette rumeur qui se propageait à grande vitesse dans les couches supérieures de la société de Porto Alegre, mais, avant dix heures, il a reçu l'information – que quelqu'un avait fait fuiter – selon laquelle la police n'avait pas trouvé de traces de poudre sur le fusil saisi la veille. Un soulagement, mais de très courte durée. À 10 h 15, la directrice de notre établissement l'a appelé pour l'informer que Marco s'était battu pendant la récréation. Et l'histoire ne s'arrêtait pas là. De retour en salle de cours, il avait essayé de lancer un extincteur sur un autre camarade et s'en était pris à un troisième garçon en lui hurlant dessus. À présent, il se tenait devant elle et refusait de s'exprimer. Au moins avait-il accepté la poche de glace.

Puis une assistante de la directrice est venue frapper à la porte de la classe de CM1-C, elle a prononcé mon nom bien fort et m'a demandé de ranger mes affaires. Tout le monde m'a fixée pendant que je remettais mon crayon et ma gomme dans ma trousse, puis la trousse dans mon sac, puis les cahiers. Vini, Marco et moi avons été raccompagnés par cette femme mâchonnant son chewing-gum jusqu'au portail principal de l'établissement, où notre père nous attendait déjà. C'était donc, au moins pour quelques semaines, notre dernier jour de classe.

« TU AS PEUR de l'intimité », m'a dit une fois une psychologue, et pour moi il ne faisait aucun doute qu'elle avait raison, seulement je trouvais que quelqu'un qui se contentait de me montrer ce qu'il y avait de négatif dans mon comportement ne m'était pas d'une grande aide. J'étais encore à Porto Alegre à l'époque. J'avais dix-huit ans et je préférais mille fois passer ma soirée à faire des dessins scientifiques de graminées de la pampa plutôt que de sortir et de rencontrer qui que ce soit. L'idée même de *rencontrer* quelqu'un me mettait mal à l'aise, tout comme l'idée de devoir me rendre dans un lieu déterminé. Du moins dans les lieux que les gens fréquentaient. Il était clairement dans mes intentions de me tenir à bonne distance du Porto Alegre nocturne.

Parfois, je sortais tout de même avec tel ou tel étudiant en biologie, en lettres, en philosophie, en sciences sociales, des types que j'avais rencontrés par hasard en train de fumer de l'herbe dans des recoins du Campus do Vale. L'un d'eux expirait la fumée à la gueule des chiens galeux et était pris de fous rires. Un autre ne portait que des habits noirs et se promenait en permanence avec un livre d'Augusto dos Anjos tout souligné. Un autre encore assistait aux cours d'Éthique I avec un couteau Bowie à la ceinture. Ils étaient du genre inadapté et mal assuré, mais il y avait un point sur lequel ils se comportaient comme n'importe quel garçon de dix-huit ans : ils auraient fait n'importe quoi pour avoir une chance de s'envoyer quelqu'un.

Ces types en général n'avaient pas de voiture, alors je prenais la Corsa rouge qu'à l'époque je partageais avec Vini et j'allais les chercher dans des appartements à Lindoia, Petrópolis, Menino Deus. Quand on était presque arrivés dans le quartier des bars de la basse ville, je jetais un coup d'œil sur le côté, comme si je n'avais pas cette idée en tête depuis le début, et je lançais : *Je crois que j'ai une meilleure idée.* Je prenais alors la direction de la zone sud et je longeais les eaux sombres du Guaíba, j'apercevais au loin un SDF qui faisait un feu ou une agitation étrange dans la végétation sur la rive tout en déboutonnant le pantalon du garçon bizarre du jour. Ils ne s'opposaient jamais à mes choix d'itinéraire. J'empruntais les petites rues circulaires de Vila Conceição, puis je descendais jusqu'à la plage de Cachimbo. Je garais la Corsa dans une voie sans issue – au bout de la rue, c'était la mer –, enlevais le pantalon du type et m'installais sur lui avec ma jupe de hippie en tirant ma petite culotte sur le côté.

Mêlée au vide que je ressentais au moment de me rasseoir sur le siège conducteur, montait en moi la vague compréhension du risque qu'on courait juste en étant là. C'était un endroit désert, presque sans éclairage public, où il n'y avait guère que deux maisons séparées par un terrain vague. Alors je remettais le contact et on laissait derrière nous les amoncellements de *despachos* sur l'étroite bande de sable, rêves de gloire, d'amour et de richesse qui avaient tous une odeur de charogne. On allait boire une bière dans un bar d'Ipanema. J'aimais ces rencontres inversées. Qui commençaient par le sexe et se terminaient au bar. L'inversion était également géographique : je voulais m'éloigner des lieux clés de la soirée du 7 juin 1988. À Ipanema, j'avais l'impression d'être dans une autre ville. Même l'air qui entrait par les fenêtres du bar pendant qu'on jouait au billard était différent, une simili-brise marine qui permettait de plonger dans l'illusion qu'on se trouvait très loin, à au moins plusieurs centaines de kilomètres, dans une station balnéaire hors saison oubliée de tous.

Il m'a fallu trois mois avant de dire à la fameuse psychologue que j'étais la fille de l'ex-député Raul Matzenbacher. Mes efforts pour ne pas me livrer, à quoi s'ajoutait le nom de ma mère sur le chèque, avaient cependant dû rendre la chose évidente depuis le début. Bien entendu, cela n'a fait qu'accroître la gêne que je ressentais et, quand j'ai finalement dit « Vous devez vous souvenir de l'affaire Satti », son visage est devenu encore plus sérieux qu'il ne l'était déjà et elle a aussitôt lancé : « Cecília, tu as besoin de travailler sur ton trauma. » Deux semaines plus tard, j'ai dit à ma mère que je n'avais pas envie de poursuivre la psychothérapie. À cette époque, elle ne vivait plus avec nous place Horizonte. Elle louait un appartement avec deux chambres, qu'elle avait rempli de plantes toutes achetées le même jour. Toutes les surfaces de tous les meubles étaient occupées par des pots. Il y en avait aussi par terre, dans des recoins que n'atteignait pas la moindre lumière. Visiblement, bourrer son appartement de plantes vertes faisait partie de son projet « nouvelle vie ». Mais ses azalées, ses bégonias, ses philodendrons, ses langues-de-belle-mère, malgré le recours à leurs meilleures techniques de survie en l'absence de lumière, d'arrosage et d'amendement régulier, toutes ses plantes ont fini par dépérir à plus ou moins grande vitesse (*Tu crois que celle-ci va bien, là ?* m'a-t-elle demandé un jour que je lui rendais visite, en me montrant un bougainvillier rachitique qui n'avait plus qu'une seule feuille au bout d'une branche).

« Si tu veux arrêter de voir la psy, tu arrêtes, Cecília. Mais ce n'est pas toi qui avais voulu essayer ? Pour moi, ça ne sert à rien, c'est au fond de soi-même que se trouvent les solutions. Ces gens-là ne veulent qu'une chose : notre argent. »

Lors de ma dernière consultation, j'ai dit que plus je me connaissais, moins je m'aimais, la psy a alors décroisé les jambes et s'est penchée en avant pour me dire que c'était pour cette raison que je devais rester. Je me suis levée, j'ai buté sans le faire exprès contre la table basse avec la boîte de mouchoirs en papier, et j'ai répondu : « Non, c'est précisément pour cette raison que je dois m'en aller. » J'ai laissé dans la salle d'attente le chèque rempli et signé par ma mère, j'ai claqué la porte du cabinet et je suis descendue par l'escalier de secours, temporairement soulagée de me retrouver dans la touffeur poisseuse de décembre.

Il n'y a rien de plus difficile que de rompre avec la norme.

À Miami, j'ai continué à sortir occasionnellement avec quelques types, mais je disparaissais chaque fois qu'arrivait le moment où il devenait obligatoire de partager des histoires intimes. Je préférais m'en aller plutôt que d'avoir à mentir. Ne rien dire n'était pas une option. Les gens ne s'intéressent pas aux pages blanches. Ils veulent connaître ton passé pour essayer de prévoir l'avenir. Je ne les en blâme pas.

J'ai fini par tomber amoureuse d'un guide touristique à Sedona. Je me suis dit à moi-même que cette fois il fallait que ce soit différent. Je voulais en savoir plus sur lui. Malheureusement, la réciproque était vraie. Un samedi d'octobre, on est allés voir les couleurs sang et or d'Oak Canyon. Ensuite, je l'ai invité à dîner chez moi. Je m'étais peut-être montrée un peu trop énigmatique – « Il faut que je te montre quelque chose », avais-je dit, pendant que je passais de pierre en pierre pour traverser la rivière –, mais il est difficile de raconter en toute décontraction que son père a tué quelqu'un de deux tirs de fusil quasiment à bout portant.

Il a dû penser que ce serait une surprise agréable. Après le dîner, je lui ai dit « je reviens » et je suis allée dans ma chambre chercher un de mes cartons. Dans le salon, j'ai posé sur la table une douzaine de coupures de presse, il me regardait puis regardait les journaux jaunis des années 1980, de toute évidence sans comprendre grand-chose. Il ne pouvait pas lire les unes ni les articles écrits en portugais, il s'est donc fabriqué une histoire sur la base des photos. Les fusils sur une table. La façade d'un immeuble. Un gros plan sur quelques cartouches. À ce stade, je me suis retenue pour ne pas rire nerveusement, je me disais qu'il était sans doute sur le point de résoudre l'énigme, qu'il manquait juste le protagoniste pour que le tableau soit complet (*Le colonel Moutarde dans la salle de jeux avec le candélabre*), et c'est avec cette idée en tête que j'ai désigné la photo d'un homme en costume, discourant à une tribune, et j'ai dit : « Là, c'est mon père. » Quand j'ai eu le courage de relever les yeux pour regarder en face la personne qui était là, la personne que j'avais tellement envie de mieux connaître, je l'ai entendue dire dans un filet de voix, presque un chuchotement : « Mon Dieu, Cecília, ton père a été assassiné. »

Ce n'était même pas une question.

J'ai répondu : « Oui, j'avais neuf ans. »

Et j'ai raconté toute l'histoire en inversant les rôles.

On n'est pas restés ensemble assez longtemps pour que j'aie envie – ou besoin – de reconnaître que j'avais travesti la réalité. Lorsque j'ai rencontré Jesse, j'ai rejoué la scène des coupures de presse sur la table. Une nouvelle fois, il y avait là l'arme, le lieu, la voiture, le cercueil, une poignée d'hommes entre deux âges. « Là, c'est mon père », ai-je dit en désignant la même photo.

« Qu'est-ce qu'il a fait ? »

Et, pour la première fois, j'ai tout raconté.

Deux jours avant que Jesse rentre de sa tournée dans le Midwest et deux jours après que je suis sortie avec Karen, j'ai un après-midi de repos. Je fais des exercices, je sors courir, puis je me jette sur le canapé du salon. J'échange des messages avec Marco, qui m'envoie des photos de ma nouvelle nièce et me raconte que notre père a commencé des séances avec un kiné et avec une orthophoniste. L'un et l'autre ont dit que la famille devait se préparer à des progrès lents, voire à pas de progrès du tout. Notre échange s'achève rapidement. Il ne me demande pas de venir au Brésil.

Ensuite, pour je ne sais quelle raison, j'allume la télé et je tape le nom de Jesse sur YouTube. Et je regarde pendant plus d'une heure des interviews, des bouts de concerts mal filmés sur des portables et des captations de versions acoustiques de ses compositions faites par des chaînes indépendantes. Je ne sais pas exactement ce que je cherche, peut-être l'amour que Jesse met dans ce qu'il fait, peut-être mon amour pour son amour à lui, mais le fait est qu'après cette série de vidéos je retrouve sérénité et optimisme. Quand il sera rentré, on reprendra notre discussion sur les enfants. Peut-être que je lui raconterai ce qui s'est passé avec Kristen, et je sens maintenant qu'il comprendra.

Ma mère m'envoie plusieurs messages qui m'obligent à interrompre une interview de Jesse au moment où il dit à son interlocuteur que « Estranged », des Guns N'Roses, est une des choses les plus sincères qu'il ait jamais entendues dans sa vie. Jesse paraît tout gêné d'être sorti de son univers de références qui va de 1968 à 1972.

Salut Cecília, tout va bien ?
Difficile de te joindre.

J'ai des nouvelles de ton père par Marco et Vinícius. Tu ne prévois pas de venir au Brésil ? Et après on dit que les filles sont plus affectueuses que les garçons avec leur mère…

De mon côté, tout va bien, tout va TRÈS BIEN !!!

La vie est un cadeau dont il faut tendrement prendre soin.

Je suis très optimiste sur l'avenir du pays. Hier, je suis allée à une manifestation de soutien à Bolsonaro pour les présidentielles. J'en suis revenue l'âme lavée !!!

Elle joint deux photos. Sur la première, il y a une marée de gens habillés en vert et jaune, certains agitent des drapeaux du Brésil autour d'un véhicule sono au flanc duquel est accrochée une banderole, avec ce slogan tracé à la bombe d'une écriture horrible : *Le Brésil n'acceptera pas la fraude*. Sur la seconde, un portrait en pied de ma mère, avec des tennis blanches, un jean slim, un tee-shirt jaune (*Mon parti, c'est le Brésil*). Elle porte d'énormes anneaux aux oreilles, ses cheveux sont parfaitement lissés avec des mèches claires.

C'est au cours d'une de ces classiques incursions masochistes sur Facebook il y a quelques mois que j'avais vu les photos les plus récentes de ma mère. Elle semblait être la même femme que lors de nos dernières rencontres à Cancún, Miami et Los Angeles, ouvragée à coups de botox et d'acide hyaluronique au point de devenir une sorte de ballon souriant à la chair rosée. En faisant défiler ces images récentes et une série de messages à visée motivationnelle (*Ris de tout, y compris de toi-même, n'économise pas ta joie*) qu'apparemment elle écrivait tous les matins, je suis tombée sur une vieille photo prise place Horizonte. Ma première pensée : cette image ne faisait pas partie de ma collection. Seconde pensée : elle ne pouvait évidemment pas en faire partie puisqu'elle était très antérieure à l'affaire Satti, peut-être de 1982 ou 1983, et que je n'avais jamais vraiment cherché à récupérer les vestiges de ma prime enfance. Sur la photo, mes frères et moi sommes devant un toboggan, au milieu des arbres décharnés de la place. Je suis assise dans le bac à sable et regarde un petit seau rouge que je tiens entre mes jambes (*Vous avez grandi si vite... Je vous aime !!! La famille, c'est tout !*). Le jour où elle a posté cette photo de ses trois enfants, ma mère a aussi partagé un mème. Qui disait : « Tout délinquant a le droit à une seconde chance. S'il n'est pas mort au premier coup de feu, tirez une deuxième fois. »

Le lendemain matin, Greg et moi avons quitté le chaparral des environs de Los Angeles – des *Adenostoma fasciculatum*, des *Heteromeles arbutifolia* et autres menues choses hautement inflammables – et nous sommes engagés dans le désert de Mojave. On y trouve des villes qui semblent avoir été plantées arbitrairement au beau milieu des étendues de sable. Palmdale. Lancaster. Rosamond. Avec des pizzerias, des centres commerciaux, des salons de beauté et des palmiers qu'on a fait venir de loin. La ville s'interrompt brutalement et on rebascule dans le désert. Après quoi on aperçoit parfois une clôture en fil de fer, juste une clôture séparant le vide du vide, qui court le long de la route pendant un certain temps, et on se demande alors qui a bien pu acheter cette terre et pourquoi. Ils savent sans doute qu'un de ces jours la ville finira par vaincre le désert. Ils attendent peut-être ce jour-là. Ils sont décidés à l'attendre.

On est ici à cause d'un lion.

« J'espère que le tir ne l'a pas atteint à la tête, dit Greg.

— Andrew aurait dû demander.

— Exact ! Pourquoi est-ce qu'il n'a pas demandé ? Ils doivent croire qu'on peut faire des miracles. »

On arrive bientôt au refuge. Greg tourne à gauche à un carrefour désert. Les traces sporadiques de présence humaine - boîtes aux lettres, poubelles, clôtures - ressemblent déjà aux vestiges d'une civilisation qui seront découverts et dûment inventoriés par des archéologues du futur.

« Et Jesse et toi, vous en êtes où ?

— Oh, on ne s'est pas beaucoup parlé dernièrement. Il rentre demain. Écoute, j'ai un truc à te raconter.

— Quoi donc ?

— J'ai couché avec une fille. »

Je me mets à rire.

« Tu as quoi ?

— Figure-toi que je me suis fait draguer par la caissière de chez Trader Joe's.

— Mais depuis quand tu es bi, Cecília ?

— Je ne suis pas bi, je... Si tu veux savoir, j'ai pris mon pied. »

Je sors mon portable de mon sac.

« Elle veut me revoir.

— Elle veut te revoir, évidemment. »

Dans son regard, des éclairs de réprobation.

Quand on arrive au refuge, la fondatrice nous attend sous le soleil déjà ardent alors qu'il n'est que dix heures : la cinquantaine, blonde, bouche menue, sur son tee-shirt une photo d'elle tenant dans ses bras un bébé tigre. Cet incident l'a anéantie, dit-elle pendant que nous prenons nos instruments de travail. Bishop a toujours été un bon lion - je ris presque de la dimension de domesticité que contient l'expression *bon lion* –, elle ne parvient pas à comprendre ce qui s'est passé, mais il est clair, aucun doute là-dessus, que Juan n'avait pas le choix. La femme tourne la tête et je suis son regard. À une dizaine de mètres de nous, un homme avec un chapeau de cow-boy couleur vanille marche à l'ombre d'un entrepôt. « Quelles parties ont été atteintes par les tirs ? » demande Greg subitement, et la femme tarde un peu à se ressaisir face à une telle froideur factuelle.

« Le poitrail, je crois. »

Greg est soulagé.

« Ce qui est bien avec les lions mâles, c'est que la crinière aide à camoufler les imperfections de la peau. »

Dans la baraque, l'animal a déjà été installé sur le dos sur une table d'opération. Personne ne veut assister à ce que nous sommes venus faire ici, nous sommes donc seuls dans cet espace qui normalement sert à recevoir les animaux blessés ou malades, pas morts. Greg s'approche et époussette avec la main la zone légèrement plus sombre et durcie par le sang sur le poitrail du lion, les poils y sont presque aussi longs que ceux de la crinière, quoique plus clairs.

« Ça va être pépère », dit-il.

Les yeux du lion sont fermés, mais j'essaie tout de même de me sentir connectée à lui et de lui demander pardon pour ce qui est arrivé, d'abord pour toutes ces années dans le Tony's Magic Circus – un quotidien fait de mauvais traitements et de négligences qui l'ont conduit jusqu'ici –, puis pour les coups de feu qui ont fini par le tuer, soi-disant tirés en légitime défense. Je suis navrée, Bishop. On a été horrible avec toi.

« Mais ils ont le droit de se promener armés ? je demande à Greg.

— Ouh là, ne te mêle pas de ça.

— Tout le monde sait que ce sont les bébés qui attirent les donations. Les vieux mangent trop. Combien de kilos de viande tu crois que ce lion engloutissait à lui tout seul ? »

Il relève la tête et me regarde droit dans les yeux.

« Ces gens-là cherchent à faire le bien. »

J'arrête de parler. Je n'ai dépouillé un lion qu'une seule fois, mais il n'y a guère de secret. Le travail sur n'importe quel animal de grande taille commence par des incisions à l'abdomen et aux quatre pattes. Lorsqu'ils mentionnent cette étape, presque tous les professeurs et tous les manuels utilisent la même image : la peau de l'animal est un manteau qu'il convient de retirer avec délicatesse. Les incisions, ce sont les fermetures.

Ce n'est pas la partie que je préfère dans le travail, le dépouillement. Je préfère enfiler le manteau sur un nouveau corps.

Un peu plus d'une heure plus tard, je dis à Greg que j'ai besoin d'une pause. J'enlève mes gants en latex, je prends mon téléphone et je sors, les mains tremblantes et mes vêtements couverts de sang. J'ouvre une nouvelle fois le message de Kristen : *Salut. Je ne sais pas comment se passe ta vie de femme mariée, mais aujourd'hui je sors à dix-neuf heures.* Je lui réponds : *Je peux passer chez toi ?*

J'entends alors quelqu'un qui pleure. Je fais le tour du bâtiment en stuc et je vois le fameux Juan, le type qui a tiré sur le lion. Il est accroupi tel un vieux cow-boy, la peau du visage sillonnée de larmes récentes.

Ce n'est qu'un gamin.

« Pourquoi est-ce qu'il a voulu me sauter dessus ? me demande-t-il tandis que je m'approche de lui.

— Je ne sais pas. Ça arrive.

— J'entrais dans sa cage tous les jours. »

Mon portable sonne : *Bien sûr, à vingt heures par exemple ? Saké bienvenu.*

« Je suis désolée, dis-je à Juan.

— Je pourrai le voir quand il sera prêt ?

— Bien sûr. Ça va prendre un peu de temps, mais je t'appellerai. »

Je lui tends la main pour l'aider à se relever.

En 1886, le taxidermiste en chef du Musée national des États-Unis, William Temple Hornaday, prit un train dans la capitale du pays et partit vers l'Ouest. Il cherchait désespérément des bisons, le glorieux *Bison americanus*, dont les troupeaux ici avaient un jour été les plus fournis à la surface de la terre. Dans les tiroirs du musée, le fonds des peaux laissait à désirer. Les squelettes tombaient en morceaux. Il devenait nécessaire de collecter de nouveaux spécimens.

À cette époque, la population de bisons – qui jusqu'à 1830 était de trente à soixante-quinze millions, selon les estimations – avait été réduite à tout juste un demi-millier d'individus, parcourant les Grandes Plaines par petits groupes terrorisés. Le massacre du bison américain avait été motivé par l'expansion agricole, le commerce des peaux et l'extermination des peuples indigènes, dont la survie était irrémédiablement liée à ces animaux (*Tuez autant de bisons que vous le pouvez !* avait lancé à un chasseur le colonel Richard Irving Dodge en 1867. *Chaque bison tué, c'est un Indien qui meurt*).

Le fracas des bisons s'écroulant à terre, par milliers chaque jour, n'était pas franchement un secret aux dimensions continentales ; au contraire, ces tueries relevaient du sport national. En janvier 1869, la revue *Harper's Weekly* avait publié une illustration montrant des touristes tirant sur des bisons avec des fusils, des carabines et des pistolets, depuis un train qui roulait au pas. « Une scène typiquement américaine, nul doute là-dessus », indiquait la revue.

Ainsi, lorsque Hornaday et son expédition arrivèrent dans le Montana, ils ne trouvèrent, disséminés dans le paysage, que des cages thoraciques, des crânes, des os du carpe et du tarse d'animaux morts depuis longtemps. Ils rencontrèrent un ancien chasseur qui désormais ramassait ces ossements et les expédiait à Saint Louis où ils étaient broyés et vendus comme fertilisant pour les pelouses et les jardins de banlieue. On les lui payait vingt-huit dollars la tonne. Mais Hornaday poursuivit sa quête obsessionnelle de bisons vivants. Il lui fallait tuer pour préserver, et des années plus tard il demanda pardon aux générations futures pour ce qui serait la dernière chasse de bisons organisée dans le Montana (*Depuis que Juan Cabeza de Vaca a tué le premier bison dans les plaines du Texas, nul homme n'a jamais entamé une chasse avec le cœur si lourd ni aussi tenaillé par le doute*).

Le bilan final fut de vingt-deux peaux, quarante-quatre crânes et onze squelettes. Le plus grand spécimen tué par Hornaday pesait près de sept cents kilos, et plus d'un chasseur avait déjà essayé de l'abattre, ainsi que l'attestaient quatre vieilles balles fichées dans sa chair. Ce bison devint l'animal principal du diorama que Hornaday monta pour le Smithonian et resta exposé pendant soixante ans. Il servit également de modèle pour l'illustration du billet de dix dollars imprimé en 1901.

L'histoire de Hornaday ressemble beaucoup à celle de Carl Akeley, le taxidermiste le plus célèbre du monde. Tous deux estimaient que tuer – ou *collecter*, dans le langage des muséums d'histoire naturelle – constituait une partie dérangeante du travail d'un taxidermiste de l'époque, mais dans leurs comptes rendus de chasse, il est difficile de ne pas avoir l'impression qu'ils sont gorgés d'adrénaline lorsqu'ils traversent les Grandes Plaines américaines ou les forêts du Congo belge comme s'ils étaient à la poursuite de l'ennemi de toute une vie. C'est peut-être la force de l'obsession dont ces deux hommes étaient la proie qui donnait aux rencontres avec les animaux qu'ils révéraient tant des airs de batailles épiques ; et ce qu'ils voyaient devant eux, au bout du compte, était-ce l'animal authentique ou sa future recréation ? Le respect ne semblait exister qu'amalgamé à la volonté de vaincre.

Carl Akeley laissa pourrir des éléphants dans la savane parce que, après les avoir tués, ils n'avaient pas la perfection requise pour son diorama. L'un paraissait trop petit ; l'autre n'avait qu'une défense. Il finit par épuiser le quota de chasse auquel il avait droit au cours du voyage et dut demander à son épouse de terminer le travail. Hypnotisée par la majesté de ces animaux, Mickie Akeley hésita plus d'une fois avant d'enfin parvenir à tirer sur son premier éléphant.

QUAND J'AVAIS neuf ans, j'étais très jalouse d'un dénommé Gerald Durell, que j'appelais Geraldo. Non seulement parce qu'il avait écrit *Le Naturaliste amateur*, mon livre préféré pendant très longtemps, mais aussi parce que figurait en page huit une photo de lui en noir et blanc, prise alors qu'il avait dix ans, tenant de ses deux mains une bûche sur laquelle était posée rien de moins qu'une chouette. La tête de cette chouette était la tête la plus étrange qu'il m'ait été donné de voir au cours de ma vie. Sur la photo, Geraldo avait le regard fier (*Regardez un peu ma chouette !*), et le fait qu'ils soient tous les deux en train de fixer l'objectif, légèrement de biais, semblait créer une étonnante symbiose entre l'enfant et l'oiseau. À cette époque, j'avais déjà vu quelques chouettes des terriers, immobiles sur les clôtures dans les environs de São Gabriel après la tombée de la nuit, mais jamais d'assez près pour qu'on puisse appeler ça une *rencontre*. Quand j'essayais de m'approcher, elles s'envolaient.

Ce n'était pas pour cette seule raison que j'étais jalouse de Geraldo. Avant de devenir adulte et de commencer à voyager dans le monde entier, il avait été un enfant chanceux, il avait une espèce de chambre-musée zoologique dans laquelle se trouvaient des aquariums avec des hippocampes, des crabes, des grenouilles, ses collections de papillons et de scarabées, ses bocaux, pinces, microscopes, tubes à essai et son premier *flacon de chasse* (utilisé pour ôter la vie des insectes, rapidement et avec un minimum de dégâts). Pour ma part, je n'avais pas accès aux animaux glorieux que je voyais dans les pages du livre, mais je savais me débrouiller avec les bestioles impopulaires. *Je crois qu'un véritable naturaliste doit voir chaque chose en toute objectivité,* écrit le Geraldo adulte dans son introduction. *Aucune créature n'est horrible. Toutes font partie de la nature.*

J'ai souligné ce passage le 9 juin 1988, assise sur le tapis persan du salon et sans être absolument certaine de ce que voulait dire *objectivité,* mais je sentais que ces mots étaient importants pour une future naturaliste. Il régnait dans la maison un silence étrange. Mon père avait disparu dans la remise qui se trouvait près du barbecue au fond du jardin. Au moins trois fois par an, il se faufilait entre les piles chancelantes de vieilleries, promettait des dons généreux à l'institution Messager de la Charité, mais au bout d'une demi-heure il ressortait de là avec seulement une théière cassée – *On arrivera peut-être à recoller l'anse* – ou un seul sac plein de hauts pour femme rongés des mites. Ma mère était cloîtrée dans sa chambre. Depuis la mort de Satti, elle s'était aménagé une espèce de zone de préservation sensorielle et de relaxation chimique : persiennes hermétiquement closes, masque pour dormir, quatre couvertures et un verre d'eau toujours à portée de main pour la prochaine ingestion de comprimés. Vinícius devait être en train d'écouter de la musique avec son walkman en imaginant tout ce qu'il ratait dans le monde extérieur. Marco examinait devant la glace ses croûtes sanguinolentes.

Dans la voiture, ce matin-là, alors que j'avais encore les tempes battantes à cause de mon humiliante exclusion en plein cours, on a entendu notre père dire qu'on ne retournerait pas en classe tant que la poussière ne serait pas retombée. « Et ça va prendre combien de temps pour que la poussière retombe ? » ai-je demandé, mais il a juste eu un petit rire avec le nez et n'a plus rien dit. Ça peut prendre des semaines, me suis-je dit, des mois, peut-être des années, et alors qu'est-ce que je vais faire, moi ? Je serai une naturaliste encore plus appliquée, ai-je résolu sur-le-champ, je vais me consacrer entièrement à mes expériences dans le jardin.

En feuilletant mon livre ce jour-là, j'ai décidé que j'allais faire l'expérience de l'escargot. J'ai marqué la page, puis j'ai grimpé l'escalier comme si j'avais les pieds enveloppés de mousse et que je devais être la plus silencieuse possible pour avoir la vie sauve. Avant d'aller dans la salle de bains, j'ai frappé doucement à la porte de Vini et ouvert sans attendre sa réponse.

« Entre et ferme la porte. »

Il était assis sur son lit et lisait une revue.

« Qu'est-ce que ça veut dire, *en toute objectivité* ?

— Eh ben, de façon objective.

— Mais ça veut dire quoi ?

— Quel est le contexte ?

— *Un véritable naturaliste doit voir chaque chose en toute objectivité.*

— Ah, ça veut dire sans se laisser influencer par ses émotions. Froidement.

— Hum. D'accord, merci.

— Attends, Ciça. Assieds-toi une minute », a-t-il dit en donnant deux tapes sur ses couvertures. Puis il m'a demandé en baissant la voix : « Tu crois que papa dit la vérité ?

— À quel sujet ?

— Est-ce qu'il est vraiment sorti acheter des cigarettes ? C'est ce qu'il a dit pendant l'interview hier après-midi. Or, ce soir-là, il est parti pendant longtemps. Et il paraissait nerveux quand il a raconté ça.

— Tu as écouté l'interview ?

— Oui, au lycée.

— Tu as séché les cours ? Ne leur dis pas que tu l'as écoutée, Vini.

— Évidemment, que j'en parlerai pas.

— Qu'est-ce qu'il a dit d'autre ? »

Vini s'est allongé sur le lit et a passé sa main sur ses cheveux, comme s'il se faisait une caresse à lui-même, les yeux rivés au plafond. Je le trouvais aussi beau que ces jeunes acteurs des films qui passaient l'après-midi et qui savaient toujours quoi faire dans les pires situations.

« Rien d'extraordinaire, en fait. C'est juste qu'il a passé son temps à se défendre... et je me suis senti, je sais pas, mal à l'aise. Mais tout va s'arranger, pas vrai, Ciça ? »

J'avais neuf ans. Je ne pouvais apporter de soutien émotionnel à personne.

Je suis sortie de la chambre de mon frère, je suis allée dans la salle de bains et, dans le placard, j'ai passé la main dans le tiroir le plus élevé. J'entendais les cliquetis des flacons de verre, du bout des doigts je parcourais leurs angles froids dans une sorte de jeu étrange où il aurait fallu choisir sa récompense au toucher. J'ai finalement attrapé un petit pot avec son couvercle strié en plastique. Colorama Scintillant Longue Durée Rouge Métallisé. En bas, le portail en fer a claqué, premier signal indiquant que quelqu'un avait actionné la télécommande, puis ont suivi des bruits de métal forçant contre du métal. Je ne me suis pas attardée à me demander qui ça pouvait être. Je suis entrée dans ma chambre et j'ai attrapé sur l'étagère ma boîte à collections. Je l'ai ouverte, j'ai pris le cahier qui était à l'intérieur et j'ai laissé la boîte sur mon lit.

Je suis retournée dans le jardin. C'était oncle Werner qui venait d'arriver. Il était appuyé contre la Santana, bras croisés sur la poitrine, et discutait avec mon père. J'apprendrai bien des années plus tard que tante Eliane avait fait une nouvelle fausse couche au début de 1988 et qu'après avoir entendu le discours désespérant du troisième médecin qu'ils consultaient, elle et oncle Werner avaient décidé qu'ils auraient un enfant par tous les moyens. Ce qui allait finalement les conduire à aller dans un taudis de Vila Dique pour poser la main sur le ventre d'une certaine Gislaine, dont oncle Werner avait fait la connaissance par l'intermédiaire d'une des femmes de ménage de son entreprise de produits hospitaliers. Ils lui achetaient de la nourriture, des produits d'hygiène, un cadeau chaque semaine. Ils l'emmenaient chez le médecin. Parfois, Gislaine pleurait, même si elle disait qu'elle était heureuse de savoir que l'enfant aurait une vie bien meilleure que celle qu'elle pouvait lui offrir. Une coquette somme lui serait versée après l'accouchement, elle ne savait pas encore ce qu'elle allait faire d'un chèque pareil. À sept mois de grossesse, cependant, elle a disparu de Vila Dique et personne n'a plus jamais entendu parler d'elle. Pour tante Eliane, cet épisode s'est révélé encore plus douloureux qu'une nouvelle fausse couche. L'enfant devait maintenant se trouver quelque part sur terre. Cela s'est passé tout juste un mois avant l'assassinat de Satti, et mon oncle et ma tante, à la suite de ce qu'ils ont considéré comme une trahison de la part de la fameuse Gislaine, se sont plus que jamais raccrochés à l'idée de famille.

Cet après-midi-là, je me suis approchée de mon père et d'oncle Werner et je me suis aperçue qu'ils n'étaient pas seuls. Quelqu'un était assis dans la Santana. C'était Adelino, le mari de Marli, l'homme à tout faire de notre famille. Il se tenait tête baissée et semblait attendre depuis une éternité que ce soit son tour d'entrer en scène.

« Salut, Ciça, a dit mon oncle, en essayant de sourire.

— Salut.

— Ça va comme tu veux ? Qu'est-ce que tu tiens dans la main ?

— Un flacon de vernis.

— Ah, tu commences à te faire les ongles, alors ? m'a-t-il demandé, subitement enthousiasmé par ce qu'il prenait pour une première marque de féminité.

— C'est pour une expérience scientifique », ai-je répliqué.

Mon père s'est raclé la gorge.

« Bon, je ne te retiens pas plus longtemps, Werner, tu m'appelles à votre retour ?

— Où est-ce que vous allez ? ai-je demandé.

— Ils vont faire un tour à São Gabriel, a répondu mon père.

— Mais pour quoi faire ? »

Oncle Werner, contrairement à mon père, n'allait pas souvent à São Gabriel.

« Bengale est un peu malade, a expliqué mon oncle. On va aller jeter un coup d'œil, et Adelino a des choses à faire là-bas.

— Comment ça, qu'est-ce qu'il a ? Il est malade ? Il va mourir ?

— Bien sûr que non, Ciça ! On va prendre soin de lui, t'inquiète pas. Je te donnerai de ses nouvelles. »

Mon père a actionné le portail et, une fois celui-ci complètement refermé, il est rentré à la maison. Je suis restée dans le jardin à chercher des escargots dans les coins les plus ombragés. J'en ai trouvé un au pied du cerisier de Cayenne. J'ai alors pris le vernis, j'ai raclé le petit pinceau contre le bord du flacon comme j'avais vu ma mère le faire si souvent et j'ai marqué la coquille d'un point rouge. Enfin, c'était plus une tache qu'un point. L'escargot s'est un peu rétracté, mais il a ensuite continué à vaquer à ses occupations, autrement dit à se traîner presque imperceptiblement près du tronc du cerisier de Cayenne. J'ai écrit dans mon carnet : Habitudes de l'Escargot Colorama Rouge Métallisé.

J'ai passé un assez long moment à le suivre, seulement c'était affreusement ennuyeux. Je n'arrivais pas à imaginer Geraldo en train de conduire ce genre d'expérience, et pourtant c'était bien cela, selon lui, que l'on devait faire si on voulait devenir naturaliste. Peut-être que l'*objectivité*, c'était le contraire de la rigolade. De retour dans ma chambre, après avoir remis le vernis dans son tiroir, j'ai trouvé ma mère assise au bord de mon lit. Elle avait sur les genoux ma boîte à collections, couvercle ouvert.

« Ça cocotte, ce machin, a-t-elle dit, sans quitter la boîte des yeux.

— Mais tout est propre, maman.

— Je crois qu'il faut que tu nettoies mieux. C'est peut-être les coquillages, je ne sais pas. »

Je me suis assise à côté d'elle. Elle m'a prise dans ses bras et a éclaté en sanglots.

En fin d'après-midi, ce jour-là, tous les députés affiliés au PMDB sont venus assurer de leur solidarité leur collègue Raul Matzenbacher. J'ai vu par la fenêtre quand trois d'entre eux, les premiers à arriver, ont refermé la portière de leur voiture et entamé une sorte de chorégraphie sur le trottoir, s'avançant de manière théâtrale et quasi synchronisée. À cet instant, juste devant notre maison, ils se sont retrouvés encerclés par un groupe compact de journalistes, lesquels, à compter de ce jour-là, feraient constamment le pied de grue autour de la place. Mon père était innocent, cela ne faisait aucun doute, ont déclaré les députés à l'unisson avant d'entrer chez nous. *Toute la lumière finira par être faite sur cette affaire.*

La police ne s'est présentée dans le domaine de São Gabriel avec mandat de perquisition et mandat de saisie que le 24 juin, soit dix-sept jours après l'assassinat de João Carlos Satti. Jusque-là, des analyses balistiques n'avaient été faites que sur une seule des armes de chasse de mon père, celle qui se trouvait chez nous place Horizonte, un fusil Rossi calibre 12 modèle Luxe, crosse en bois vernissé, sans bretelle, avec housse de protection. Ce qui conduisait à conclure que mon père et ma mère avaient l'un et l'autre omis le fait que d'autres fusils étaient enregistrés au nom de Raul Matzenbacher, et que la police ne s'était pas précipitée pour les interroger sur ce point, et encore moins pour chercher ces armes et les saisir pour expertises.

Lorsque finalement ils se sont rendus à São Gabriel, avec un retard suspect, essentiellement pour tâcher de répondre à la pression de l'opinion publique, les policiers ont mis la main sur quatre armes. Trois se trouvaient dans une armoire coincée dans une pièce qu'on appelait la *cave*. Ce n'était pas techniquement une cave, mais c'est ainsi que l'avait baptisée mon grand-père et que nous avions continué à la désigner. Ces armes étaient rangées avec un soin tout particulier par mon père, une habitude qu'il avait essayé d'inculquer à ses enfants mâles, comme s'il s'agissait des jouets les plus précieux de notre civilisation. Il y avait un fusil CBC 8 mm, un Beretta de calibre 12 et un Rossi de calibre 12. En plus de ces trois armes, ont également été saisies cet après-midi-là une rallonge à double canon, plusieurs boîtes de munitions et des brosses de nettoyage.

La quatrième arme de chasse n'a été découverte que lors d'une seconde perquisition. Elle était également dans la cave, mais dans un autre meuble, une sorte de buffet, derrière de l'argenterie noircie qui n'avait probablement pas été briquée depuis la mort de ma grand-mère. L'arme avait été rangée dans un sac en toile de jute.

Lors du procès de mon père, les avocats de l'accusation soutiendraient que cette arme, le Rossi 41237, était précisément l'arme du crime. D'après eux, il était déjà étrange qu'elle ne soit pas avec les autres et qu'elle soit enveloppée d'un simple sac en toile de jute ; mais, surtout, cet indice, ce fait hors du commun, semblait venir en compléter un autre tout aussi injustifiable, le voyage soudain de Werner Matzenbacher et Adelino dos Santos Cruz l'après-midi du 9 juin (*Quel sens avait ce voyage à São Gabriel ? Amener un chien chez le vétérinaire, quand quelqu'un d'autre aurait pu le faire ? Rendre visite à ses enfants, dans le cas d'Adelino, alors que cela aurait dû être un jour de travail ordinaire, un jeudi ? Alors que son frère se retrouvait sous le feu des projecteurs, soupçonné d'avoir commis un crime violent, qu'il était partout dans les journaux, à la télé, sur les ondes, pour quelle raison Werner s'était-il éloigné de lui lors de ce voyage qui ne semblait obéir à aucune urgence ? N'aurait-il pas été plus logique de se tenir aux côtés de Raul, pour ainsi apporter son appui inconditionnel à son frère ? Mais le soutien inconditionnel, l'amour inconditionnel, voilà peut-être ce qui nous donne la clé pour comprendre aujourd'hui ce qui a poussé Werner Matzenbacher à faire ce voyage*).

En retour, l'accusation s'est vu demander, à d'innombrables reprises, pourquoi Raul n'aurait pas simplement jeté le fusil au fond du Guaíba, au lieu d'impliquer son frère et un employé de la famille dans un stratagème qui semblait fort défaillant. Je me suis moi-même posé la question bien des fois, des années plus tard, en lisant tous les documents que j'avais recueillis sur l'affaire Satti, mais surtout en revisitant mes souvenirs du jour où j'avais appliqué une touche de vernis sur la coquille d'un escargot. Rien ne permettait d'en avoir le cœur net. Seul l'assassin aurait pu répondre à certaines questions. Pour l'accusation, si l'accusé avait décidé de garder le fusil, c'était parce qu'il s'agissait d'une arme dûment déclarée, cela aurait donc été pire si elle avait tout simplement disparu. Je croyais moi aussi à cette théorie, mais j'ajouterais que les décisions prises dans des situations extrêmes ne sont généralement pas les plus pondérées et qu'en outre mon père semblait avoir pleinement confiance aussi bien en son pouvoir de parlementaire qu'en l'extrême incompétence de la police.

Il a finalement eu raison sur ces deux points. Le premier rapport de l'Institut de criminologie indiquait dans sa conclusion que le Rossi 41237 avait été utilisé au cours des trente derniers jours. Moins d'une semaine plus tard, cependant, un correctif apporté au rapport indiquait que, oui, la présence de nitrite confirmait l'utilisation des deux canons de l'arme, mais, compte tenu de certains facteurs – la variation des niveaux d'humidité et d'oxygène occasionnée par le seul déplacement de l'objet, par exemple –, il serait imprudent de tirer une quelconque conclusion au sujet de la date des derniers coups de feu.

Le 10 juin, ayant fini par se convaincre qu'il avait besoin d'un avocat, mon père a quitté la maison de bonne heure pour son premier rendez-vous avec le célèbre Souza Andrade dans son palais à colonnes ioniques. Aucun doute, disait-on : c'était la bonne personne pour les mauvaises passes. Homme massif, âge indéfini, crâne brillant comme une superlune, Souza Andrade était devenu le meilleur pénaliste du Rio Grande do Sul et devait sa réputation à trois affaires en particulier : en 1978, il avait défendu Pedro Seelig, le chef du Dops, le Département pour l'ordre politique et social, dans la fameuse affaire de « séquestration des Uruguayens » ; en 1980, il avait été aux côtés de Plínio Gomes, le peintre de renommée internationale qui avait atteint sa maîtresse d'un tir fatal, chez elle à Taquara ; et, en 1981, il avait assuré la défense du maire de Capão da Canoa, Arthur Pederneiras, inculpé dans une affaire de surfacturation lors de la construction d'un stade de foot. Inutile de dire que Souza Andrade avait gagné les trois fois. Ce type était un as de la rhétorique, recourant avec maestria tantôt à l'indignation, tantôt à la caresse. Bien des années plus tard, je verrais en lui une espèce de figure symbolique, une carte de tarot qui annonce des destinées irrévocables dès qu'elle est posée sur la table. D'autres fois, il ne m'apparaîtrait que comme le misérable réceptacle de la fange de l'histoire du Brésil.

Ma mère est restée à la maison ce vendredi. La première rencontre, avait dit Souza Andrade, devait être l'occasion d'une discussion franche uniquement entre l'avocat et son client. Malgré tout, apparemment, Carmen aurait bien aimé l'accompagner (*Il paraît qu'il a un bassin avec des carpes, Ciça*), ne serait-ce que pour sortir un peu et se changer les idées, en allant voir par elle-même ce qui tenait du mythe et ce qui était authentique dans les descriptions nababesques qu'elle avait entendues au sujet de cet endroit. Elle ne pouvait pas aller non plus à l'Assemblée législative, où elle aurait été à coup sûr harcelée par la presse. Il ne lui restait plus qu'à attendre à la maison, une fois de plus. En tout cas, ma mère semblait plus active que les jours précédents ; au moins, elle sortait de la chambre et allait à droite et à gauche tout en donnant des ordres absurdes à Marli (*Aujourd'hui, il faudra laver la jolie vaisselle de fête, Marli, et je voudrais aussi que tu repasses les rideaux du salon*).

Depuis cet épisode en pleine rue, lorsque ma mère s'était éloignée de mon père sous le coup de la rage, ou de la peur, ou d'autre chose encore que je ne savais pas identifier, je n'avais plus été témoin d'aucun moment de tension entre eux. Au cours de ces journées, on aurait dit qu'ils avaient quadrillé la maison avec des lignes imaginaires et que l'un ne se déplaçait jamais avant de savoir avec certitude où se trouvait l'autre. C'était peut-être le seul jeu de scène dont ils étaient capables.

« Ciça, qu'est-ce que tu dirais d'inviter Adri cet après-midi pour qu'elle vienne jouer avec toi ?

— Oh oui ! Maman, tu peux demander à sa mère...

— J'appelle Márcia tout de suite.

— ... qu'elle apporte *SOS Pingouin* ?

— Je peux. Mais je croyais que tu l'avais, ce jeu-là. »

Elle est montée pour appeler avec le téléphone de la chambre. À son retour au bout de cinq minutes, sa bonne humeur semblait avoir disparu. Et la première chose qu'elle a dite, c'est qu'elle voulait retrouver une cassette de Julio Iglesias, est-ce que je ne l'aurais pas vue par hasard ? Je ne savais même pas de quelle cassette ma mère parlait. Je lui ai demandé si c'était une cassette originale ou enregistrée, ce qui aiderait beaucoup pour les recherches, mais elle n'a même pas semblé m'entendre. Elle est restée immobile au milieu du salon, sans franchement chercher la cassette.

« Et Adri, elle vient ? » ai-je demandé.

Elle a commencé à enlever les coussins des canapés, les grands coussins des assises et des dossiers. Elle en posait un sur le sol, puis elle allait en chercher un autre. Puis un autre. Puis un autre.

« Ces trucs-là se retrouvent parfois dans des endroits complètement absurdes », a-t-elle dit, avant de rigoler doucement, mais même une enfant de neuf ans était en mesure de comprendre que ce qu'elle était en train de faire n'avait aucun sens.

Elle a remis un seul coussin à sa place et s'est assise dessus.

« Adri ne viendra pas, Ciça. Márcia m'a dit qu'elle avait déjà un programme pour aujourd'hui.

— Et demain ?

— Pour toute la semaine.

— Quel programme ? »

Elle n'a pas répondu.

« Tu aimes Adri à ce point ?

— C'est ma meilleure amie.

— Écoute, par moments je la trouve un peu casse-pieds. Et Márcia, elle n'a rien d'extraordinaire non plus, non ? »

Ce matin-là, parmi les gros titres des principaux journaux de l'État, illico cachés par mes parents dans une armoire de la maison, on pouvait lire ceci : *Matzenbacher nie toute implication ; Le groupe PMDB soutient Matzenbacher ; La police enquête en toute discrétion dans l'affaire Satti ; Ce garçon a vu l'homme « blanc et barbu » tuer le député ; Ce soir, nouvelles dépositions et réunion au palais Piratini ; La police a informé le gouverneur de l'orientation donnée aux investigations.*

Mon père a téléphoné pour dire qu'il déjeunerait avec Souza Andrade. Après le repas, je suis allée dans le jardin chercher l'Escargot Colorama Rougé Métallisé. Ma mère est apparue par la porte de derrière.

« Ciça ! Devine un peu qui est venu te voir ! »

J'ai couru dans sa direction.

« C'est qui ?

— Silvana ! »

Entre Silvana et moi, une connexion particulière s'était créée le jour où je l'avais surprise en pleurs dans les toilettes de l'école. J'en avais toujours eu l'intuition, mais désormais j'en avais la confirmation indiscutable sous les yeux, avec son bonnet, son immense sourire, un pull tricoté maison, dont chaque maille brillait au soleil.

« Je vous apporte un autre petit café, Silvana ? Marli ! »

On s'est assises dans le jardin. Elle n'était plus ma maîtresse – cette année, nous étions livrés à une insipide Cristine – et pourtant elle a sorti d'une chemise à élastiques une copie des cours que j'avais ratés.

« Tu ne veux pas rester sans savoir comment marche le système solaire, pas vrai ?

— Non, ai-je répondu, en regardant une série de cercles peu séduisants disposés autour d'un cercle plus grand et aussi peu séduisant.

— Je pourrais venir une fois par semaine pour t'apporter les cours, qu'en penses-tu ? Et toi tu me donnerais les devoirs que tu aurais faits, et je les donnerais à Cristine.

— Hum, d'accord.

— Tout va bien pour toi, Ciça ?

— Oui, tout va bien.

— Qu'est-ce que tu étais en train de faire ?

— Rien. Enfin, je fais des recherches sur la vie des escargots. Enfin, d'un escargot.

— Ah bon ? »

Elle a détaché son regard de moi pour le fixer sur un point au loin. J'ai pensé qu'il valait mieux ne rien dire. Alors, elle s'est penchée en avant et a pris ma main.

« Ciça, ça doit être très difficile pour toi, et pour les garçons aussi, mais ces choses-là vont passer. Tu vas voir. Un jour, vous rigolerez de tout ça. Seulement, en attendant, essaie de ne pas faire attention à ce que les gens racontent, d'accord ? Tu me promets ? Ton père… ton père n'a rien fait, ma chérie. C'est quelqu'un de bien, un médecin que tant de gens admirent, et maintenant il…

— Comment vous le savez, qu'il n'a pas fait ce qu'ils disent qu'il a fait ? »

Elle a eu mouvement de recul, effrayée.

« Tu ne dois pas penser ça de ton père, Ciça. C'est vilain. Il n'a rien fait. »

J'ai essayé de changer de sujet parce que, s'il y avait une chose que je voulais éviter, c'était bien de décevoir Silvana, mais c'était pourtant exactement ce que je venais de faire, apparemment. Je lui ai demandé si elle voulait m'aider à trouver l'escargot avec la tache de vernis rouge, seulement elle semblait tellement déçue qu'elle n'a même pas cherché à en savoir plus sur cette histoire de vernis, elle m'a juste répondu qu'elle ne pouvait pas, elle n'avait pas le temps, Marquinhos était chez sa mère à elle – elle avait donc un fils ! –, il fallait vraiment qu'elle s'en aille. Mais Silvana est restée là. Elle n'a pas esquissé le moindre mouvement pour partir.

« Ton père est un homme bon, a-t-elle dit. Et Satti, les gens ne le savent pas, mais il était… différent. Moi, je le sais, ma chérie.

— Différent ?

— Tu savais qu'il avait eu pour amoureuse la sœur d'une amie à moi ?

— Comment ça, différent ?

— Ton père est quelqu'un de bien, Ciça. »

SYNANTHROPIE

ON EST FIN mars 1988, et l'été n'est pas encore terminé. Ce matin, le ciel était dégagé, puis au long de la journée les cumulonimbus se sont multipliés jusqu'à ce qu'il ne reste plus qu'une étroite bande de lumière à l'horizon, mais la pluie ne veut toujours pas tomber. À présent, le soleil s'est couché et la petite bande ressemble à la bouche d'une fournaise, dont les extravagantes couleurs artificielles se reflètent sur les eaux presque immobiles du Guaíba, où un vraquier glisse en direction du port de Rio Grande chargé de quatre mille tonnes de cellulose. La pluie ne veut toujours pas tomber. En début de soirée, des coups de tonnerre ont commencé à éclater du côté d'Eldorado do Sul, à intervalles de plus en plus rapprochés. Les gens s'attendent à ce que la pluie arrive et apporte enfin un peu d'air, de quoi faire chuter les thermomètres de cinq degrés peut-être, quitte à ce que les rues se transforment en torrents et que des arbres s'effondrent et s'emmêlent sur des lignes électriques. Mais la pluie ne veut toujours pas tomber.

João Carlos Satti, de retour de l'Assemblée, a garé sa voiture à la station-service Estrela, traversé la rue vers le Wunderbar, et s'est installé à sa table habituelle, près de la fenêtre. Il a mangé une escalope viennoise avec purée de pommes de terre et choucroute, bu un demi tout en lisant le journal. Il n'est pas pressé de rentrer chez lui. Pour le dessert, il a pris des perles de tapioca. Un des serveurs écoutait à la radio le début du match retour entre le Grêmio et le Juventude, match du championnat du Rio Grande do Sul. Satti discutait avec les serveurs et mangeait si lentement qu'on aurait pu croire qu'il prenait une seule perle de tapioca par cuillerée. Quand il est sorti du Wunderbar, il est tombé sur Restinga, assis sur le bac à fleurs devant l'immeuble. Ils ont échangé quelques mots. Restinga a dit qu'il n'avait gagné que trente cruzados au cours de la soirée. Satti a demandé combien coûtait un sac de haricots et le garçon a répondu que ça coûtait cent cinquante-trois cruzados le mois dernier et pas moins de trois cent dix à présent. Alors Satti a sorti de son portefeuille un billet de cinq cents et lui a dit *Rentre à la maison, petit, ça va tomber pour de bon dans pas longtemps.*

Maintenant, il est depuis plus de trois heures sur le canapé, à fumer cigarette sur cigarette. Sa chemise lui colle à la peau, le coussin lui colle au dos, c'est devenu un état naturel contre lequel il est impossible de lutter. Sa silhouette est découpée par la lumière diffuse de la lampe, il a gardé ses chaussures et son pantalon de costume, l'unique concession faite à la chaleur consiste à avoir retroussé les manches de sa chemise. Il arrête de tirer sur sa cigarette et regarde une nouvelle fois autour de lui. Il reste peu de choses de Fred dans l'appartement : les livres de son cours de tourisme sur l'étagère en face de lui, quelques cahiers sur la table à côté, un chapeau traditionnel de gaúcho, marron, accroché derrière la porte (un cadeau, mais Fred ne l'a porté qu'une seule fois, et comme si c'était une grosse blague). Les mêmes objets qui étaient jusque-là des preuves de sa présence étaient désormais des signes de son absence. Il s'est passé quelque chose juste avant le carnaval. Peut-être ne l'a-t-il pas compris jusqu'au jour où Fred a annoncé que deux de ses amis s'étaient trouvé un petit appartement sur l'avenue João Pessoa. *Et alors, t'es jaloux ?* a demandé Satti en rigolant, mais Fred a fait grise mine et est sorti de la cuisine sans répondre. De toute la journée, un dimanche, il n'a plus entendu le son de sa voix. Quand, en fin d'après-midi, le garçon a de nouveau ouvert la bouche, ç'a été uniquement pour lui dire, très calmement, qu'il avait décidé de ne pas poursuivre ses études de tourisme. Là, ça dépassait les bornes. Satti est sorti de ses gonds (*Ce n'est plus seulement l'argent, que tu jettes par les fenêtres !*). Leurs voix altérées parvenaient aux oreilles des voisins, et certains parmi eux, qui avaient à cœur de se soucier des problèmes d'autrui, avaient interrompu leurs activités pour se pencher à leur fenêtre et mieux entendre (*Ton avenir, Fred, il s'agit de ton avenir, putain !*). Gláucia Pereira, de l'appartement 301 – la même qui verrait la Monza suspecte le soir du crime –, trouvait honteux d'entendre juste au-dessus de sa tête « la voix de la radio » utiliser un langage aussi relâché. À un moment de la dispute, Satti avait baissé le ton, si bien qu'elle ne pouvait plus distinguer ce qu'il disait. En revanche, la « voix plus jeune » était toujours aussi véhémente. *On garde les mots les plus durs pour la fin, je sais bien comment c'est,* dirait Gláucia Pereira dans sa déposition à la police. *Le garçon a dit « J'ai toujours réussi à me démerder, même avant que tu débarques », mot pour mot, et après il a claqué la porte si fort que ç'a fait trembler toutes mes fenêtres.*

Les cendres de la cigarette tombent sur le tapis. Il s'en aperçoit, les frotte avec le pied et ne fait qu'aggraver la situation. Il est satisfait. Puis il commence à entendre les grosses gouttes frapper les volets roulants en plastique et les arbres qui tentent de résister aux bourrasques. Il attrape le téléphone, le pose sur sa cuisse et compose un numéro.

« Salut, Paulo.

— Satti, quelle heure il est ?

— Je ne sais pas. Je pensais que la tempête t'avait réveillé. »

Paulo Bittencourt ne répond pas.

« Il est 23 h 40.

— 23 h 40 ? Januário va passer te prendre à six heures pour t'emmener à Canguçu. Va dormir un peu, Satti.

— Paulo, appelle Pierre pour ce boulot.

— Mais tout est programmé avec Januário.

— Eh bien, déprogramme.

— C'est que… Satti, il est un peu tard pour ça. Si tu m'avais prévenu avant.

— Nom de Dieu, on le dédommagera, et voilà. Putain, Paulo.

— Je l'appelle. »

Il dort à peine trois heures. D'abord, il ouvre le volet roulant et la fenêtre pour observer la tempête – l'eau file dans le caniveau, la cour de la maison d'à côté est inondée et l'eau déborde sur le trottoir, puis il s'écroule sur son lit, tout habillé. Il fait sombre quand il se réveille. Il se lève, prend une douche, met des affaires de rechange dans une petite valise. Il se prépare un café, mange du pain avec de la margarine et de la gelée de raisin. La tempête est terminée, l'eau goutte des avant-toits, le jour commence à poindre. Satti descend avec sa valise et le chapeau de gaúcho qui était accroché à la porte.

Il faut près de quatre heures pour rejoindre Canguçu, et Pierre parle encore moins que d'habitude. Il accepte une cigarette quand ils empruntent le pont au-dessus du Guaíba. C'est un homme courtaud et trapu, qui a fait de la boxe dans l'académie de Walter Lee avant d'être écarté par le nouvel entraîneur lorsque Lee s'est retiré pour raison de santé ; Pierre n'allait pas devenir un Maguila poids moyen et, en plus de ça, il avait besoin d'argent pour manger. Il a été videur dans un bordel, il a remué des caisses de poissons au marché, démoli des maisons et conduit un camion de déménagement, tout cela avant d'avoir atteint l'âge de vingt-trois ans. Au moment de sa rencontre avec Satti, il est chauffeur pour Radio Gaúcha. Trois ans plus tard, le journaliste est élu député et embauche Pierre comme collaborateur.

Ils passent devant un panneau annonçant la sortie vers Barra do Ribeiro. Satti rompt le silence.

« Il n'y a rien à écouter dans cette voiture ? demande-t-il en souriant.

— Il y a une cassette là, que Mme Matzenbacher vous a prêtée. »

Satti ouvre la boîte à gants.

« Julio Iglesias ? Pierre, tu crois que ça va me plaire, ça ?

— Vous pouvez toujours essayer.

— C'est sûr, je peux toujours », répond Satti, et il rit comme s'il venait de faire une blague pour lui seul.

Ils écoutent le premier morceau, puis le deuxième sans rien dire. Le vert de la campagne qu'ils voient depuis la route est tout luisant à cause de la pluie récente, et il flotte encore dans l'air une agréable odeur de terre mouillée. Dès que le soleil montera un peu, cependant, la chaleur poisseuse reprendra le dessus une fois de plus.

« Ah, tiens, celle-là, je crois que je la connais », dit Satti au bout d'une minute de la troisième chanson.

Pierre plisse les yeux, comme s'il essayait de l'apercevoir quelque part.

« Mais, attendez, c'est Roberto Carlos, ça, non ?

— Ça y ressemble, hein ? » répond Satti, mais sur un ton trop complaisant, pas assez sincère. Il écoute encore un peu. « Il a copié Roberto Carlos, carrément. »

Pierre reste concentré sur la route. Satti allume une cigarette.

« Dans le fond, toutes les chansons romantiques se ressemblent, pas vrai ? Les gens veulent toujours entendre la même chose, avec des différences mineures çà et là. Un truc qui ravive ce sentiment...

— Tout à fait. »

Maintenant, Pierre sourit.

« Tu vois ce que je veux dire ?

— Je vois très bien. Surtout les femmes.

— Surtout les femmes, oui. »

Ils rient tous les deux.

« Comment va Neidi ?

— Bien, je crois.

— Et les enfants ?

— Bien aussi. Anderson envoie déjà un de ces directs, je vous dis pas !

— Un direct ? Mais il a quel âge, ce gosse, six ou sept ans, non ?

— Sept. Ah, c'est sûr, il apprend vite, celui-là. On a ça dans le sang, monsieur.

— La télé, ça leur a fait plaisir ?

— Énormément. Ils m'ont demandé de vous remercier. »

Satti sourit. La télé n'est pas la seule chose qu'il a payée à la famille de Pierre. Il leur a donné un coup de pouce pour l'achat de la maison, il a payé le traitement endodontique de Neidi, le matériel scolaire des deux enfants, les vélos, des médicaments, des vêtements, il a extirpé Pierre des griffes des usuriers de Gravataí. Neidi a toujours beaucoup aimé Satti. Elle priait pour lui et pour les autres familles qu'il pourrait certainement aider maintenant qu'il avait été élu député. Au cours de toutes ces années, il n'y a eu qu'une seule fois où elle avait *franchement tiqué,* selon son expression, c'est lorsque Satti avait insisté pour que Pierre affronte à l'académie de Walter Lee un boxeur qui avait déjà remporté deux titres au niveau de l'État du Rio Grande do Sul. Elle savait que son mari ne voulait plus boxer, pire encore, c'était même devenu un sujet sensible – *il n'aimait pas l'entraîneur, le Cheval uruguayen* –, mais Satti avait fait toutes les démarches nécessaires pour que le combat ait bien lieu un mercredi, en fin d'après-midi. Six personnes avaient assisté au combat. Pierre avait été mis KO au deuxième round.

« Ce Julio Iglesias, là, c'est qu'il nous emmène loin, bon sang », dit Pierre. Et il part d'un petit rire.

« C'est vrai, hein ? Tu penses à qui, là ?

— Je pense à personne. »

Il a soudain l'air d'un gamin de quinze ans un peu bêta.

« À Neidi ?

— Ah, Neidi, c'était avant. Parce que, avec le temps, les enfants, disons que nous deux…

— Tu penses à qui, alors ? » répète Satti, mais il ne sourit plus. Il passe la main sous sa chemise et pose sa paume contre la crosse en bois de son calibre 38. Puis il sort son revolver et le pose sur ses genoux. Du coin de l'œil, Pierre aperçoit l'arme et lâche le volant pendant quelques millièmes de seconde.

« Monsieur, qu'est-ce que vous faites ?! »

La Santana dévie de son cap sous le soleil déjà accablant, au point d'aller mordre la ligne continue à moitié effacée au milieu de la route. Un camion qui arrivait en face fait une embardée sur la droite, le chauffeur écrase le klaxon et le camion s'éloigne dans ce bruit infernal ininterrompu. Pierre reprend le contrôle de la voiture.

« Tu vois quelqu'un, tu trompes Neidi ? Gare-toi là une minute. »

Le garçon rit nerveusement. Son front luit et il y a des gouttelettes au-dessus de sa lèvre supérieure.

« Vous me faites marcher, là, hein, monsieur ? »

Satti braque son arme sur Pierre.

« Gare-toi tout de suite, bordel ! »

Pas le choix. Pierre appuie sur le frein, les pneus crissent et la voiture cahote en quittant l'asphalte, puis s'immobilise, à moitié de travers. Ils entendent les véhicules qui fusent vers le sud ou vers le nord, peu nombreux, et le bruit blanc de la cassette qui est terminée.

« Qu'est-ce que ça veut dire, monsieur Satti ? » demande Pierre. Il commence à pleurer tout bas.

« On va descendre de la voiture. »

Tous deux sortent du véhicule.

« Mets-toi à genoux ici, dit Satti, en pointant son arme vers le sol.

— À genoux ? »

Il ne comprend pas. Il croit encore que Satti va éclater de rire et avouer que tout cela n'est qu'une plaisanterie, mais en même temps il se dit qu'il va mourir ici, sur le bas-côté de la BR-116 en mars 1988 à vingt-sept ans. Ces deux pensées se heurtent et se mêlent.

« Ne rends pas les choses plus compliquées, Pierre, je t'en supplie. »

Pierre s'agenouille au milieu des papiers, des bouteilles et des mégots que les automobilistes balancent par les fenêtres.

« Raconte-moi, Pierre.

— Raconter quoi ?

— Tu le sais très bien, tu veux que je te repose la question ? »

Pierre continue de pleurer.

« C'est une serveuse de l'Assemblée.

— Nom de Dieu.

— On s'est vus seulement quelquefois, monsieur. Il y a rien d'important entre nous, il y aura rien d'important.

— De l'Assemblée ? Pierre, on va se mettre d'accord sur un truc. Tant que tu travailleras pour moi, tu ne parleras pas de femmes, tu ne penseras pas aux femmes, c'est compris ? Et tu ne t'en tapes pas non plus, putain. Je veux plus entendre parler de ça. Jure-le-moi. »

Il hoche la tête.

« Jure-le-moi ! répète Satti, plus fort.

— Je vous le jure. »

Satti range l'arme dans son holster.

À partir de là, des faits se mêlent à de simples suppositions. Les faits : João Carlos Satti et deux autres députés ont déjeuné avec le maire de Canguçu dans un restaurant de grillades du centre-ville. L'après-midi, les parlementaires ont participé à une rencontre avec des producteurs de tabac de la région, pour qui l'arrivée de capitaux internationaux dans l'industrie du tabac menaçait l'agriculture familiale. La température a atteint les trente-trois degrés à deux heures de l'après-midi. Supposition : Satti est descendu à l'hôtel Telesca, un immeuble sans fioritures au coin de la rue, avec quelques boutiques au rez-de-chaussée. Sa chambre se trouvait au deuxième étage, et depuis le balcon il pouvait voir que le quadrillage urbain de Canguçu s'interrompait brutalement, juste après l'autoroute, pour laisser la place à des pâturages dont la couleur rappelait l'herbe à maté torréfiée. Pierre était dans la chambre voisine. Fait : Satti ne s'est pas présenté au dîner rassemblant des élus et autres notables au Clube Harmonia, prétextant auprès du maire une forte migraine probablement déclenchée par la chaleur et le voyage en voiture. Supposition : il a mangé dans sa chambre un steak saignant avec du riz et deux œufs au plat, ensuite il a tué le temps en allant digérer sur le balcon, d'où il a observé le ciel crépusculaire et les premières étoiles d'une nuit sans lune. Plus tard, il a frappé à la porte de la chambre de Pierre. Il avait pris son chapeau de gaúcho et une bouteille de whisky paraguayen. Pierre avait mis la climatisation au maximum dans sa chambre, l'air froid asséchait l'atmosphère, tandis que le bruit de l'appareil rappelait beaucoup celui d'un vieux hachoir à viande. Ils ont bu du whisky jusqu'à ce qu'ils se sentent plus détendus, essayant d'oublier, chacun à sa façon et pour des raisons différentes, le sombre épisode de la matinée. L'ancien boxeur était en temps normal un peu soûl après un verre et très soûl après un verre et demi. Ce soir-là, il a bu deux verres. Après l'assassinat de Satti, il raconterait à la police la crise de nerfs du député sur la BR-116, mais il ne dirait rien de ce qui s'était passé à l'hôtel à Canguçu et dans d'autres endroits discrets, se contentant de déclarer que Satti avait des goûts étranges (*C'était mon patron, qu'est-ce que je pouvais dire ?*). En 1988, ni la police ni personne n'avait voulu avoir plus de détails.

À présent, trente ans plus tard, je ne peux guère que me livrer à des spéculations, imaginer par exemple que, dans la chambre climatisée de l'hôtel Telesca, Satti a palpé le sexe de Pierre à travers son pantalon en tergal, puis a ouvert sa braguette et a commencé à le masser. Il a poursuivi ce va-et-vient pendant un certain temps tout en répétant au chauffeur de se détendre, il a senti le sexe de Pierre devenir de plus en plus dur et le sien prêt aussi à faire craquer son slip. Je peux manquer à la vérité, mais pas de beaucoup, si je dis que Satti a enlevé la chemise de Pierre par la tête et touché ses biceps et son buste cuivré non pas avec la révérence de qui caresse le corps de son amant, mais avec l'intérêt de quelqu'un qui examinerait un cheval de course. Alors Pierre s'est levé et, sans vraiment avoir le temps de s'habituer au léger tangage provoqué par le whisky, a fait pivoter son corps et poussé violemment son patron sur le lit, parce que tout cela serait plus tolérable s'il y trouvait un goût de vengeance. Ils étaient tous les deux complètement nus lorsque Satti a tendu le bras, il a atteint le bord du chapeau de gaúcho sur la table de chevet et il en a coiffé Pierre.

En juin 1988, la vie de João Carlos Satti a été décortiquée par la police. S'il n'avait pas été assassiné, il aurait probablement atteint un âge avancé en continuant de travailler à cet équilibre entre la vie ordinaire d'un homme politique et ses préférences sexuelles. Seules quelques personnes connaissaient la vérité – le premier parlementaire brésilien ouvertement gay, Clodovil Hernandes, n'apparaîtrait qu'en 2006 – et toutes, soit parce qu'elles étaient suffisamment discrètes, soit parce qu'elles étaient trop impliquées, garderaient le silence jusqu'à la fin des temps. Il en avait toujours été ainsi. L'avancée des investigations, cependant, allait obliger la presse à exposer la face cachée de Satti. C'est ce qui s'est produit le 12 juin, cinq jours après le crime.

Presque tous les habitants de Porto Alegre en ont été stupéfaits. La voix qu'ils entendaient à la radio était pareille à la voix d'un ami. Quand Satti tapait du poing sur la table pendant son émission télé, il exprimait l'indignation de tous les citoyens du Rio Grande do Sul face aux injustices et aux difficultés de la vie. Certains avaient voté pour lui, et même des gens qui n'étaient pas du même bord politique que lui pouvaient l'admirer. Il s'exprimait bien. Ne mâchait pas ses mots. Il était combatif. Respectait ses adversaires. Il avait l'idée folle de faire fusionner la police civile et la police militaire. Il avait l'idée encore plus folle d'agir pour la protection de la nature. Après le choc initial, cependant, les gens se sont vite remis de cette déception. Ils ont assemblé les pièces du puzzle et en ont tiré des conclusions bancales : l'homosexualité de Satti n'entrait pas encore en ligne de compte dans les détails du crime, mais, s'il faisait partie de ce *monde de marginaux*, alors cela suffisait à expliquer son destin tragique. C'était un *pédé*, au bout du compte. Par conséquent, il fallait s'attendre à ce que, tôt ou tard, il lui arrive malheur.

Cette révélation a également affaibli temporairement la thèse selon laquelle mon père avait tué son collègue parlementaire par jalousie. C'est pourquoi, en ce dimanche 12 juin, il était de bonne humeur, même si je ne savais pas encore pour quelle raison. Il m'a souri pendant le petit déjeuner, a plié son journal pour lire la rubrique des sports, et m'a demandé si je voulais un autre chocolat chaud.

« Oui, je veux bien.

— Carmen, fais donc un autre chocolat chaud pour Ciça. »

L'après-midi, on a enfilé manteau, écharpe et bonnet et on est montés tous les cinq dans la voiture pour aller au Jockey Club. Sur la place Horizonte, trois reporters bavardaient au soleil, les mêmes que les jours précédents. Je ne les aimais pas. Ils m'avaient volé la place, ils m'avaient volé la tour du château. Ils ont interrompu leur conversation et nous ont regardés. Je savais qu'il était mal élevé de dévisager les gens de cette façon, alors j'ai réagi en me montrant mal élevée moi aussi, en fixant l'un d'eux du regard jusqu'à ce que notre voiture s'éloigne et que je les perde de vue.

C'est au Jockey Club que j'ai rencontré le fameux Souza Andrade pour la première fois. Il était assis tout seul à une table du restaurant presque désert, et fumait l'un de ses Cohibas de contrebande. Si j'avais été un tout petit peu plus jeune, je serais partie en courant me cacher derrière un des piliers de la salle. Parce qu'il ressemblait à un méchant dans *Yogi l'ours*, très gros et sans le moindre cheveu sur le crâne, et par-dessus le marché il faisait des ronds de fumée avec sa bouche. Nous nous sommes approchés. Quand il nous a vus, il a posé son cigare sur le cendrier et a dit, sans se lever : « Quel plaisir de vous voir, Raul, quelle belle famille vous avez là ! » On aurait dit que mon père et lui étaient de vieux amis, mais en réalité ils ne s'étaient rencontrés qu'à deux reprises, une fois en tête à tête et une autre fois avec ma mère.

Je ne comprenais pas pourquoi on était venus au Jockey Club. Par les haut-parleurs du restaurant, on entendait le commentaire d'une course que nous étions en train de rater. Mes frères avaient l'air aussi perdus que moi, jetaient des coups d'œil alentour pour tenter de découvrir si nous étions déjà célèbres au point d'être reconnus. Tout semblait étrange. Si mes parents nous avaient retirés de l'école « jusqu'à ce que la poussière retombe », quel sens ce programme dominical pouvait-il avoir ? Souza Andrade, ai-je pensé tout à coup. Voilà ce qui a changé. C'est une idée à lui. Il veut que les gens nous voient.

« Asseyez-vous, les amis, je vais demander une chaise supplémentaire. Vous voulez une glace ? a-t-il demandé en attrapant un menu. Ils font des coupes excellentes, sundaes, banana split, vous aimez ? »

Après la glace, il nous a donné de l'argent pour qu'on aille parier sur des chevaux, cinq cents cruzados chacun. Le favori s'appelait Vaillant, mais Souza Andrade était convaincu que c'était Sunset qui allait gagner parce qu'il serait monté par un jockey plus jeune et plus motivé qu'il connaissait très bien. Marco a tout misé sur Sunset. Vini a choisi Vaillant, mais a décidé de ne miser que deux cents cruzados, empochant le reste avec le sourire de qui se croit plus malin que les autres. J'ai misé mes cinq cents cruzados sur un cheval qui s'appelait Comète Halley. Le jockey était M. Duarte, il allait porter une casaque blanche à bretelles bleues et une toque rouge. Munis de nos récépissés, on est sortis sur le champ de courses.

Les chevaux galopaient sur la piste pour se montrer au public. Mes parents ne m'avaient jamais emmenée dans un hippodrome. On s'est approchés le plus possible de la clôture pour mieux voir et tout était magnifique, le pelage luisant des animaux, les tenues colorées des jockeys, tout cela ressemblait à une chose sacrée, on se serait crus dans un autre monde. Je me suis alors aperçue qu'un des chevaux avait la tête presque entièrement blanche. Ça m'a paru inquiétant. La tache blanche disparaissait un peu sous les œillères bleues, mais elle était bien là, peinture inachevée. Le cheval a renâclé et le jockey a tiré sur les rênes en regardant d'un air très sérieux vers le public. J'ai failli parler à mes frères du cheval fantôme, mais comme je ne voulais pas passer pour une imbécile, j'ai jugé préférable de me concentrer sur Comète Halley, le numéro 8, qui selon moi avait l'air aussi bon que Sunset ou Vaillant. Quand les chevaux sont partis, on a cherché une place au premier rang dans les gradins. Quelqu'un avait abandonné là un journal. Marco a esquissé un geste pour l'écarter, il le touchait déjà du bout des doigts, mais, comme s'il avait soudain décidé de jouer les statues, il s'est figé au milieu de son mouvement. Alors nous avons regardé le journal à notre tour, Vini et moi. En une, il y avait une photo de Fred, le visage entouré de blanc. Jusqu'alors, je ne le connaissais qu'à travers les photos que ma mère avait prises lors de leur séjour à Torres. Il portait un pull à losanges et fixait l'objectif avec des yeux de pierre. À sa gauche, se trouvaient le député Ferrari et un homme que je ne connaissais pas, tous deux la mine éplorée, tête basse. Il y avait des dizaines de visages flous derrière eux. Les funérailles. En gros titre : *La police retrouve le garçon qui prétendait être le fils de Satti.*

« La vérité a éclaté ! » a dit Vini.

Marco ne réagissait pas. J'ai essayé de m'approcher.

« C'est pas pour les enfants », a-t-il dit, en se détournant avec le journal.

Je n'ai pas protesté. Ils se sont tous les deux concentrés sur l'article, alternant grognements stupéfaits et grognements dégoûtés. Qu'ils gardent donc leur journal, la course avait commencé et il fallait que j'identifie Comète Halley, même si ça n'était pas simple à cette distance ; les chevaux couraient de l'autre côté de l'énorme piste ovale, et je me suis dit que ce serait chouette si les gradins pouvaient se déplacer en même temps qu'eux, mais j'étais à peine parvenue au bout de ma pensée qu'ils n'étaient déjà plus si loin que ça, le speaker avait un peu de mal à nous raconter ce qui se passait jusqu'au moment où il a prononcé le nom de Comète Halley, puis il l'a répété car il venait de gagner deux places et se trouvait désormais en seconde position. L'arrivée se faisait juste sous nos yeux. Billy the Kid a remporté la course, Comète Halley a fini à la deuxième place, Vaillant troisième. Sunset a terminé cinquième.

« Je crois que je vais gagner quelque chose », ai-je dit.

Mes frères n'avaient pas accordé la moindre attention à la course.

« Qu'est-ce qu'ils disent dans le journal ? » ai-je demandé.

Ils ont continué à lire encore quelques secondes, puis Marco a balancé le journal par terre à la manière d'un adulte écœuré par les nouvelles. En même temps, il affichait un sourire qui voulait dire « papa n'a rien fait », avec cette conviction que j'avais vue sur le visage de Silvana pendant notre discussion dans le jardin.

« Il était homo, a dit Vini.

— Homo ? Comme Rui ?

— Comme Rui. »

Rui était le seul gay que je connaissais à l'époque. Il avait une galerie d'art dans une maison jaune et ma mère avait coutume de dire qu'il n'y avait pas dans tout Porto Alegre une seule personne capable de rivaliser avec lui en matière d'art et de décoration, deux termes qui à vrai dire étaient quasi synonymes à ses yeux. Elle achetait des tableaux dans sa galerie, parfois. Pour moi, Rui marchait comme une femme et s'habillait presque comme une femme, avec ses écharpes brillantes qu'il était sans cesse en train de rajuster de ses mains délicates, et ses chaussures dont les boucles ressemblaient à des bijoux à mettre autour du cou. Rui allait mourir du sida en 1992.

« João ne ressemble pas à Rui. Ne ressemblait pas.

— Peut-être, mais c'est écrit ici, a dit Marco.

— Et Fred, il était homo, lui aussi ? » ai-je demandé.

Marco a regardé le journal par terre, le visage de Fred dans un rond blanc et ces yeux qui semblaient anticiper le rond. Pendant des années, j'allais examiner cette même photo d'innombrables fois, comme si, plus que n'importe quelle autre, elle contenait une vérité qui finirait par se révéler, à force d'insistance.

« Il vaut mieux que tu n'en saches pas plus, a dit Marco. Tu as neuf ans ! »

Vini l'a regardé.

« Et alors ? Arrête tes conneries, Marco, elle est plus maligne que toi.

— Ta gueule, mongolien !

— Oui, Fred est pédé. Ils se sont rencontrés dans le parc Moinhos de Vento. Il n'y a aucune standardiste dans cette histoire, Satti a tout inventé, il a menti à tout le monde.

— Il va y avoir une autre course ou c'est terminé, là ? a demandé Marco en se levant. Les chevaux ne font même pas un tour de piste complet. Ou ils l'ont déjà fait ?

— Non, ai-je répondu, ils ont juste fait un demi-tour.

— Et Souza Andrade, c'est vraiment un gros nul pour les paris ! J'ai perdu cinq cents cruzados pour rien, moi. »

J'AI RENCONTRÉ Jesse un mardi et le lendemain, au crépuscule, j'étais déjà en train de rouler trop vite sur la Pacific Coast Highway en écoutant son dernier album à un volume ostensiblement élevé, avec la mer à ma droite, argentée et agitée, et à ma gauche les montagnes prêtes à dormir. J'avais commencé à pleurer depuis des kilomètres et ça semblait ne jamais devoir finir, mes yeux ne sécheraient qu'à mon arrivée à Point Dume. Chaque fois que je roulais en serpentant le long de la côte, j'étais assaillie par des images très nettes de voitures précipitées du haut des falaises tels des jouets, et particulièrement de ma voiture tombant en piqué jusqu'au choc avec la surface de l'eau, devenue quelque chose de très dur pendant ma chute de cinquante mètres. Cette fois, il y avait en plus un type qui chantait à propos d'un canyon sous la pluie et d'une vie sauvage et libre en sa compagnie. Autant dire que j'étais morte de trouille.

Je me suis garée à Point Dume, j'ai entendu le fracas des vagues et j'ai descendu les marches jusqu'au sable en me disant qu'il fallait que je garde le contrôle. Rester obsédée comme je l'étais depuis notre rencontre, c'était du suicide émotionnel. Il fallait que je renoue avec mon autosuffisance et mes attentes proches de zéro. C'était marée basse. Je me suis approchée des rochers sertis d'anémones de mer, petites bouches qui se refermaient dès que je les touchais, j'ai enlevé mes bottes et mes chaussettes et retroussé mon jean. Quand mes pieds ont touché l'eau du Pacifique, j'ai senti les attaques du froid monter dans mon corps comme autant de décharges électriques, une douleur qu'à cet instant j'ai trouvée délicieuse. Au loin, le ciel se décolorait.

C'était l'automne 2011 et, la veille, Jesse était venu chez Norton chercher un coyote. « J'ai eu une idée hier soir », avait-il dit à la fille de la réception, pendant que dans sa tête se formaient dix pensées à la seconde, « c'était comme dans un rêve, un coyote et Gram Parsons dans le désert... Comment vous préparez tous ces animaux, là ? » Ses mains hors de contrôle tambourinaient sur la table. La fille l'a dévisagé d'un air suspicieux et l'a prié d'attendre un instant. Elle est venue à l'atelier, m'a interrompue dans mon travail – moi, la nouvelle taxidermiste – et a demandé : « Est-ce qu'on aurait un coyote ? Il y a un type à l'accueil qui voudrait savoir. Mais j'ai l'impression qu'il a un grain. »

Il était musicien et il préparait la tournée de lancement de son troisième album. Toute la palette de couleurs de sa tenue, ocre, marron, jean, semblait provenir directement du début des années 1970. Une fois devant lui, un tel anachronisme m'a fascinée, il fallait avoir de solides convictions pour ne pas craindre le ridicule, mais, surtout, il y avait une telle harmonie naturelle entre sa chemise en velours côtelé, sa barbe et ses cheveux longs et gras, qu'on aurait dit qu'il ne s'était pas aperçu que le monde avait changé. « Waouh, vous êtes, comment on dit, taxidermiste, c'est incroyable, je... » – il ne se départait pas de son sourire, acéré et engageant – « ... j'aimerais beaucoup acheter un coyote pour le mettre sur scène pendant mes concerts. Mon idée, c'est de créer une sorte de désert minimaliste, qu'est-ce que vous en pensez ? »

Nous n'avions qu'un seul spécimen au dépôt. D'après les registres, il avait été monté par Andrew en 1998 pour une série de conférences pédagogiques sur la cohabitation entre humains et coyotes autour de Los Angeles. On ne montait pas souvent ce type d'animal. Ils ne suscitaient pas la même curiosité que les animaux exotiques ou les espèces menacées d'extinction à brève échéance ; au contraire, les coyotes étaient des créatures ordinaires, qui perturbaient la vie des gens en banlieue en poussant leurs hurlements, en fouillant dans les poubelles et en effrayant les joggeurs nocturnes. Il arrivait également qu'ils se montrent agressifs envers les chiens et les chats, ce qui entraînait toujours des réunions de quartier tendues, avec inévitablement quelqu'un qui se levait pour dire : *Si on ne prend pas les mesures nécessaires, tôt ou tard ils attaqueront nos enfants !*

En chemin vers le dépôt, Jesse m'a raconté son fameux rêve. Il marchait dans le désert et soudain il apercevait au loin, ondulant dans la chaleur, l'esprit lumineux de Gram Parsons qui suivait un coyote. L'animal semblait le guider. Je savais qui était Gram Parsons : un musicien mort d'une overdose dans une chambre de motel à l'âge de vingt-six ans. Les faits postérieurs à sa mort étaient le genre de choses macabres qui pouvaient pimenter une promenade dans le parc de Joshua Tree, je n'hésitais donc pas à les raconter à mes groupes de touristes brésiliens juste après leur avoir livré des informations botaniques qui les laissaient de marbre : la famille de ce musicien iconique avait l'intention de l'enterrer à l'autre bout du pays, expliquais-je, mais ses amis savaient que le désir de Parsons était d'être incinéré et que ses cendres soient dispersées dans ce parc national. Ils ont donc emprunté un corbillard, subtilisé sa dépouille à l'aéroport de Los Angeles, puis ils ont roulé jusqu'à l'endroit précis où nous nous trouvons et ils ont mis le feu au cercueil ouvert (les touristes, désormais captivés par l'histoire, riaient nerveusement). Ils ont ensuite été déclarés coupables pour ce vol et pour avoir laissé environ seize kilos de restes humains dans un espace naturel protégé. Les vestiges du corps de Gram Parsons ont finalement été enterrés dans un cimetière de Louisiane.

Deux ou trois fois, j'avais essayé d'écouter ses disques, mais ça sonnait trop country pour moi. Quoi qu'il en soit, je n'ai rien dit de tout ça à Jesse, je me suis contentée de lui faire comprendre d'un geste que je savais de qui il parlait.

J'ai allumé les lumières du dépôt.

« Waouh. On dirait que vous allez charger l'arche de Noé sur un camion de déménagement. »

La plupart des animaux étaient couverts d'une protection en plastique.

« Je peux ? » a-t-il demandé, en s'apprêtant à en soulever une.

C'était un renard polaire. Il a touché son pelage blanc du bout des doigts.

« Comment vous avez atterri ici ? Il vient d'où, cet accent ? a-t-il demandé.

— Du Brésil. C'est une longue histoire.

— À vrai dire, je ne connais aucune histoire qui soit courte. »

On a ri tous les deux, puis on est allés retirer les protections qui enveloppaient le coyote.

Andrew avait monté l'animal en position de trot, la tête penchée vers la gauche comme s'il cherchait le regard du spectateur. L'oreille droite était plus basse qu'elle n'aurait dû ; elle avait été endommagée par un enfant après une conférence dans une école primaire.

« Ne vous en faites pas pour l'oreille, je pourrai arranger ça. »

Jesse n'a même pas fait attention.

« Je n'ai jamais vu un coyote de si près.

— Il vous plaît ?

— S'il me plaît ? Il est tellement... vivant. »

Tout animal empaillé est porteur d'une dualité troublante. Ce coyote était mort en 1998, mais, étonnamment, d'une façon étrange, il était encore là. En observant ses yeux de verre, Jesse avait choisi, entre la vie et la mort, d'y voir la vie.

Sur la plage de Point Dume, mes pieds et mes mollets s'étaient déjà habitués à l'eau froide. J'ai marché jusqu'à un endroit sec et j'ai enlevé tous mes habits. Trois types me regardaient de loin, un corps féminin entre chien et loup, marchant avec détermination en direction des vagues. Même les surfeurs étaient sortis de l'eau et s'extirpaient de leur tenue en néoprène après avoir rangé leurs planches dans des vans mal entretenus d'où se dégageait une forte odeur d'encens et d'herbe. Je me suis avancée à grands pas dans l'eau, j'ai perdu l'équilibre et me suis râpé le pied contre une pierre affilée, mais mon corps était trop occupé à réagir à ce nouvel environnement pour se préoccuper de ce genre de chose. J'ai plongé, je suis remontée à la surface, j'ai replongé, et j'aurais voulu à cet instant que ces deux mouvements deviennent quasi indissociables, que la nuit efface enfin les différences entre m'immerger et flotter. Mais au bout d'un moment le jeu a cessé de m'amuser. Mon pied a commencé à me faire mal, je sentais les coups d'aiguille du froid partout sur ma peau et les lumières de l'autoroute ne me laisseraient jamais oublier où j'étais. J'ai marché jusqu'à mes habits en claquant des dents. J'ai composé le numéro que Jesse m'avait donné.

« Dans mon rêve, c'était donc toi », a-t-il dit dès que je me suis rallongée à côté de lui.

La meilleure baise de ma vie. J'avais envie de sortir dans la rue pour courir en hurlant.

« Quel rêve ? »

Il m'a fixée du regard, hypnotisé.

« Finalement, le message, c'était pas à propos du coyote. Le message, c'était sur ma rencontre avec toi.

— Tu pourrais écrire une chanson qui raconterait ça ? »

C'était la chose la plus romantique que j'avais jamais dite à un être humain.

« Je crois que ça mérite mieux. Pourquoi pas tout un album concept ? » a-t-il dit.

Il a rigolé, puis a embrassé mes seins, avant de descendre sur mon ventre.

« Puisqu'on ne va pas sortir de cette chambre pendant deux jours…

— Il faut que j'aille travailler demain.

— … pourquoi tu ne me raconterais pas ta longue histoire ?

— Hors de question. Quel est l'intérêt de tout raconter d'un coup ? »

Il a souri. Il approuvait ma réponse. Les gens, habituellement, aiment le mystère au début, puis ça finit par les contrarier.

« Et si je te parlais des coyotes ? Des espèces synanthropiques et tout ça ?

— Synan quoi ? » Il a arrêté de m'embrasser et m'a regardée. « Tu sais que t'es incroyable, toi ? »

À cette époque, Jesse prenait des microdoses de psilocybine – des champignons magiques broyés, réduits en poudre et conditionnés en gélules – et, en plus de ressentir après chaque ingestion un *agréable fourmillement des synapses neuronales*, il s'émouvait du spectacle de la nature au point de photographier et de poster sur les réseaux sociaux un graffiti qui disait : *Quatre milliards de vasectomies tout de suite ! Place aux animaux et aux plantes !*

Pendant que nous fixions le plafond, j'ai parlé de la synanthropie, qui n'est rien d'autre que la capacité d'adaptation de certaines espèces en vue de leur cohabitation avec les humains. Parmi elles, les souris, les ratons laveurs, les pigeons, les corbeaux, les écureuils, les cerfs, les coyotes. Qui ne sont ni domestiqués ni sauvages.

« Les ours, c'est pareil ?

— Dans certains cas, oui. On peut parler de synanthropie quand ils mangent nos ordures. »

Les animaux synanthropiques ont trouvé un moyen pour survivre sur une planète dont trois quarts des terres et deux tiers des eaux ont été dégradés ou au minimum sévèrement transformés par l'homme, ai-je expliqué, en me sentant plus professorale que je ne l'aurais voulu. Rien que pour ça, ces animaux mériteraient déjà tout notre respect. Mais ce n'est pas ce que pensent la plupart des gens, d'où des tensions constantes : quand un coyote attaque une brebis, quand un cerf mâchonne quelques roses ou qu'une biche met bas au milieu du jardin de madame, la société décide qu'il y a trop d'animaux. Et on entonne le refrain douteux de l'équilibre environnemental. Le gouvernement fédéral a tué plus de huit cent mille coyotes l'an dernier. Partout aux États-Unis, dans les villes, fleurissent des initiatives visant à contrôler la population des cervidés, chassés par des entreprises privées dans des rues de banlieue avec des fusils à lunette thermique.

Instinctivement, j'ai pris la main de Jesse. Il l'a serrée dans la sienne.

« Est-ce que c'est pas dément ? ai-je dit. Tu déséquilibres tout sur cette putain de planète, et ensuite tu te donnes pour mission de rééquilibrer selon *tes* critères.

— Critères prévoyant qu'il n'y ait pas une seule créature qui vienne mettre bas dans ton jardin. »

J'étais amoureuse de cet homme.

« Tu parles de synanthropie avec tous tes mecs ?

— C'est la première fois, je te le jure.

— Bon, disons que je te crois.

— Pas trop déprimé par ce que je t'ai raconté ?

— J'étais quand même vaguement au courant que l'homme était une pourriture, tu sais. Par contre, maintenant, j'ai encore plus de sympathie pour les coyotes. »

Je l'ai embrassé.

« Bon, passons à quelque chose de plus gai. Gram Parsons, c'est ton idole ?

— L'une de mes idoles, sans aucun doute.

— Qui d'autre ?

— The Byrds. Crosby, Stills & Nash. Grateful Dead. Joni Mitchell.

— T'es pas trop jeune par rapport à tous ces gens-là ?

— Ah, j'ai été un gamin étrange. Je trouvais tout ce que mes amis aimaient trop bruyant. Moi, ce que j'adorais vraiment, c'étaient les harmonies vocales, la guitare. Tout ce désespoir post-punk, ça me parlait pas. Et toi ?

— Je me rappelle la première fois que mon frère m'a fait écouter un album complet des Cure.

— Et qu'est-ce que t'as ressenti ? »

J'ai réfléchi un instant.

« Que j'étais comme étreinte par ce fameux désespoir. »

Le jour où je vais dans le désert de Mojave dépouiller un lion avant de déposer la peau dans le congélateur de Norton, puis de prendre un long bain pour me débarrasser complètement de l'odeur de viscères, je décide de rencontrer Kristen pour la deuxième fois. Je n'en tire aucune fierté. Jesse va rentrer le lendemain et je fuis un conflit en en fabriquant un autre. Je vais jusqu'à l'appartement de Kristen. Ses deux colocataires sont sorties, ce qui d'un côté est pour moi un soulagement, mais d'un autre côté un motif d'appréhension car je me dis qu'elles ont tout planifié, qu'elles ont voulu qu'on soit seules parce qu'elles pensent que cette histoire entre nous a un avenir. Elle n'en a pas. Je m'assois sur le canapé tandis qu'elle disparaît dans la cuisine. Elle revient avec une bouteille de saké et deux verres. Je ne sais pas exactement pourquoi, mais ça m'émeut d'une manière désagréable. C'est la seule chose qui nous unit, je m'en rends compte un peu plus tard, quand je termine déjà mon premier verre et que Kristen met un morceau qui me rappelle le fond sonore strident et optimiste des boutiques de *fast fashion*. Elle commence à danser. Je me lève à mon tour – je n'ai pas le choix, maintenant que je suis là – et je danse en la regardant. Elle rit et dit que j'ai l'air plutôt un peu rigide pour une Brésilienne, suite à quoi je l'embrasse, la plaque contre le mur et me colle à elle en guise de contre-argument instinctif. Je m'en vais aux environs de deux heures, malgré son insistance pour que je reste. « Je travaille tôt », lui dis-je, et elle demande : « Quel animal vas-tu sauver demain ? » Je réponds que je ne sauverai rien ni personne, j'en suis incapable ; tout ce que je fais, c'est montrer ce que l'être humain détruit.

Donc, le lendemain, Jesse est de retour. Je reste immobile devant chez nous à regarder les lumières allumées du salon, sans avoir le courage d'entrer. Le bleu du ciel dans la nuit est un bleu éteint, dilué à cause des particules de monoxyde de carbone. C'est exactement de cet endroit du trottoir que Jesse et moi avons vu la maison la première fois, lors de notre huitième tentative pour déclarer « c'est celle-là », vu que l'un de nous deux trouvait toujours quelque chose à redire sur un détail : la disposition des meubles était nulle, l'emplacement ne semblait pas idéal, la deuxième pièce ne pouvait pas contenir tous les instruments de musique de Jesse, il n'y avait pas moyen d'aménager le garage pour en faire mon atelier. Nous étions des perfectionnistes sur notre idée de l'avenir, alors que dans le fond j'hésitais encore entre faire ma vie avec Jesse et résister à l'intensité de cet amour et me retirer quelque part dans un endroit isolé.

Malgré tout, donc, une huitième visite. Une odyssée immobilière qui suivait son cours indépendamment de mes doutes intérieurs. La maison néocoloniale au coin de la rue était plutôt prometteuse sur les photos, très prometteuse lorsqu'on l'a vue de l'extérieur et finalement incroyable – pour Jesse – dès que l'agent a ouvert la porte et activé notre imagination d'un geste qui embrassait ce salon immense. « Ce sera celle-là, je suis désolé », a chuchoté Jesse à mon oreille, à quoi j'ai répondu seulement par un demi-sourire, en essayant de cacher que je me sentais très mal de ne pas avoir été frappée par le rayon cosmique de l'intuition, par le coup de foudre émotionnel. À la fin de la visite, nous avons dit à l'agent que nous prenions la maison. Je tremblais de tout mon corps. J'allais à droite et à gauche comme pour analyser les murs, les plinthes, la vue.

En me remémorant cette scène maintenant, six ans plus tard, je comprends que j'ai toujours eu peur de ne pas répondre aux attentes de Jesse. Je traverse la rue. La porte s'ouvre alors que je me trouve encore à plusieurs mètres.

« J'ai cru que t'allais jamais rentrer », dit-il. Il s'adosse au chambranle, santiags, yeux plissés comme s'il avait le soleil en pleine figure.

Je l'embrasse.

« Qu'est-ce que tu faisais là-bas sur le trottoir ?

— Rien. Je regardais, c'est tout. Fatigué du voyage ?

— Pas trop. J'ai préparé à manger. »

Dahl de lentilles et riz au jasmin. Je vais jusqu'à la salle de bains et je réfléchis à ce que je vais dire, et à quand je vais le dire, tout en m'aspergeant le visage, avant de m'observer dans la glace. J'ai la bouche des Matzenbacher, le nez des Bonacina et une ride entre les sourcils qui ne veut plus s'en aller. Jesse aime la suivre du bout du doigt. Il comprendra. Quand je reviens dans la cuisine, il coupe à la main des feuilles de chou chinois qu'il met dans un saladier. Je vois les assiettes déjà mises sur la table et alors impossible de ne pas songer qu'il ne manque plus que les bougies pour que notre mariage soit officiellement en crise. On s'installe à table.

« Je pensais qu'on pourrait aller faire une marche samedi, dit-il.

— Ouais, bien sûr.

— J'en peux plus, de la plaine. Et la semaine prochaine je vais être bien occupé. Aaron m'a appelé.

— Quel Aaron ?

— Aaron des Fiddleheads. Il veut que je produise leur nouvel album.

— Mais tu passes ton temps à dire du mal de ce groupe, Jesse !

— Je sais.

— Ringard, plouc, aussi triste qu'Instagram, du Xanax chrétien… Et t'as dit oui ? »

Il sourit, à croire que la version intolérante de lui-même l'amuse.

« Les nouvelles chansons sont pas mal. Aaron s'est séparé de sa compagne l'an dernier et il évoque essentiellement tout ce qu'il a ressenti pendant cette période, les démos sont nettement plus mûres, il me les a fait écouter. On en a déjà parlé. Le groupe est tout à fait ouvert à l'idée de prendre une nouvelle direction.

— Pourquoi tu fais ça ?

— Quoi ? C'est juste un boulot, Cecília. »

Il arrête de manger.

« J'ai quarante-deux ans, dit-il.

— Et alors, qu'est-ce que ça fait que t'aies quarante-deux ans ?

— Tu crois pas qu'il est temps d'admettre que le grand rêve, c'est fini ? »

Jesse se lève. Il remplit son verre au robinet et boit une gorgée d'eau, adossé au bar.

« Tu sais, quand tu te rends compte qu'il y a des choses qui ne sont pas faites pour toi, dit-il, le regard dans le vide. Quand tu ne comprends *plus* ce qui se passe. Quand tout le monde trouve génial ce qui te paraît ridicule.

— Tu n'as pas eu cette sensation depuis le jour de ta naissance, toi ?

— C'est beaucoup plus fort aujourd'hui. »

Il se rassoit.

« Moi aussi, j'ai parfois cette impression, Jesse. »

Le sourire brisé qu'il affiche me donne le sentiment qu'il a pitié de nous deux. Mais je n'arrive pas à changer l'atmosphère : je lui adresse en retour un sourire encore plus estropié.

« Mes parents t'embrassent. »

Je me fige, la fourchette à mi-parcours en direction de ma bouche.

« Comment ça, t'as vu tes parents ?

— J'ai eu deux jours de libres.

— T'es allé en voiture jusqu'en Caroline du Sud ?

— Ouais, onze, douze heures de route. Mon père est heureux, il s'est acheté un drone, il a fait plusieurs films, tous les mêmes, leur maison vue du ciel, et on a tout visionné sur la télé avec une bande-son du genre *Sur la route de Madison*. Ma mère a passé son temps à râler, comme toujours, à propos de son mari, du voisin et du supermarché, où ils ont tout changé de place. Et, tout à trac, elle a demandé quel âge tu avais, au juste.

— Elle sait bien quel âge j'ai.

— Je sais qu'elle le sait.

— Pourquoi tu me racontes qu'elle t'a posé cette question ? »

Je sors de table. Il me suit jusqu'au salon.

« T'as pas besoin de réagir au quart de tour chaque fois qu'on évoque le sujet.

— La question, c'est qu'on était pas en train d'évoquer *le sujet*, Jesse. On était en train de parler de ta carrière. Quel est le problème ? Tu crois que tu te sentiras moins dans la peau d'un loser si t'as un enfant ? »

Il ne répond pas. J'y suis peut-être allée un peu fort.

« Je crois qu'il faut que je te raconte quelque chose », je lui dis.

Il s'assoit dans le fauteuil en face de moi et attend. Il n'y a plus de retour en arrière possible. Je lui raconte pour Kristen, depuis nos petites discussions à la caisse du supermarché jusqu'à la deuxième fois où je suis allée chez elle. Dans un premier temps, j'utilise tous les clichés possibles sans m'en rendre compte, *ça ne compte pas du tout, c'est moi le problème,* comme si je confessais mes actes en puisant non pas en moi, mais dans une espèce de mémoire collective de la tromperie. Jesse m'écoute, étonné. Je ne pleure pas. Quand j'arrive au bout de l'histoire – *ce serait injuste de blesser une personne de plus* –, il pousse un long soupir et me lance un regard noir.

« C'est la première fois que tu couches avec une femme ?

— De tout ce que je t'ai raconté, c'est ça qui compte le plus pour toi, que cette personne soit une femme ? C'est pas croyable.

— Mais comment est-ce que ça pourrait ne pas compter, Cecília ? Ça veut dire que je ne sais pas qui tu es ! »

Sa conclusion m'agace, même si elle ne me surprend pas.

« Mais s'il y a bien une chose que je sais à ton sujet, c'est que tout finit toujours par t'ennuyer, dit-il, en se levant soudain du fauteuil.

— C'est faux. Excuse-moi, Jesse. »

Il va jusqu'au buffet.

« Et une autre chose que je sais, c'est que tu prends toujours la fuite. »

Il attrape les clés de ma voiture. Et, de toutes ses forces, il jette le trousseau dans ma direction.

UN PEU PLUS et Jesse m'atteignait en plein visage avec mon trousseau de clés, celles de la maison, de la voiture et de Norton. Le trousseau métallique avec son séquoia stylisé va heurter le mur, puis tombe à terre. Je mets la main sur ma joue, sentant le coup que je n'ai pas reçu, puis je ramasse les clés et les glisse dans ma poche tandis que Jesse me regarde bouche bée avec une demande de pardon qui reste coincée dans sa gorge. Je ne lui laisse pas le temps de dire un mot. Il bredouille quelque chose quand il voit que je me dirige vers la porte et je suis déjà en train de traverser la rue quand il parvient finalement à dire : « Excuse-moi, Cecília, j'ai disjoncté, c'est horrible, je... pardonne-moi, je t'en supplie ! » Je monte dans la voiture avec Jesse sur les talons, il me laisse fermer la portière sans résister parce qu'il a maintenant pleinement conscience de ce qu'il a fait. J'accélère et je me mets à pleurer dès que je vois Jesse dans le rétroviseur, figé au milieu de la rue comme si je pouvais encore changer d'avis. Demain, il se dira peut-être que cet épisode m'aura servi d'excuse parfaite pour prendre la fuite, comme toujours. Il se peut qu'il ait en partie raison.

Je ne sais pas vraiment où aller. Je pense aux campings des parcs naturels à Topanga et Malibu, mais il sera impossible de trouver une place à la dernière minute un samedi soir. J'écarte l'idée de dormir dans un hôtel. Je me fonds dans le trafic dense de la freeway tout en essayant de me concentrer sur ma respiration, j'inspire quatre secondes par le nez, j'expire quatre secondes par la bouche, je recommence, encore, encore et encore. Droit devant moi, je vois les lumières du centre-ville. Je m'en approche. Je me rappelle combien ça m'avait impressionnée quand je suis arrivée dans ce pays il y a seize ans, le ciel nocturne et les tours toujours éclairées, alors que tous les bureaux étaient fermés.

Je quitte la freeway et prends une sortie en direction du centre. C'est amusant de suivre cet itinéraire de façon automatique, d'avoir mis en place une routine et d'avoir aimé ça, et à présent d'être morte de trouille parce que j'ai manifestement commis une erreur en investissant tant d'affect dans ma relation avec une personne. Je me gare sur le parking désert de Norton. Je reste un moment les mains sur le volant, incapable de bouger. Sur le terre-plein central de l'avenue, il y a deux baraques construites par des SDF, et quelqu'un a renversé la poubelle qui se trouve devant le garage d'Al. *Achetons pneus usés*. Je me suis trompée dans mes prévisions. J'avais imaginé que Jesse pourrait comprendre ce que je ne comprends même pas moi-même. En plus de ça, je n'ai pas eu le temps de lui dire que mon père avait fait un AVC. Je vérifie mon portable. Pas de message. Il doit avoir honte, il veut me laisser respirer, il se demande sans doute comment ne pas aggraver les choses entre nous. L'espace d'un instant, j'envisage de téléphoner à Vinícius pour lui parler de Kristen. Tout cela le ferait probablement marrer. Mais il est plus d'une heure du matin au Brésil et, c'est récent, mais il a enfin appris à se coucher tôt. Mieux vaut laisser ça pour un autre jour.

La lune est dans son dernier quartier, jaune, enveloppée d'une brume fine comme de la dentelle. J'arrive encore à voir sa face sombre. Jesse ne s'est jamais montré violent avec moi, et c'est toujours lui qui pleure le premier quand on se dispute. Un homme sensible, je pense, je pensais. Je descends de la voiture sans enfiler ma veste, je sens le vent glacé sur mes bras. J'ouvre le coffre pour prendre mon sac à dos et mon sac de couchage comme si je vivais encore à Sedona et que je m'apprêtais à camper toute seule au bord de la rivière Oak. Je désactive l'alarme de la porte de derrière.

J'étends mon sac de couchage sur le sol de l'atelier et je m'étends, mais bien entendu pas moyen de fermer l'œil.

Je regarde de nouveau mon portable : rien. Je ne sais pas ce qui me fait le plus paniquer, recevoir des messages ou ne pas en recevoir, mais, dans le doute, je prends la décision radicale d'éteindre le téléphone. Je crois que je veux vivre ce fantasme, être introuvable et faire de ma disparition une sorte de vengeance – à bien y réfléchir, c'est ce que sont presque toujours les disparitions.

Je me lève et vais me faire chauffer de l'eau dans la bouilloire électrique. *Veuillez sortir immédiatement de cette cuisine si vous ne vous êtes pas lavé les mains correctement,* dit l'affichette plastifiée que Greg a rédigée il y a des années, et j'essaie de rire en m'imaginant découvrir la plaisanterie. J'ouvre un tiroir, je choisis de me faire une camomille et je sors en soufflant sur ma tasse fumante. Je rejoins les réserves et j'allume les lumières, un éclairage doux comme dans un musée. Même l'air semble ancien ici : boisé, sec, solennel. Dans de lourds présentoirs en chêne qui les protègent, environ cinquante animaux empaillés sont entreposés là, sans aucune logique géographique ou taxinomique. Il y a des spécimens rares, par exemple le tigre de la Caspienne monté en 1952 – espèce déclarée éteinte en 2003 –, et des animaux aussi communs que des belettes et des renards. Le panda roux et le pangolin sont ceux qui excitent le plus la curiosité. Au centre de la salle, dans une vitrine ouvragée que le grand-père d'Andrew avait achetée à un vieux musée désargenté, sont exposés des fossiles, des coquillages et des centaines de papillons, une palette invraisemblable de couleurs translucides retenues par des épingles. Il y a aussi des bocaux de toutes les tailles qui contiennent des iguanes, des serpents corail et des hippocampes flottant dans du formol.

La salle a été aménagée selon un certain esprit victorien. On sent clairement que l'idée est de proposer une synthèse du monde, d'un monde enchanté pré-extinction et pré-apocalypse, antérieur à la compréhension du mal causé par l'être humain. C'est peut-être cela qui me fascine tant : ici commencent essentiellement la romantisation de la nature, le moment où l'homme ne craint plus les animaux et se met à voir en eux une source de plaisir esthétique. Il est évident que ces vitrines célèbrent la diversité et la beauté du monde naturel. En même temps, elles trahissent incontestablement une nostalgie. Elles portent en elles l'idée de destruction. On ne remplit d'objets des vitrines ou des caisses que lorsqu'on sent qu'il est urgent d'en fixer le souvenir.

Me revient alors à l'esprit la modeste collection que je m'étais constituée enfant. L'os de mouffette. Un fragment de carapace de tatou. Des graines de kapokier, des pignes de pin, des coquillages, des fleurs séchées, des plumes de perdrix, de canard, une mante religieuse que j'avais tuée dans mon flacon de chasse. La collection s'enrichissait très lentement, et elle ne comprenait presque rien d'entier ; en général, je n'arrivais à trouver que des bouts. J'ai gardé cette boîte à chaussures pendant environ trois ans. Un jour, je suis rentrée de l'école avec un bourdon mort dans ma trousse, mais ma boîte avait disparu. Désespérée, je me suis précipitée auprès de ma mère. Est-ce que par hasard elle savait où était ma collection de naturaliste ? Elle a répondu très calmement, en détournant à peine le regard de la télé, qu'elle avait tout jeté. *C'était une infection, Cecília, j'ai été obligée de mettre tout ça à la poubelle*. J'ai pleuré sans m'arrêter tout l'après-midi. C'est arrivé en 1990, tout juste quelques semaines avant le procès de mon père. La boîte était pour moi un moyen d'accéder à un monde qui me paraissait parfait et lointain.

Dans les réserves, je reste immobile devant les animaux jusqu'à ce qu'il me semble impossible de supporter une telle beauté et une telle perte. J'ai l'impression qu'ils ont tous les yeux braqués sur moi.

Un écrivain britannique du nom de John Berger a écrit ceci : « Aucune autre espèce que l'homme ne reconnaîtra comme familier le regard de l'animal. Les autres animaux seront seulement tenus en respect, quand l'homme, lui, sera conscient de lui renvoyer exactement le même regard. »

Pour Berger, cependant, la proximité entre l'animal et l'homme n'existe quasiment plus ; les animaux ont été marginalisés au XIXe siècle avec l'avancée du capitalisme, et à partir de là pratiquement relégués à des espaces symboliques – depuis la peinture romantique jusqu'aux productions de Disney – ou confinés dans des zoos.

Sur les jardins zoologiques, que John Berger a beaucoup fréquentés et avec un grand enthousiasme quand il était petit (*un des rares souvenirs heureux de mon enfance*), l'écrivain est catégorique : « Le zoo, où les gens vont à la rencontre des animaux, les observer, les voir, est en fait un monument érigé à l'impossibilité d'une telle rencontre. »

On peut dire la même chose des animaux que je reconstitue.

Je me réveille sur le sol des locaux de Norton, déboussolée. J'ouvre la fermeture Éclair de mon sac de couchage et m'assois. J'allume ma lampe torche et la première chose qui se trouve éclairée est le mannequin du lion que j'ai tout juste commencé à sculpter l'autre jour, la gueule ouverte, des trous à la place des yeux. Je ne sais absolument pas si le jour s'est levé, il n'y a pas de fenêtres ici et, n'ayant toujours pas la moindre intention de rallumer mon téléphone, je me traîne jusqu'à la cuisine pour voir l'heure sur la pendule du four : 7 h 11, un dimanche, il ne viendra personne. Je me lave le visage dans les toilettes et examine mes cernes, tandis que m'envahit ce sentiment matinal classique. La vie reprend, il faut empiler les blocs, reconstruire la journée de la veille, se rappeler à quel moment de l'histoire on s'est arrêté.

Je me prépare des œufs brouillés déshydratés et du café soluble. Jusqu'à environ neuf heures, j'arrive à m'occuper l'esprit en travaillant sur les pattes avant du lion. Mais ensuite je commence à me déconcentrer et la patte droite n'a vraiment pas belle allure. On dirait que le lion est blessé. J'attrape mon téléphone. Je me sens bête et un peu cruelle de laisser mon portable éteint. Jesse pourrait penser qu'il m'est arrivé quelque chose, de nos jours les gens pensent toujours au pire quand leur interlocuteur reste injoignable. Je sens, tout à coup, que je ne veux pas aller aussi loin dans ma vengeance. Je ne veux pas disparaître. Je veux rester exactement où je suis. Je vais jusqu'au lavabo et je retire le plâtre de mes mains, en frottant mes doigts énergiquement, un à un. Je rallume mon téléphone.

Des appels manqués et plein de messages (*Est-ce qu'on peut se parler ? Où es-tu ? Tu sais que jamais je n'ai voulu te faire de mal. Je t'aime*). Ma mère aussi a essayé de m'appeler. Je ne lui ai pas parlé depuis longtemps et je ne sais pas encore quoi dire à Jesse. Je l'appelle. Elle décroche au moment où je m'apprêtais à renoncer.

« Salut, Cecília. Attends une seconde. Claque juste la porte, André ! Tu feras un bisou à Isa et mollo sur la boisson à ce barbecue, hein ! »

Carmen Bonacina et son habituel bonheur hystérique.

« Salut, ma grande.

— C'est qui, André ? »

Elle soupire.

« Mais je t'ai déjà parlé de lui plein de fois ! C'est mon coach sportif depuis sept ans.

— Ah oui, celui qui a transformé ton amie Ivone Bonbonne en Ivone Bombasse. »

Elle ignore ma plaisanterie.

« Tu es au courant pour ton père ?

— Au courant de quoi ?

— Cecília, est-ce que tu communiques avec tes frères de temps en temps ? Avec moi, je sais que ce n'est pas très souvent.

— Qu'est-ce qui se passe, maman ?

— Bien. Marco a parlé avec le neurologue, et apparemment ce sera très difficile pour lui de recommencer à parler. »

Je ne sais pas exactement quoi penser de cette nouvelle.

« Mais il comprend ce qui se passe ?

— Pour comprendre, ça va. Il écrit dans un cahier. »

Je ne dis rien.

« Tu vas bien, ma fille ? Où est-ce que tu es ?

— En voyage. »

Ça m'est venu comme ça, sans le vouloir. Ensuite, je m'attends à ce qu'elle me pose d'autres questions – où, avec qui, pourquoi –, auxquelles je me ferais un plaisir de ne pas répondre, pour avoir la satisfaction de tenir ma vie loin de la sienne même quand elle essaie de se rapprocher de moi. Mais elle n'essaie pas. Elle veut me parler de quelqu'un qu'elle a rencontré il y a quelques semaines. Au cours d'un magnifique dîner de fin d'études, le fils d'une amie, prénom et nom, je sais comment sont ces réceptions (je ne le sais pas), les gens sont placés en fonction d'affinités supposées, et à sa droite était donc assis cet homme très élégant qui s'est mis à parler avec elle et avait l'air de ne jamais s'être autant amusé. Bien sûr, il était veuf. Depuis qu'elle avait passé la soixantaine, c'étaient toujours des veufs.

« Il est colonel de réserve, un homme très romantique, il m'a envoyé un bouquet de lys après notre premier dîner, tu t'imagines ? Tu sais depuis quand je n'avais pas eu droit à des fleurs ? Depuis Guillermo, Cecília ! Ton père ne m'a jamais offert de fleurs. Quel parfum chez moi, ç'a tenu tout une semaine !

— Un colonel ?

— De réserve.

— C'était donc un militaire d'active pendant la dictature.

— Cecília, je n'ai pas fait les calculs.

— Il est vrai que tu comptes voter pour un capitaine, alors pourquoi pas sortir avec un colonel ?

— C'est impressionnant de voir à quel point tu ne changes pas.

— C'est trois grades plus haut.

— Tu sais ce que je trouve bizarre, ma fille ? Il faut toujours que tu cherches le côté négatif. Pourquoi tu ne dis rien sur les fleurs ?

— Pourquoi je ne dis rien sur les fleurs ? je répète en riant. Mon Dieu, maman. »

J'entends ses talons sur le carrelage froid.

« Tu ne comprends pas ce pays », dit-elle au bout d'un moment.

Cette fois, c'est moi qui tarde à répondre. Elle dit vrai. Parce que comprendre ce pays, c'est comprendre la tolérance à l'horreur. Comprendre ce pays, c'est comprendre que pour atteindre le sommet de la pyramide il faut fouler des décombres. Comprendre ce pays, c'est comprendre ma mère qui, enfant, applaudit Getúlio Vargas, plus tard danse pour le général Castelo Branco, ensuite exulte avec le retour de la démocratie qui permet à mon père de se faire élire député, et pour finir agite le drapeau vert et jaune pour soutenir un médiocre capitaine sorti des égouts du Brésil.

« Maman, j'ai des tas de choses qui se bousculent dans ma tête en ce moment, d'accord ? Tu pourrais m'aider au lieu de défendre les fachos. »

Elle souffle.

« Tu te souviens du voyage que tu avais fait avant ta déposition à la police ? je lui demande. J'y ai beaucoup repensé ces derniers temps. »

Pendant un instant, j'ai l'impression qu'elle va me raccrocher au nez.

« À quoi bon reparler de ça maintenant ? C'était dans une autre vie. J'ai réussi à renaître depuis.

— La plupart des gens n'ont pas ce pouvoir.

— Tu m'as déjà posé tant de questions.

— Quels sont tes souvenirs de ce voyage, maman ?

— Est-ce que je sais, moi ? On dirait que tu veux me faire rasseoir sur une chaise du commissariat central. Je suis allée jusqu'à Rivera-Livramento, il pleuvait énormément, je ne me rappelle même pas où je suis descendue. Je crois que j'ai fait des courses. Oui, c'est ça. C'est là que j'ai trouvé ce rouge à lèvres que j'aimais.

— Tu es descendue à l'hôtel Ramona. »

Elle rit.

« Comment tu sais ça, toi ?

— Il y a des choses comme ça que je garde en mémoire.

— Quel gâchis.

— Au cours de ces trois jours dans ce fameux hôtel Ramona, est-ce que l'idée t'a traversé l'esprit à un moment de ne pas rentrer à la maison ?

— Ne pas rentrer ? s'esclaffe-t-elle. Comment j'aurais pu faire une chose pareille, Cecília ? J'avais trois enfants à élever !

— D'accord, tu penses donc que ce n'était pas envisageable. Mais qu'est-ce qui t'a décidée ?

— Décidée à faire quoi ? »

La première chose à laquelle je pense, c'est : « à mentir à la police ».

« À défendre mon père, dis-je finalement.

— Ciça. Il faut que tu comprennes. Moi, je n'ai jamais été au courant de rien, ma fille. Et puis de toute façon il était trop tard, le mal était fait, non ? Alors quel sens ça aurait eu de détruire aussi notre famille ?

— On méritait cette destruction, maman. »

DEUXIÈME SEMAINE après le crime. Silvana continuait de m'apporter les cours et, après avoir passé en revue toutes les pages une à une pour signaler d'un gros astérisque les exercices à faire – comme si j'avais besoin de ça –, elle me regardait, elle levait ses sourcils qui dessinaient des arcs parfaits et me disait deux fois de suite que tout allait bien se passer. Je la croyais. Ça faisait du bien de la croire. Elle avait une odeur sucrée, comme un chewing-gum gardé trop longtemps dans la poche, et elle ne s'impatientait jamais quand je lui parlais des aventures de Petite Lulu en bande dessinée et de toutes les choses que j'avais apprises dans *Le Naturaliste amateur*. Ces jours-là, Silvana comblait le grand manque d'attention de mes parents à mon égard, mais elle était aussi une sorte d'émissaire qui me communiquait des informations cryptées sur l'affaire Satti. C'est ainsi qu'elle m'a annoncé un après-midi : « Le secret a été dévoilé sur la place publique, Ciça. » Un autre jour, elle m'a pris la main pour me déclarer, au bord des larmes, que la descendance était une chose sacrée avec laquelle on ne devait jamais jouer, or Satti avait précisément joué avec ça. Le 17 juin, Silvana m'a fait répéter une série de virelangues, et j'ai ri aux éclats de ces phrases qui n'avaient rien à voir avec mon cours, *Un chasseur sachant chasser sans son chien, ça se chasse aussi, sachez-le ! Didon dîna, dit-on, du dos d'un dodu dindon*. Avec les années, cependant, je comprendrais que toutes ces phrases amusantes n'étaient en vérité qu'une simple préparation à l'énigmatique message de la fin : *Qui frappe par le fer, par le fer sera frappé.*

C'était la première fois que j'entendais ça. Sur le moment, il m'a semblé que ce n'était pas tout à fait un virelangue, ou alors il avait été conçu pour des enfants d'un niveau vraiment débutant. Mais je ne me suis pas attardée sur la question. Je voulais juste lui faire plaisir. Je lui ai demandé de redire la phrase et, m'interrompant à peine pour respirer, je l'ai répétée à mon tour trois ou quatre fois sans jamais trébucher. Silvana a réagi avec de brefs applaudissements silencieux. Elle a terminé son café. Et elle est partie peu après.

Le même jour, tandis que mon ancienne maîtresse essayait de m'apprendre par des voies tortueuses une morale brutale, mon père s'est rendu au commissariat central. Il y était attendu par Apóstolo Viana et Wilson Meyer, les deux policiers en charge des investigations sur l'assassinat de Satti. Il s'agissait seulement d'une conversation informelle, et j'ai des raisons de croire que mon père est arrivé confiant : tout Porto Alegre avait passé la semaine à parler de l'homosexualité de João Carlos Satti ; dans les journaux, Fred était présenté comme un personnage sorti des « milieux gays », expression censée évoquer la face obscure et dangereuse d'un Porto Alegre idyllique qui n'avait évidemment jamais existé ; les cadeaux que ma mère avait offerts au député et son insistance quotidienne à l'Assemblée étaient ainsi devenus de vieilles informations, piliers branlants d'une hypothèse qui semblait en voie d'effondrement.

C'est dans ce contexte que mon père est arrivé au commissariat. À partir de mes dix-huit ans, je l'ai imaginé bien souvent dans une salle avec une seule fenêtre aux carreaux crasseux, à travers laquelle on apercevait, sur l'avenue João Pessoa, un triste fragment de palmier de Californie. Dans mon esprit, il regarde vers l'extérieur et demande s'il peut fumer. L'un des policiers lui ayant fait signe que oui – Raul était tout de même député –, il sort lentement de la poche de sa chemise son paquet de Minister, blanc avec en haut un liseré bleu (j'en ai un dans ma collection). Il a peut-être le temps de tirer quelques bouffées tranquillement avant de commettre l'une de ses erreurs majeures.

Les grilles de l'immeuble Elizabeth.

Ces maudites grilles, le danger imminent, la ville qui se barricade.

Quelques jours à peine avant cette conversation avec mon père, la police avait entendu une nouvelle fois Glória Andrade, une amie de Satti, et Paulo Bittencourt, son directeur de cabinet. D'après l'un et l'autre, le député Matzenbacher était présent devant chez son collègue trois jours avant le crime, à en croire ce que Satti lui-même leur avait raconté. L'épisode (*C'était franchement bizarre, Paulo !*) s'était produit après un dîner auquel avaient participé les deux députés, à la Churrascaria Barranco. Toujours d'après ce qu'avaient dit Glória et Paulo, quand il s'était approché de son immeuble en marchant depuis la station-service Estrela, Satti avait reconnu la Monza grise de Matzenbacher garée devant le portail et, aussitôt, il avait vu que le député lui-même était à l'intérieur de la voiture (*C'était franchement très, très bizarre, Glória !*). Dès qu'il s'était aperçu que Satti s'approchait pour venir lui parler, Matzenbacher aurait démarré et serait parti à toute vitesse. Le lendemain, à l'Assemblée législative, mon père – selon Satti, toujours d'après Glória et Paulo – nierait la réalité de l'épisode.

On retrouverait le député et ex-journaliste sur le trottoir trois jours plus tard criblé de plombs. Qui avait fait une chose pareille ? Lors de sa déposition informelle du 17 juin, mon père a probablement suggéré aux policiers que Glória et Paulo voulaient le mettre en cause, et nié une nouvelle fois être venu à cet endroit récemment (*Je connais l'immeuble, oui, mais je n'y suis pas allé depuis longtemps, cinq ou six mois, peut-être. À quoi est-ce qu'il ressemble ? C'est un immeuble d'angle, pas très haut, trois étages je crois, avec des grilles vertes et des piliers*).

Le problème, c'était que les grilles n'avaient été installées que neuf jours avant le crime.

Face à cet indéniable cadeau pour l'accusation, j'imagine l'un des policiers, peut-être Wilson Meyer, esquisser un sourire gêné, en ayant presque l'air de s'excuser : *Les grilles n'ont été installées que le 30 mai, docteur Matzenbacher. Vous ne devriez même pas connaître leur existence.*

Et c'est ainsi que mon père a quitté le commissariat central, poursuivi par le regard du commissaire Meyer, peut-être par le raclement de gorge d'Apóstolo Viana. Il a donné une pièce à un pauvre bougre qui surveillait les voitures et sentait la cachaça, il a fait chauffer le moteur, s'est engagé sur l'avenue Ipiranga et a observé avec dégoût les eaux opaques du canal Dilúvio. Le ciel était blanc comme quelque chose qui n'est pas encore ou quelque chose qui n'est déjà plus. Les arbres étêtés en V pour le passage des fils électriques se succédaient à travers le pare-brise de la Monza, si bien qu'il a failli oublier de tourner sur l'un des ponts, après tout il pourrait aller jusqu'à Viamão en un rien de temps. Voire plus loin, pourquoi pas. Mais non, il ne pouvait pas, il était trop tard. Il fallait qu'il rentre à la maison. Dès son arrivée, il est allé directement dans son bureau téléphoner à Souza Andrade. J'ai aussi beaucoup repensé à ce coup de fil : *Andrade, j'ai fait une connerie.* Ou peut-être en essayant de masquer son désespoir : *Tout s'est bien passé, il y a juste un petit truc que je voulais vous indiquer pour voir comment on pourrait corriger le tir.*

En début de soirée, je me trouvais dans ma chambre occupée à faire les devoirs que m'avait laissés Silvana. J'étais encore une bonne élève. Je n'avais pas entendu mon père rentrer, encore moins son coup de fil à Souza Andrade ou à qui que ce soit d'autre. Le seul bruit dans la maison était celui de la télé. Tout à coup, j'ai entendu la voix altérée de mon père. Il se disputait avec Vini. Je me suis levée en silence, j'ai marché au ralenti le long du couloir et j'ai collé mon oreille contre la porte de la chambre de mon frère. Apparemment, Vini voulait sortir. Mon père disait que « non » c'était « non ». Vini lui a répondu qu'il pouvait appeler la mère de Luciano s'il le souhaitait, mais mon père ne voulait rien savoir. « Tu ne sors pas de cette maison ce soir, un point c'est tout, Vinícius », a-t-il dit, en haussant encore le ton et, à cet instant, il a brusquement ouvert la porte. J'ai fait mine d'être en route vers les toilettes.

Vini était furieux, pendant plusieurs heures il a écouté très fort un disque des Cure que Luciano lui avait prêté, mais, pour la première fois, mon père ne lui a pas demandé de baisser le volume. Aux environs de vingt et une heures, une voiture que je n'avais jamais vue de ma vie s'est arrêtée devant chez nous. Il était difficile de distinguer le visage du conducteur, mais c'était apparemment quelqu'un de très jeune. Avant que j'aie pu poser la moindre question, mon père a enfilé sa veste et a dit : « Je sors. » Je regardais la télé avec Marco. Peu après, Vini a éteint le tourne-disque, comme si ça n'avait plus grand sens de faire défiler les dix-sept plages de ce double album si notre père n'était plus là pour les entendre. Vini nous a rejoints dans le salon.

« Depuis combien de temps maman est dans sa chambre ? a-t-il demandé.

— Depuis trop longtemps, a répondu Marco.

— Vous n'avez pas faim ? »

Après avoir fini le sachet de pains au lait et tout le saucisson qui restait dans le frigo, Vini est monté sur un tabouret pour atteindre une boîte de lait condensé dont j'ignorais qu'elle se trouvait là, sur l'étagère la plus haute du placard, tout au fond. Il a perforé le couvercle avec un couteau pointu. Puis l'un de nous tenait la boîte tandis qu'un autre gardait la bouche ouverte aussi longtemps qu'il y arrivait.

Un ou deux jours plus tard, Vini m'a parlé du grand oiseau de paradis.

« Je vais te raconter l'histoire d'un oiseau, ça va te plaire, tu vas voir », a-t-il dit.

Il y avait une grosse grive sur notre mur, et j'étais en train de l'observer. Vini s'est assis à côté de moi, par terre. Il a arraché un brin d'herbe. La grive s'est envolée.

« C'était il y a très longtemps, au XVIe siècle, sur une île, je crois bien que c'est une île, qu'on appelle Nouvelle-Guinée. Les Européens sont arrivés là en quête de je ne sais quoi, disons de clous de girofle et de cannelle, tous ces trucs qu'ils appelaient épices et qui valaient très cher. Et c'est là qu'ils ont découvert un oiseau qui les a enchantés. Ils n'avaient jamais rien vu de pareil.

— Il était comment ?

— Il avait une queue avec des plumes démentes, jaunes, longues, comme une vague. Le reste du corps était plutôt marron. Et il avait peut-être encore une autre couleur sous le bec. Du vert.

— Tu as vu une photo ?

— Il n'y avait pas de photo au XVIe siècle, Ciça.

— Un dessin ?

— Non, on m'a juste raconté l'histoire. Eh, écoute bien, parce que c'est maintenant que commence la partie la plus intéressante. »

Il a jeté son brin d'herbe et en a arraché un autre, qu'il a coupé en petits bouts très calmement.

« Les Européens étant devenus dingues de leurs plumes, les indigènes ont commencé à tuer les oiseaux pour les vendre.

— Ça n'aurait pas été mieux de garder l'oiseau vivant ?

— Ils ne survivaient pas au voyage en bateau. Et je crois que le climat européen ne leur convenait pas non plus. Donc, les indigènes allaient dans la forêt, ils tuaient les oiseaux, ils leur coupaient les pattes, et ils revenaient pour les vendre.

— Pourquoi ils leur coupaient les pattes ?

— Les gens ne s'intéressaient qu'aux plumes. Les pattes, c'étaient juste des pattes d'oiseaux, rien de plus. Comme de n'importe quel oiseau. Et ils étaient aussi moins lourds à porter sans les pattes. »

Vini s'est arrêté de parler. Il est resté à regarder le ciel. Comme s'il ne voulait plus raconter son histoire.

« Continue », je lui ai dit.

Il a soupiré.

« Étant donné qu'en Europe quasiment personne n'avait vu cet oiseau vivant et avec ses pattes, une légende a commencé à circuler. On a pensé que c'était un animal sans pattes. On l'appelait le *grand oiseau de paradis*. Les gens croyaient qu'il ne se posait jamais, qu'il passait sa vie entière à voler, sans jamais se reposer.

— Waouh ! Qui t'a raconté ça ? »

Je me suis alors rendu compte que Vini avait les yeux gonflés.

Il s'est levé. Il a frotté son jean pour enlever les bouts d'herbe.
« Mon prof d'histoire.
— Tu pleures ? Cet oiseau, il existe encore ?
— Ça, il n'a pas eu le temps de nous le dire. »

Le 21 juin, ma mère est montée à bord d'un bus couchette de la compagnie Viação Ouro e Prata à destination de Santana do Livramento, à la frontière entre le Brésil et l'Uruguay. Elle a demandé de l'aide à quelqu'un pour mettre la valise dans le porte-bagages supérieur et s'est installée sur son siège à côté de la fenêtre, avec l'énorme oreiller qu'elle avait apporté et qu'elle demanderait ensuite à Marli de désinfecter avec un bidon entier de Cresyl. Les lumières de la gare routière l'éblouissaient, explosaient contre la vitre embuée comme des étoiles à quatre pointes, mais le moteur du bus faisait entendre un ronronnement narcotique, se muait en machine à endormir. Dix minutes plus tôt, elle avait pris un Equilid au comptoir d'un snack-bar et mâchonné avec appréhension un beignet de pommes de terre à la viande hachée qu'elle tenait dans une serviette translucide. C'est mon père qui signait les ordonnances bleues pour le Valium et l'Equilid, et il allait le faire jusqu'à ce que ma mère quitte la maison, l'été 1995.

Le chauffeur de bus a enclenché la marche arrière. Avant même qu'il ait franchi le pont traversant le Guaíba, empruntant ce couloir oppressant de l'avenue Castelo Branco, Carmen avait déjà sombré dans le sommeil, juste après avoir aperçu, dans le brouillard chimique des calmants, le visage de l'homme entre deux âges qui s'était assis sur le siège voisin. Mais elle n'avait pas remarqué son col romain.

Elle a continué de dormir toute la nuit. Le soleil frappait la vitre arrière quand le bus a ralenti, les freins ont crissé, puis le chauffeur, debout, dévisageant les passagers encore hébétés par le sommeil, a rajusté son pantalon au niveau de la taille en lançant : « Quinze minutes ! » Les cinquante et quelques voyageurs sont descendus dans cet endroit appelé Paradouro da Fronteira pour prendre un café, manger une tartine grillée, se laver le visage à l'eau froide. Ils étaient tout près de Rosário do Sul, bientôt arrivés à destination. Carmen Matzenbacher est allée aux toilettes, a donné une pièce à une indigène pour un carré rose de papier hygiénique, puis a retouché son maquillage devant un miroir qui déformait le visage comme dans les parcs d'attractions. En s'asseyant pour commander un café, elle a vu que l'homme du bus était sur le tabouret d'à côté en train de manger une croquette, et cette fois elle a remarqué le col romain. « Bonjour, mon père », a-t-elle dit, un peu nerveuse, à quoi il a répondu seulement d'un sourire typique de ceux qui portent la soutane : compréhensif, abyssal, infini.

Comment ne pas penser que la présence de ce prêtre dans ce snack-bar signifie quelque chose ? Comment ne pas penser que la compagnie d'un prêtre pendant le voyage jusqu'à la frontière ouest, alors qu'elle s'apprête à faire un choix aussi décisif, est le signe que Dieu lui indique l'une des deux options ?

Mais laquelle ?

Le signe a beau être divin, son interprétation est toujours humaine.

Dans la chambre de l'hôtel Ramona, elle a enfilé sa chemise de nuit et s'est mise au lit en se couvrant jusqu'au menton, ce qui n'était guère différent de ce qu'elle faisait chez elle, à ceci près que, là, elle pouvait pleurer à volonté sans effrayer ses enfants. Elle a fini par dormir encore plusieurs heures. À midi passé, avec des lunettes noires alors que le ciel était chargé de nuages qui paraissaient moulés dans du ciment, elle est sortie faire un tour dans le centre. Quelques rues à peine et elle serait en Uruguay. C'étaient les mêmes personnes des deux côtés, parlant un mélange d'espagnol et de portugais devant les mêmes boutiques, les mêmes bars, les mêmes boulangeries. Peut-être lui a-t-il traversé l'esprit – dans un éclair, une pensée désagréable qu'elle a aussitôt rejetée – qu'avoir quitté le territoire brésilien, être à cet instant dans les rues de Rivera à examiner des mannequins avec des manteaux d'hiver, constituait techniquement une violation de la loi. Elle avait tout de même reçu une convocation de la police pour venir faire sa déposition le 23 juin au matin, soit le lendemain. Mais elle allait rester à Livramento. C'était une décision qu'elle avait prise seule, non sans résistance. Elle avait entendu son mari hurler pendant qu'il retirait ses habits de la valise pour les jeter violemment par terre en la traitant de folle ; elle avait entendu Souza Andrade dire qu'elle causerait des dommages irréversibles à la défense de Raul si elle ne se présentait pas pour faire sa déposition. Mais elle avait calmement remis ses habits dans la valise, pris un taxi, rejoint la gare routière, acheté son billet.

Avant de faire sa déposition, elle avait besoin de temps pour réfléchir. La solitude était une forme de liberté dans la vie des hommes, mais Carmen n'était pas encore certaine de l'effet qu'elle aurait sur elle. Elle s'est arrêtée devant un magasin qui s'appelait Siñeriz. Le système des *duty free* était nouveau à Rivera, ça n'existait que depuis 1987. Dans la vitrine éclairée, pareille à une porte ouvrant sur une autre dimension, elle a découvert des choses qu'elle n'avait jamais vues au Brésil. Des parfums français. Des multicuiseurs. Des voitures télécommandées. Elle est entrée dans la boutique.

Pendant ce temps, à Porto Alegre, la disparition de ma mère était juste un fait nouveau parmi d'autres qui agitaient l'affaire Satti.

Après la description par mon père de l'immeuble Elizabeth avec ses grilles nouvellement installées, alors qu'il venait de déclarer ne pas être passé par là depuis au moins cinq mois, les commissaires Viana et Meyer ont décidé d'envoyer immédiatement un policier en civil place Horizonte. Il n'a pas eu à attendre longtemps pour observer quelque chose de suspect. Le jour même de la déposition informelle, à 21 h 15 : le député Matzenbacher est sorti de chez lui sans rien emporter et un homme au volant d'une Chevette blanche est passé le prendre. Très vite, le policier a entrepris de les suivre à bord d'une autre Chevette. Ils ont emprunté l'avenue Casemiro de Abreu, où ils se sont arrêtés à la station-service Figueroa, mais ils n'ont pas fait le plein et ne sont pas descendus acheter quoi que ce soit dans la boutique. Huit minutes plus tard, ils sont repartis jusqu'à l'avenue Goethe, ont poursuivi par le viaduc de Silva Só, puis ils ont tourné depuis l'avenue Ipiranga en direction de Viamão pour ensuite emprunter les avenues Salvador França, Nilo Peçanha, Pedro Ivo, avant de s'enfoncer ensuite dans les petites rues de Mont Serrat qui ne mènent nulle part. Là, ils se sont garés devant un terrain vague. Le policier était perplexe. Il semblait absurde d'avoir traversé la moitié de la ville pour finalement arriver dans un endroit désert qui se trouvait à moins d'un kilomètre du point de départ.

Pendant leur halte, ni Matzenbacher ni le conducteur ne sont descendus de la voiture. Au bout de cinq minutes, ils ont abandonné le terrain vague pour se diriger vers l'avenue 24 de Outubro et, de là, rejoindre le centre. À ce stade, cinquante minutes s'étaient déjà écoulées depuis le début de ce déplacement inutile, géographiquement injustifiable. Cette promenade s'est achevée au bord du trottoir de la place Horizonte, où Raul est descendu de la Chevette blanche comme on descend d'un taxi.

Deux jours plus tard, dans sa déposition officielle, Raul Matzenbacher raconterait par le menu ce qu'il avait fait le soir du crime – il est allé acheter des cigarettes, il a roulé pour se changer les idées, il s'est rendu sur un terrain qui lui appartient –, et toutes les étapes décrites dans les moindres détails spatiaux et temporels étaient exactement les mêmes que celles du trajet effectué à bord de la mystérieuse Chevette blanche.

Pour la police, il était évident que Souza Andrade avait conçu cette promenade nocturne pour la chronométrer et la rendre compatible avec l'arrivée de Raul à la maison le soir du 7 juin, où, par chance, il était tombé sur Alberto et Estela Sartori, venus leur faire une visite surprise.

La Chevette était immatriculée au nom d'un certain Hugo Morelli. Le fils d'Hugo Morelli, Maurício, travaillait comme coursier dans le cabinet de Souza Andrade.

Felipe Silveira, employé de la station-service Figueroa, en examinant une nouvelle fois les photos de Raul étalées sur le bureau lors de son interrogatoire, continuait de déclarer qu'il ne se rappelait pas avoir vu cet homme acheter des cigarettes Minister, une marque peu commune, le soir du 7 juin. Felipe avait passé la nuit à la caisse. Pour Souza Andrade, en l'absence de témoins qui puissent confirmer les déplacements supposés de son client, il ne restait plus qu'à s'accrocher à la déposition d'Alberto – *Il était 22 h 15 quand Raul est arrivé, monsieur le commissaire* – et trouver un moyen de montrer que Satti avait sans aucun doute été tué après cette heure-là.

Mais le test de l'alibi, la veille de la déposition de Raul, allait finalement causer de grands dommages.

Le jour où les policiers menaient cette nouvelle série d'interrogatoires, des experts de l'Institut de criminologie travaillaient sur une microcassette saisie dans l'appartement de la rue Quintino Bocaiuva. Sur cette cassette, retrouvée dans un dictaphone, on pouvait entendre les bribes d'une conversation entre Satti et trois hommes lors d'une rencontre qui semblait avoir été bien arrosée de cognac, avec force allusions sexuelles. *Tu veux baiser ? Je ne baiserai pas avec toi aujourd'hui !* entendait-on par la voix de Satti à un moment donné, mais la réponse de l'un des trois hommes était d'abord couverte par un crissement, puis remplacée par un silence complet. La conversation reprenait après quelques minutes, mais à un autre stade, et en réalité toute la microcassette était composée d'une succession de passages mal enregistrés et de longs blancs, comme si quelqu'un de peu versé dans la technologie avait essayé d'utiliser la bande pour autre chose ou simplement appuyé sur le mauvais bouton.

La question principale, quoi qu'il en soit, concernait les motivations de Satti : qu'est-ce qui avait bien pu le pousser à enregistrer une conversation aussi banale que compromettante ? Des passages de la cassette indiquaient qu'au moins deux des trois hommes étaient membres de la Brigade militaire (*Dans notre bataillon, tu ne peux pas faire ces choses-là*), et certains enquêteurs ont émis l'hypothèse qu'ils aient pu chercher à faire chanter Satti. Personne, cependant, n'a eu le courage de se retrousser les manches et de plonger les mains dans la vase, si bien que cette microcassette a fini par être répertoriée dans l'enquête comme une pièce non concluante, une piste jamais creusée.

À Rivera, l'après-midi du 21 juin, Carmen Matzenbacher s'est éloignée des lumières éclatantes du magasin Siñeriz, des échantillons de parfums et des promotions Ballantine's, pour revenir au Brésil en marchant sans hâte avec deux sacs de courses. Elle s'était offert des cadeaux, avait acheté des choses pour ses enfants, un rasoir et une brosse à dents électrique pour son mari. Son mari. Elle a regardé les énormes nuages immobiles au-dessus de la ville et vu qu'une pluie fine commençait à tomber sans bruit, mais elle n'a pas pressé le pas pour autant. Je l'ai toujours imaginée ensuite dans sa chambre d'hôtel, debout devant la fenêtre mais ne voyant pas grand-chose, les cheveux humides et les vêtements glacés. C'est ainsi que je voyais les moments où il fallait prendre de grandes décisions : une certaine inertie du corps, tandis que l'esprit en quête de sens nouait et dénouait des idées. Elle a sans doute repensé au prêtre du bus. Elle a peut-être posé des questions à Dieu. Ce qui est certain, c'est qu'elle a quitté la chambre un peu après le coucher du soleil, elle est allée dans le restaurant de l'hôtel et a dîné entourée de couples et de quelques enfants au son d'un piano. De retour à Porto Alegre deux jours plus tard, elle était décidée, si cela s'avérait nécessaire, à mentir à la police et à la presse pour sauver mon père. Sa famille devait passer avant tout le reste. Par ailleurs, couper son steak toute seule dans un piano-bar était la chose la plus triste que Carmen ait jamais faite.

APRÈS AVOIR regardé sa montre une nouvelle fois et acquis la certitude que Carmen Matzenbacher ne se présenterait pas pour sa déposition, le commissaire Apóstolo Viana – d'après le greffier présent dans la pièce, qui raconterait cet épisode pendant des années, une histoire du temps où il travaillait dans la police – s'est absenté un instant avant de revenir avec une cuillère à soupe et un flacon d'Olina Essence de Vie. Il a versé dans la cuillère le liquide dense et sombre jusqu'à ce qu'il puisse observer le membraneux phénomène de la tension superficielle, puis il a avalé la dose d'Olina et s'est ensuite mordillé les lèvres comme s'il était inenvisageable de perdre une seule goutte de ce traitement phytothérapique contre les troubles digestifs. Depuis un coin de la pièce, le commissaire Wilson Meyer regardait son collègue avec curiosité. « Tu en as déjà pris ? » lui a demandé Apóstolo Viana. L'autre a hoché la tête, incrédule. « Ce truc, c'est ce qui me permet de rester en vie », lui a expliqué Viana. À cet instant précis, le greffier a su – c'est du moins ce qu'il racontait – que Wilson Meyer finirait par trahir Apóstolo Viana.

« Si elle est allée à un enterrement, je veux le certificat de décès, a dit Apóstolo Viana tandis qu'il marchait de droite et de gauche dans la pièce. Si elle est allée rendre visite à un parent malade, je veux le justificatif d'hospitalisation. C'est délirant, une chose pareille, c'est un manque de respect total ! »

Pourtant, dès le lendemain, Souza Andrade avait réussi à amadouer les deux policiers en leur promettant que Carmen se rendrait au commissariat central dès qu'elle aurait remis les pieds à Porto Alegre. Il faut bien comprendre que cette femme est en état de choc, avait-il expliqué, elle a perdu un ami cher et elle voit maintenant son mari, le père de ses enfants, suspecté d'avoir commis ce crime barbare. Meyer hochait la tête, en signe d'acquiescement. Viana regardait au loin, la main posée par moments sur l'abdomen. C'étaient des hommes de logique, avait poursuivi l'avocat, aussi peut-être avaient-ils du mal à l'accepter, mais le fait est que la plupart des gens agissent bien moins avec le cerveau qu'avec le cœur, les femmes en particulier.

Deux jours plus tard, Souza Andrade a tenu parole et laissé Carmen devant le commissariat, escarpins, minijupe, haut à col roulé, blazer en tweed. Elle a salué les commissaires et le greffier et s'est assise jambes croisées, mains posées sur le bureau avec les ongles enduits d'un vernis incolore. Elle a accepté un verre d'eau avec un sourire. Les gestes précis, la chorégraphie de la résilience et de la sérénité, ne rappelaient en rien la femme qui, deux semaines plus tôt, avait reçu la police chez elle dans un état physique et mental lamentable. Cette fois-là, à peine couverte d'un peignoir rose, elle avait balbutié des phrases sans queue ni tête (*L'important, c'est de vivre, voir du vert, un arbre, se débarrasser de sa montre*), elle avait marché entre les meubles du salon avec d'immenses difficultés, elle s'était cognée contre deux d'entre eux au moins, et elle avait finalement conduit les policiers jusqu'à la remise remplie de vieilleries au fond du jardin, où elle avait désigné un étui en cuir qui contenait un fusil de calibre 12 de la marque Rossi (lors de son expertise, aucun résidu de poudre n'avait été retrouvé sur l'arme en question). À présent, face aux commissaires, pour sa première déposition officielle, Carmen était calme et s'exprimait de manière cohérente.

« Le 7 juin au soir, vous avez reçu la visite du couple Sartori.

— Oui. Le concert auquel ils devaient assister à l'Ospa avait été annulé.

— À quelle heure sont-ils arrivés chez vous ?

— Aux environs de 21 h 15.

— Comment savez-vous qu'il était 21 h 15 ?

— Parce que je venais de coucher ma fille. C'est l'heure à laquelle je la couche habituellement.

— Votre mari était-il à la maison ?

— Non, il était sorti.

— Et il vous avait dit où il allait ?

— La campagne manque beaucoup à Raul, il est de São Gabriel. La ville a quelque chose d'oppressant pour lui. En plus, avec toutes les pressions de la vie d'un parlementaire...

— Madame, je vous demanderai de faire moins de digressions, a dit le commissaire Viana. Veuillez répondre de façon objective, je vous prie. Est-ce que votre mari a dit où il allait lorsqu'il est sorti le soir du 7 juin ?

— Excusez-moi, commissaire. » Elle a souri et repositionné ses jambes. « Il a dit qu'il allait acheter des cigarettes et qu'il en profiterait pour faire un tour en voiture.

— C'était la nuit la plus froide de l'année, a rétorqué Viana spontanément, et Wilson Meyer l'a aussitôt fusillé du regard.

— Le froid n'est pas un problème pour Raul. Il adore ça.

— Est-ce que vous vous rappelez à quelle heure il est rentré ?

— Il était 22 h 15. J'ai regardé l'horloge du salon dès que j'ai entendu la voiture arriver. »

Le greffier martelait les touches de sa machine à écrire. Il essayait de ne pas regarder la femme, mais il sentait son parfum.

« Parlons un peu de João Carlos Satti. Comment qualifieriez-vous vos relations avec lui ?

— D'amicales. C'était un ami très cher. »

Wilson Meyer s'est éclairci la gorge.

« Madame, il est de notoriété publique que des rumeurs circulaient à l'Assemblée selon lesquelles vous étiez, disons, amoureuse de la victime.

— Vous savez quoi, commissaire Meyer ? Les gens confondent parfois l'amour, au sens romantique, avec autre chose, un sentiment également très beau, qui est purement et simplement de l'admiration.

— Donc vous admiriez Satti ?

— Ah oui, beaucoup. Je l'ai toujours admiré. »

Bien orientée par Souza Andrade, Carmen allait passer tout le temps de la déposition à réfuter les ragots nés dans les couloirs et les bureaux de l'Assemblée législative ; non, elle n'avait jamais écrit des lettres d'amour au « député Ozone » ; non, contrairement à ce que prétendait Paulo Bittencourt, Raul n'avait jamais montré le moindre signe de jalousie vis-à-vis de Satti ; oui, elle avait offert quelques cadeaux au député, deux ou trois petites choses, mais cela lui semblait une pratique tout à fait normale entre amis. Qui plus est, elle devait avouer que la décoration de son appartement, pour autant qu'on puisse parler de décoration, avait désespérément besoin d'une contribution féminine. En résumé, tout ce qu'elle voulait, c'était apporter un peu de chaleur, d'âme, à cette vie si déréglée d'homme célibataire.

« Ça me fait mal de dire ça, en raison de l'affection que je porte à Satti, et que je lui porterai toujours, mais... »

Le commissaire Viana la dévisageait sans même cligner des yeux.

« Vous devez nous dire tout ce qui doit être dit. »

Elle a décroisé, puis recroisé les jambes, et s'est penchée en avant.

« On n'est pas toujours d'accord avec tout ce que fait quelqu'un qu'on aime. Satti avait cette autre vie, une vie secrète.

— Est-ce que c'est quelque chose dont vous aviez connaissance avant qu'il soit assassiné ?

— Non, il ne m'a jamais rien confié, je veux dire sur ce sujet-là. Mais maintenant ça me paraît évident. Rétrospectivement. Même sa relation avec Fred, alors qu'on est allés à la plage tous les quatre. Il a trompé tout le monde. »

Elle s'est arrêtée de parler et a fixé le plafond. Le bruit de la machine à écrire s'est interrompu.

« Poursuivez, madame.
— Vous serez sans doute d'accord pour reconnaître que c'était dans son intérêt d'alimenter ces mensonges. Ces rumeurs selon lesquelles j'étais amoureuse de lui. Je ne suis pas en train de dire que Satti était malintentionné, je ne dirais jamais une chose pareille. Il voulait juste se protéger.
— Se protéger de quoi ?
— Cacher aux autres son homosexualité. Dans un tel contexte, qui agirait autrement ? »

« Satti pouvait se montrer très séducteur », m'a raconté Glória Andrade un après-midi de 2001, après avoir enfin accepté de me rencontrer. Elle vivait toujours dans le même appartement que celui où il l'avait laissée quelques minutes avant d'être assassiné. Pour ma part, j'étais une fille de vingt-trois ans, grande, avec des épaules de nageuse, et je venais d'obtenir mon diplôme en biologie, j'avais toujours les ongles sales et pour seules chaussures une paire de godillots de marche. Glória était une femme de cinquante-deux ans, avec les cheveux jusqu'aux épaules, des yeux canins, un haut bleu marine aux délicats motifs fleuris, dans un appartement qui me semblait pathologiquement propre et bien rangé. Ironiquement, elle était, depuis 1998, directrice du musée de la Communication Hipólito da Costa, une institution de l'État du Rio Grande do Sul dont le fonds abritait toute la couverture par la presse écrite, la télévision et la radio de l'affaire Satti.

J'ai avalé la dernière bouchée de la part de roulé qu'elle m'avait servie. Glória n'avait pas touché à la sienne. Après un premier moment où elle s'était montrée empruntée, gênée – « Jamais je n'aurais imaginé recevoir quelqu'un de ta famille dans mon salon » –, elle semblait désormais parfaitement à l'aise, disposée à parler de l'affaire pour la énième fois, exactement telle qu'on me l'avait décrite, c'est-à-dire habitée par ce besoin de répéter l'histoire encore et encore, dans les contextes les plus variés, peut-être pour que la ville n'oublie jamais ce qui s'était passé.

(Mais la ville allait finir par oublier.)

« Il est évident que ta mère était amoureuse. Satti n'a rien inventé du tout, on le voyait dans son regard, dans sa façon de parler avec lui. C'était quelque chose d'intense. Qui brillait, tu comprends ? Parfois, ça gênait même ceux qui étaient présents à leurs côtés. Je me souviens notamment d'un jour où j'ai vu que ton père était contrarié, un dîner, un truc officiel, j'étais là en tant que journaliste et j'ai vu ce qui se passait, parce que ta mère n'avait jamais été quelqu'un de discret, pas vrai ? Ton père, si, toujours la tête de quelqu'un qui voudrait creuser un trou et se fourrer dedans, sauf quand il portait sa blouse blanche ou qu'il était au bureau ou à la tribune. Là, le pouvoir lui donnait une certaine confiance en lui. Satti, c'était tout l'inverse, le roi de la fête, la confiance était en lui, pas à l'extérieur, tu vois ce que je veux dire ? C'est drôle, Cecília, mais j'ai toujours eu peur que Satti ne meure jeune. Quand je lui disais ça, il éclatait de rire. Donner un bon coup de pied dans la fourmilière, il le faisait souvent en tant que journaliste, parfois il fallait même que je le retienne, "Satti, on ne va pas parler de ça pour l'instant, ce type connaît des gens qui ont le bras long". En tant que député, évidemment, ç'a été encore pire. C'était coup de pied après coup de pied. Bien sûr, il y a eu la loi sur les chlorofluorocarbones – imagine un peu, un homme en avance sur son temps, voulant parler d'environnement dans les années 1980 ! –, mais il avait eu aussi le projet d'unifier la police militaire et la police civile, qui a fini dans un tiroir. Enfin, tous ces margoulins dont il aura réussi à empoisonner la vie, au moins un peu. Mais c'est triste, quand même, non ? Ce pays. Il y a quelques personnes qui s'engagent en politique en pensant qu'elles pourront faire quelque chose, il en faisait partie, puis elles s'aperçoivent que le trou est plus profond que prévu. C'est un puits sans fond, ma pauvre.

— Mais c'est quelque chose de plus simple qui l'a tué, vous ne croyez pas ?

— C'est-à-dire ?

— Ce n'est pas une de ces grandes intrigues.

— Ces grandes intrigues... Comment tu appellerais ce qui s'est passé, toi ?

— Une affaire d'honneur. »

Glória a souri, l'air distraite, et a répété le mot *honneur*. Puis elle a pris son assiette et planté sa fourchette dans les couches de génoise et de crème aux œufs. Elle s'est mise à mâcher comme si elle mâchait du papier. Si elle s'était rapidement habituée à ma présence, c'était seulement maintenant qu'elle semblait vraiment se rappeler qui j'étais.

« Tu veux un peu plus de roulé ?

— Non merci. C'était très bon. »

Elle a repris un bout mécaniquement.

« Vous étiez très amis avec Satti, non ?

— Très amis.

— Il ne vous avait jamais dit qu'il était gay ? »

Elle a détourné le regard et esquissé un demi-sourire. Une idée m'a soudain traversé l'esprit : Glória était elle aussi tombée amoureuse de João Carlos Satti.

« Écoute, ce mot n'existait même pas à l'époque, *gay*. Non, il ne m'a jamais rien dit, mais franchement je préfère ne pas aborder la question. Si lui n'a jamais voulu en parler, ce n'est pas à moi de le faire maintenant, pas vrai ?

— Bien sûr, je comprends. Pardon.

— Non, je t'en prie. Je vais te montrer quelque chose. »

Elle est sortie du salon. Je l'ai entendue ouvrir une armoire dans la pièce d'à côté. L'appartement de Glória Andrade, ai-je pensé. Elle devait être fatiguée de rappeler ces épisodes lors d'événements mondains, de dîners intimes, dans des articles de presse, des hommages à caractère officiel, s'efforçant chaque fois de dresser un nouveau piédestal à João Carlos Satti, un travail de Sisyphe pour sa mémoire qui avait pour fonction tout à la fois d'affronter le traumatisme et de garder son ami en vie. Jamais, dans ce type d'occasions, Glória ne cherchait à cacher sa certitude que mon père avait tué Satti. Et si elle avait accepté de me rencontrer cet après-midi-là, c'était sans doute uniquement parce que je m'étais empressée de lui dire au téléphone : « Je sais que c'est lui, Glória. » Peut-être s'était-elle imaginé, surtout après m'avoir entendue prononcer une phrase pareille, que mon objectif lors de cette rencontre était de lui faire une révélation fracassante. Un aveu de mon père, par exemple. En 2001, c'était encore possible ; il restait encore sept ans avant qu'il y ait prescription pour l'assassinat de Satti, après quoi plus personne ne pourrait être arrêté pour ce crime, en aucune circonstance.

Glória est revenue dans le salon avec une pile de choses : trois classeurs, ce qui avait l'air d'être un cadre, un vêtement plié et, par-dessus tout ça, un chapeau. Elle s'était donc elle aussi constitué un fonds d'archives. Je lui ai adressé un sourire complice.

Elle s'est assise à côté de moi, a placé la pile à sa gauche et a commencé à me montrer les objets un à un. Le chapeau traditionnel du gaúcho était un cadeau que Satti avait fait à Fred (je lui ai demandé si elle savait où ce dernier était passé, elle m'a répondu que non). Sur un maillot de foot d'une équipe amateur, le numéro 11 et le nom d'un sponsor, Ughini, une boutique de sport (*la mère de Satti m'a autorisée à le garder, j'allais toujours le voir jouer*). Ensuite, Glória m'a montré une photo encadrée d'une fête de Nouvel An, en 1984, à la Churrascaria Zequinha. On y voyait une grande tablée avec des employés de Radio Gaúcha, la photo avait sans doute été prise par un de ces photographes qui tournaient le soir dans Porto Alegre, entraient dans les restaurants et les bars, s'approchaient des tables et disaient *Bonsoir, est-ce que vous voudriez garder un souvenir de ce moment pour l'éternité ?* On reconnaissait facilement le visage de Glória, qui à l'époque avait une chevelure volumineuse et laineuse. Satti, au centre de la table, semblait plus mince que dans mon souvenir.

Glória m'a ensuite montré la photo d'un cheval. La robe de l'animal était marron, mais sa tête presque entièrement blanche, on aurait dit que quelqu'un avait oublié d'en peindre une partie. Il était de profil, au trot dans son cadre clair. Cette image me semblait étrangement familière.

« J'ai l'impression d'avoir déjà vu ce cheval, ai-je dit.

— Tu l'as sans doute vu parce que ce cadre se trouvait dans son bureau. Tu allais à l'Assemblée de temps en temps, non ?

— Parfois ma mère m'y emmenait quand il n'y avait personne pour me garder.

— C'est ça, je t'avais vue une fois, j'étais venue faire une interview, tu étais toute mignonne. Avec tes frères, Vinícius et...

— Marco.

— Cecília. »

Glória a soudain pris ma main et l'a serrée entre les siennes. Elle pleurait.

« Tu m'as dit au téléphone que tu étais certaine. Est-ce que ton père a avoué, est-ce qu'il t'a dit quelque chose au cours de toutes ces années ? »

Je me suis sentie très mal à l'aise d'avoir créé cette situation.

« Tout ce que je sais, c'est à partir des faits », ai-je répondu. J'avais envie de m'en aller, d'être seule. Les mains moites de Glória ont glissé sur la mienne et l'ont finalement lâchée.

« L'heure à laquelle il est rentré à la maison ce soir-là ne correspond pas à celle qu'il a indiquée, ai-je dit, lui offrant ainsi un lot de consolation. J'avais neuf ans à l'époque, mais je savais lire l'heure sur un réveil numérique. »

Glória était manifestement déçue. Elle a essuyé ses larmes avec un mouchoir en papier qui a soudain surgi au creux de sa main comme par magie, puis elle a pris un des classeurs dont l'étiquette indiquait « Affaire Satti – *Correio do Povo* ». Elle s'est mise à le feuilleter telle une guide à moitié assoupie dans un musée de province.

Le matin du 28 juin, Apóstolo Viana quittait son domicile pour une nouvelle journée de travail quand il a trouvé un billet anonyme dans sa boîte aux lettres. Écrit au crayon à papier sur une demi-feuille de cahier, écriture pointue, une pression considérable sur le papier, beaucoup d'espace entre les mots.

Commissaire, ceci est une alerte lancée par un ami. Des rencontres ont lieu à votre insu ! Ouvrez bien les yeux ! Ils cherchent à innocenter Matzenbacher ! Je veux parler du député Ferrari, du secrétaire à la Sécurité Galvani, de maître Orlando Dutra et de votre collègue Wilson Meyer. Tous les jeudis avenue Caçapava 191/302, à 20 heures. Commissaire Viana, empêchez ce complot ! La justice doit passer. Nous vous faisons confiance pour défendre les principes de notre corporation.

Tenant la demi-feuille de cahier sous le soleil, Apóstolo Viana s'est senti pris d'un léger vertige et s'est assis sur le banc devant l'immeuble. Il a décidé, en voyant les nuages tournoyer dans le ciel, qu'il était urgent d'agir. Il faisait déjà de son mieux en tant que commissaire au sein de la brigade criminelle, mais il comprenait à présent plus clairement qu'il fallait également combattre en interne les forces qui redoutaient la vérité et les conséquences de l'affaire Satti. Pour la justice. Pour la mémoire du journaliste et député. Pour l'image de la police dans la société du Rio Grande do Sul. De sorte que Viana a travaillé ce jour-là, ainsi que le lendemain et le surlendemain, sans parler à personne de la lettre anonyme, il s'est juste montré plus vigilant sur le comportement de Wilson Meyer qui, il le savait déjà depuis longtemps, était loin d'être exemplaire : son collègue traînait quelques casseroles, il était notamment impliqué dans un scandale qui avait vu un ancien juge déposer sur un compte bancaire personnel l'argent saisi auprès d'un trafiquant notoire. Qui plus est, Viana soupçonnait Meyer de transmettre des informations sur l'affaire Satti à la presse dans le but de perturber les investigations et de décrédibiliser l'enquête, qui finirait par être confiée au ministère public.

Le jeudi soir, donc, il s'est rendu en voiture jusqu'à l'avenue Caçapava. Tout cela est décrit dans le livre qu'il a publié quatre ans plus tard, *La Vérité définitive sur l'affaire Satti*, en guise de défense contre toutes les critiques qu'il avait essuyées. Un livre confus et mal édité qui n'aura guère été diffusé, les quatre-vingts pour cent de son modeste tirage étant restés enterrés dans un centre commercial de l'avenue Osvaldo Aranha. À la page 20, Apóstolo Viana se gare avenue Caçapava

(*J'ai accepté de relever ce défi : m'élever contre certaines forces parmi les plus puissantes du Rio Grande do Sul*). Au numéro 191 se trouve un immeuble de deux étages aux briques apparentes, et le fameux Orlando Dutra, l'avocat du PMDB, habite un penthouse au sommet de cet immeuble. À la page suivante, Viana reconnaît le secrétaire à la Sécurité, José Eduardo Galvani, lorsqu'il descend d'une voiture noire. Il se hâte de le prendre en photo, fait de même quand il voit arriver le député Ferrari et, enfin, Wilson Meyer. Il reste sur place plusieurs heures, regarde les lumières allumées du penthouse en se remémorant certaines attitudes suspectes de Meyer : pour ce dernier, le rapport sur la promenade de Raul, qui coïncidait avec le trajet qu'il prétendrait avoir suivi la nuit du crime, était « un document inexploitable et sans aucune valeur probante » ; Fred figurait encore sur la liste des suspects parce que Meyer en avait décidé ainsi, alors même que son alibi avait été confirmé par plus de dix personnes (*Ces tarlouzes se sont peut-être donné le mot pour mentir, ça ne m'étonnerait pas !*) ; en outre, Galvani, le secrétaire à la Sécurité, quand il avait parlé avec Apóstolo Viana la semaine précédente, avait montré qu'il connaissait des détails de l'enquête qui, théoriquement, étaient strictement confidentiels.

Cette rencontre nocturne aura duré environ une heure et demie.

À la page 22, en possession des photos développées, qui se révèlent sous-exposées mais exploitables malgré tout, le commissaire demande à être reçu par le gouverneur. Il raconte tout ce qu'il sait et sort les photos d'une enveloppe, le gouverneur les repousse d'un geste car, dit-il, il ne doute pas une minute que le commissaire lui dise la vérité. Le gouverneur regarde sa montre et assure à Apóstolo Viana que tout ce qui l'intéresse, c'est de trouver qui a tué Satti, que cela plaise ou non à certains, et il lui promet de téléphoner immédiatement au chef de la police, autorité suprême de la corporation, pour, si nécessaire, enquêter sur le comportement de Wilson Meyer. Le gouverneur n'a fait aucune allusion au député Ferrari, au secrétaire à la Sécurité ou à l'avocat de son parti.

Meyer ne sera jamais écarté de l'affaire.

Le 5 juillet, près d'un mois après le crime, nouveau rebondissement dans l'enquête : une habitante de la rue Marquês do Herval cherche à entrer en contact avec la police. Elle s'appelle Eulália da Silva. Elle prétend avoir vu l'assassin de Satti tandis qu'elle se promenait avec son chien.

Eulália est sourde-muette.

Elle ne sait ni lire ni écrire.

Elle connaît à peine la langue des signes.

Un interprète est désigné pour l'accompagner dans sa déposition.

Eulália raconte – c'est du moins ce que comprend son interprète – que, le soir du 7 juin, elle est sortie pour se promener à 21 h 30 avec son chien, comme elle en a l'habitude. Quand elle a emprunté la rue Quintino Bocaiuva, elle a vu une Monza grise avec becquet garée devant l'immeuble Elizabeth et a tout de suite constaté qu'il y avait un homme dans la voiture, blanc, chauve, vêtu d'habits sombres. Elle a fait le tour du pâté de maisons et, de retour au croisement entre la rue Quintino Bocaiuva et Marquês do Herval, elle s'est arrêtée parce que son chien voulait faire pipi. Pendant qu'elle attendait, Eulália a vu son voisin, João Carlos Satti, traverser la rue en direction de son immeuble. À cet instant, l'homme de la Monza, coiffé d'une casquette, est descendu de la voiture. Il a sorti de sous son manteau une arme de grande taille, qu'il a dû tenir à deux mains pour tirer, et Satti s'est effondré à terre. L'homme a regagné sa voiture et est parti en trombe.

« Un témoin clairement téléguidé par l'accusation », déclare Souza Andrade à *Zero Hora* le lendemain, dans une édition qui se vend comme des petits pains en titrant ainsi : « Une sourde-muette a vu l'assassin de Satti. » La même semaine, on découvre qu'Eulália est passée sur la chaîne de télé SBT, quatre jours après le crime : dans la séquence filmée, on la voit promener son chien devant l'immeuble de Satti, puis elle s'arrête et salue Fred.

Dans *La Vérité définitive sur l'affaire Satti*, Viana sent probablement qu'il doit expliquer pourquoi Eulália n'est apparue dans le dossier que près d'un mois après le crime, au moment où l'enquête policière est dans sa dernière ligne droite. Il consacre un chapitre entier à cette question et décrit ce personnage avec la minutie d'un Balzac au petit pied : Eulália da Silva était une couturière de quarante-six ans ; sa mère avait tragiquement contracté la rubéole pendant la grossesse et l'enfant était née sans facultés auditives ; malgré tout, elle menait une vie digne et elle était devenue une des pièces clés de l'affaire criminelle la plus énigmatique qu'on ait jamais vue dans l'État du Rio Grande do Sul.

Dans la salle d'audience du palais de justice, Eulália s'assied. Elle aura trois interprètes à sa disposition. L'assistance est attentive et curieuse, et dix hommes chauves ont délibérément été placés parmi elle ; Eulália sera prochainement invitée à reconnaître la personne qu'elle a vue le soir du 7 juin. Des membres de l'accusation, de la défense, ainsi que le principal suspect se trouvent dans la zone indiquée aux magistrats. L'un des interprètes pose la question à Eulália. Reconnaît-elle l'homme au fusil ? Elle se lève, parcourt l'assistance du regard, observe les personnes présentes en s'arrêtant quelques secondes sur chaque chauve. Le rapporteur lui demande alors de bien vouloir examiner l'autre aile de la salle d'audience. Après s'être approchée, et sans avoir fixé son regard sur personne ou presque, Eulália désigne l'homme qui se trouve à l'extrémité gauche de la table. La photo de cet instant allait devenir célèbre. Souza Andrade sourit. Mon père, regardant au loin, fait mine d'ignorer le geste d'Eulália.

Quatre jours plus tard, Marli a rangé ses habits et les rares petites choses qui décoraient leur logement-garage dans une valise déchirée qui avait appartenu à ma mère. D'abord, elle n'avait rien voulu dire ; ensuite, comme ma tante Eliane, perplexe, insistait, Marli a fini, en évitant de la regarder en face, par admettre presque en chuchotant qu'elle allait se séparer d'Adelino. C'était une future divorcée. Elle s'est signée, s'est levée de son tabouret – dans le logement-garage encore plus triste sans les fleurs en plastique et le calendrier avec photos de paysages – et a déclaré qu'en outre sa place était près de ses enfants. Tante Eliane est restée interdite, incapable de répondre quoi que ce soit, pensant encore certainement au bébé de l'autre femme que pendant des mois elle avait imaginé comme étant le sien.

Marli a tiré sa valise par la poignée en cuir sur le sol irrégulier de Bela Vista, a contourné une racine qui affleurait et est venue sonner chez nous. Ces adieux avaient lieu au moment où Adelino faisait des travaux dans le bureau de mon oncle, mais personne n'a jamais su s'il avait été pris au dépourvu par le départ de sa femme ou s'il avait simplement préféré ignorer ce qui était en train de se passer. Dans le salon, Marli a donné l'accolade à ma mère, mais avec une certaine froideur – le jour viendrait où je comprendrais pourquoi –, puis elle s'est agenouillée pour m'embrasser et me serrer dans ses bras, si fort que j'en avais presque le souffle coupé. Ensuite, Vinícius et Marco sont descendus lui dire au revoir. Je ne l'ai plus jamais revue.

Marli a accepté que ma mère appelle un taxi (*C'est la moindre des choses, arrête tes bêtises !*) pour l'amener jusqu'à la gare routière. De là, elle prendrait un bus pour São Gabriel où elle rejoindrait ses deux enfants et ses parents dans la maison à moitié de guingois qu'elle m'avait désignée une fois depuis notre voiture. Elle chercherait un nouvel emploi (*Non, madame, je ne veux pas retourner au domaine, certainement pas*). Elle trouverait un moyen de se débrouiller dans la vie, si Dieu le voulait et si la Vierge Marie le lui permettait. Elle est montée dans le taxi, mais ne s'est pas rendue directement à la gare routière. Avec un poids sur la poitrine et d'une voix mal assurée, c'est une autre demande qu'elle a faite au chauffeur. « Vous savez où est le commissariat central ? »

Ils se sont arrêtés devant l'immeuble massif, elle a payé le taxi avec l'argent que lui avait donné Carmen, il a sorti sa valise du coffre, lui a dit au revoir et est reparti. Les quatre grandes colonnes, deux de chaque côté de l'entrée principale, rappelaient les barreaux d'une prison. Elle a traîné sa valise sur la demi-douzaine de marches dont il lui fallait venir à bout avant d'entrer, la valise s'est renversée, un homme est venu lui donner un coup de main, il a essayé de reluquer ses seins, puis a disparu dans le hall.

Il était vaste. Deux hommes menottés étaient conduits vers l'une des innombrables portes. Elle a aperçu une femme derrière un bureau qui parlait au téléphone. Elle a attendu qu'elle raccroche et a annoncé : « Je voudrais parler au commissaire, c'est au sujet de l'affaire Satti. J'ai des informations. »

La police recevait beaucoup de coups de fil anonymes, beaucoup de fausses pistes lui étaient proposées, y compris par des personnes incarcérées qui prétendaient connaître le tueur et inventaient des histoires extravagantes dans le but d'obtenir des réductions de peine. Mais il était rare que des gens se présentent sur place. Par chance, c'est le commissaire Viana qui l'a reçue. Il a posé un verre d'eau et un café sucré devant elle, et lui a dit qu'il était tout ouïe. *J'ai toujours eu une bonne intuition,* écrirait-il plus tard dans ce livre qu'il imaginait probablement devenir un phénomène éditorial, *c'est pourquoi j'ai tout de suite su que cette femme avait des choses extrêmement importantes à raconter.*

Marli a commencé par le commencement, c'est-à-dire par l'époque où, âgée de seize ans, elle travaillait déjà dans le domaine des Matzenbacher, « c'était avant que M. Walter meure dans un accident de voiture dans la montagne ». Qui était-ce, ce M. Walter ? Le père du Dr Raul et de M. Werner. Elle n'avait pas besoin de revenir aussi loin en arrière, mais elle tenait à montrer clairement qu'elle avait consacré sa vie à cette famille. Et le reste de son dévouement allait à Adelino et à ses enfants. Adelino, son mari. Aujourd'hui, ces deux pôles étaient l'un et l'autre soumis à de fortes secousses. Même assise, elle sentait ses jambes flageoler.

Ils vivaient tous les deux sans leurs enfants dans le garage de M. Werner, d'où elle venait de partir avec armes et bagages, ainsi que pouvait le constater le commissaire. Elle était employée de maison à la fois chez Raul et chez Werner. Adelino avait commencé comme jardinier, mais était devenu homme à tout faire. Toujours très dévoué. Le lendemain de l'assassinat de Satti, elle avait trouvé bizarre que Werner appelle Adelino pour lui demander d'aller à São Gabriel. C'était une chose qui pouvait arriver, mais c'était toujours planifié. Pas cette fois-là. Et cela lui a semblé étrange que ce ne soit pas planifié, d'autant plus qu'Adelino s'est montré incapable de lui expliquer ce qu'il avait à faire au domaine. Mais soit. Elle n'a pas insisté. Elle a passé toute la journée à laver du linge et à pleurer M. Satti, qu'elle avait toujours beaucoup aimé. Après quelques jours seulement, tout le monde a commencé à dire que c'était peut-être M. Raul qui avait fait ça. Elle a jugé ça idiot. Ils étaient amis ! Puis on a parlé de toutes ces choses indécentes qu'auraient faites M. Satti, là encore elle a eu du mal à y croire. Mais tuer un homme était le pire des péchés, ça, elle en était convaincue, et c'est pour cette raison qu'elle se trouvait là.

Apóstolo Viana attendait patiemment qu'elle déroule son histoire.

Avant-hier, a poursuivi Marli, ils regardaient la télé, Adelino et elle, après le dîner. Il avait bu de la cachaça. Combien de verres, elle l'ignorait, mais certainement plusieurs. Adelino n'avait jamais été porté sur la boisson, et elle pouvait jurer sur la Sainte Vierge qu'il ne s'était mis à boire qu'après la mort de M. Satti. Que Dieu me pardonne et pardonne au père de mes enfants. À la télé, c'était le journal. Soudain, au son d'une musique dramatique, s'affiche en lettres rouges : « Affaire Satti ». Ils ont alors commencé à parler de choses que Marli avait déjà entendues à la radio ou à la télé, mais quand est apparu à l'écran Paulo Bittencourt, le directeur de cabinet de Satti, Adelino est devenu très nerveux. Ils ont montré son visage en gros plan, les micros frôlaient sa bouche, et il a déclaré : *Le député Matzenbacher, quelques jours avant le crime, se trouvait devant l'immeuble de Satti*. Alors Adelino est sorti de ses gonds. Il s'est mis à crier. « Et voilà ce qu'il a crié, monsieur le commissaire : *On a déjà tué un pédé, on peut très bien en tuer un autre !* »

Viana a changé de position sur sa chaise.

« Madame, je vais appeler le greffier pour qu'il consigne ce que vous me racontez, d'accord ? C'est très important, tout ça. C'est très important et très courageux de votre part d'être venue nous voir.

— Je quitte mon mari, monsieur le commissaire.

— Je sais.

— Est-ce que la police nous protégera, moi et mes enfants, là-bas à São Gabriel ?

— Bien sûr qu'elle vous protégera, vous serez en sécurité. Vous n'avez pas à vous inquiéter. »

Trois jours plus tard, la police allait transmettre le fruit de son enquête, plus de mille pages, au ministère public, et proposer la mise en examen de mon père pour homicide.

Je retourne dans les réserves. Je m'approche de deux renards, d'un ours brun, d'un oryx d'Arabie, et je me couche dans la position du cadavre, *shavasana*. L'odeur boisée de la vieille vitrine et la douceur du tapis contre la paume de mes mains me détendent. Je pose mon téléphone sur mon ventre. Aussitôt, je sens les vibrations qui m'indiquent que j'ai reçu des messages, mais je ne les regarde pas tout de suite. D'abord, il faut que j'arrive à extirper ma mère de moi. Je me mets à penser à des paysages, une forêt de conifères avec des nappes de brouillard, une plage avec des rochers, un désert, ça peut paraître naïf mais l'expérience m'a déjà prouvé à plusieurs reprises que ça marche. Chaque fois que je le peux, c'est mon petit rituel après avoir parlé à ma mère au téléphone. Parfois, Jesse me trouve comme ça dans le salon et ça le fait bien rire. Des branches se balancent, un corbeau s'envole, les galets dans le lit d'une rivière chuchotent à l'intention de personne.

Toujours couchée, je sens le téléphone vibrer une nouvelle fois. Je me lève et je regarde l'écran. Il y a toute une flopée de messages de lui. Le dernier dit : « Je sais que je t'ai rendue folle avec cette histoire d'enfants. » Je lui écris : « Tu viens me retrouver chez Norton ? »

Il ne lui faut que quelques secondes pour me répondre.

« J'arrive ! »

Il lui faut environ une demi-heure pour venir jusqu'ici.

J'aime la vie que je mène, me dis-je à moi-même. J'éteins la lumière de la salle victorienne et je retourne à l'atelier. Ç'a été tellement difficile de trouver quelque chose que j'aime vraiment faire. Quand j'ai pris le volant il y a dix ans pour aller jusqu'à Kooskia, Idaho, je n'avais pas encore une vision très claire de ce que j'étais en train d'entreprendre. Une semaine plus tôt, j'avais envoyé un chèque de cinq mille dollars à un type qui s'appelait Troy Rogers. C'était pratiquement la totalité de ce que j'avais réussi à mettre de côté au cours des trois dernières années. J'ai traversé le Nevada avec la sensation que j'étais en train de faire un pari trop ambitieux. Je me suis arrêtée pour regarder les dunes de sable à Winnemucca. En fin de compte, qu'est-ce que je savais sur la taxidermie ? Au cinéma, ils adoraient montrer des animaux empaillés pour faire comprendre que tel personnage était un fou dangereux. Des cabanes avec des trophées de chasse servaient de décor pour des crimes patiemment planifiés. Un citadin se retrouvait soudain dans un endroit sauvage et désert, et tout le monde comprenait que ça allait mal tourner pour lui. Mais moi je n'étais pas une folle dangereuse, et j'étais persuadée qu'on pouvait réagir autrement devant ces animaux qu'en ayant des sueurs froides, en étant terrorisé ou en craignant pour sa vie. À l'époque, je travaillais dans une boutique qui faisait penser à un vieux cabinet de curiosités. On y vendait quelques animaux naturalisés de petite taille. Ils me plaisaient. Ils m'intriguaient : c'étaient à la fois des animaux et des objets. En plus de ça, et c'était le plus important, je gardais des souvenirs très nets de mes visites au Muséum d'histoire naturelle de New York. Il n'y avait rien de plus incroyable que les dioramas. J'avais passé des heures à les admirer, à quelques centimètres de la vitre, absolument émerveillée par ces décors naturels reproduits dans les moindres détails. Je voulais comprendre comment tout cela avait été conçu. Cela semblait tenir tout à la fois, dans une combinaison fascinante, de la science et du théâtre. Je me suis mise à lire des livres sur le sujet.

Je suis arrivée à Kooskia à dix heures du soir, les phares de mon van exténué luttant pour éclairer les petites routes de campagne. Il s'en est fallu d'un rien que je n'écrase un lapin. Il s'est carapaté, effrayé, en bondissant vers la rivière qu'on ne pouvait que deviner. Troy, ayant entendu le moteur de la voiture, est venu m'accueillir. Il était grand et un peu moins rosé que sur la photo du site, un type qui venait de passer la cinquantaine, cent pour cent anglo-saxon et qui prenait très au sérieux l'entretien de son bouc. J'avais fait quinze heures de route et je me sentais fourbue, mais je voulais donner à Troy l'idée que j'étais dure à la peine et qu'il était parfaitement dans mes cordes de m'avaler le trajet en une seule journée. Je lui ai dit que je n'avais même pas vu le temps passer. Nous sommes allés jusqu'à ma cabane – petite mais correcte – et il m'a montré l'armoire où je pourrais ranger mes affaires, les couvertures supplémentaires dont j'aurais peut-être besoin, la télécommande de la télé, le chauffage.

Depuis le pas de la porte, Troy m'a souhaité une bonne nuit, puis il s'est retourné une dernière fois pour me dire que mon écureuil, mon faisan et mon cerf étaient déjà au congélateur. Je l'ai remercié. Pendant un instant, j'ai entendu le bruit de ses souliers sur le gravier. Puis le vent l'a emporté.

Mon écureuil, mon faisan et mon cerf.

Les fenêtres ne permettaient pas de voir ce qu'il y avait dehors, elles renvoyaient le reflet de la cabane elle-même.

J'ai rencontré les autres stagiaires le lendemain. Daniel avait apporté la tête d'un cerf dans une glacière. Il n'y avait que la peau, c'était comme un masque pour Halloween avec des trous pour les yeux, et Troy l'a félicité, ses incisions pour la décoller des bois étaient parfaitement réalisées. John était un monsieur à la retraite qui en était à son deuxième cours. Il voulait cette fois apprendre à monter des oiseaux plus complexes. Robert et Carrie s'offraient ces deux semaines en guise de cadeau pour leurs quinze ans de mariage (*Comme c'est romantique !* ont dit les autres, Carrie a rigolé et a caressé le dos de la main de Robert). Le groupe comptait aussi Alexander, vétéran d'Afghanistan et chasseur enthousiaste, qui se révélera le moins habile d'entre nous.

Au début, je me sentais un peu intimidée, sachant que certains de mes collègues n'étaient pas des débutants. Mais ce qui me gênait le plus, c'était le fait qu'ils soient si différents de moi et si semblables entre eux. Ils avaient grandi à proximité des animaux qu'ils voulaient monter, ils habitaient dans des zones rurales, et tous, à l'exception de John, chassaient. Pour eux cinq, il s'agissait d'une sorte d'artisanat qui par hasard impliquait de recourir à des peaux, des chairs et des ossements, tandis que pour moi la taxidermie c'étaient plein d'autres choses : histoire, récit, allégorie, spectacle, fusion entre vie et mort, entre civilisation et monde naturel. Je l'avoue, je me sentais un peu au-dessus de mes collègues. En même temps, j'étais persuadée que c'était moi qui me trouvais à l'École artistique de taxidermie pour les mauvaises raisons.

J'ai perdu cinq mille dollars, me suis-je dit. J'ai agi sur un coup de tête, j'ai fait une énorme connerie. Et je suis paumée au fin fond de l'Idaho.

Puis Troy m'a mis sous le nez l'écureuil mort. Tout ce qui était réflexions, théories, tout ce que j'avais lu, tout a disparu dès que j'ai eu le bistouri en main. J'ai incisé l'écureuil depuis la base de la tête jusqu'à deux centimètres avant la queue. J'ai séparé délicatement la peau de la chair, pour cela il fallait parfois que je m'aide d'un peu de borax. J'ai retiré les testicules internes. Les doigts étaient la partie la plus compliquée. Puis je me suis occupée de la tête. J'ai décollé les paupières des yeux. J'ai retenu les oreilles du bout des doigts. La peau entièrement séparée de la carcasse – tellement fragile, pareille au petit manteau d'un poupon –, j'ai retiré avec la lame les restes de chair, de graisse et de tissu conjonctif, en appliquant la pression idoine pour ne causer aucun dommage à la peau. Troy a dit que j'étais adroite et très méticuleuse. Je ne l'ai même pas regardé. On a suspendu la peau de l'écureuil sur un étendoir comme un vêtement tout juste lavé.

Le lendemain, j'ai fait le montage. Il m'a donné un mannequin en mousse préformée que j'ai sculpté en fonction des dimensions de mon écureuil. J'ai disposé un peu d'argile autour des trous qui allaient recevoir les yeux de verre, et ajouté un bout de fil chenille qui servirait à maintenir la queue en position relevée. J'ai cousu la peau sur le mannequin et reconstruit le visage de l'écureuil en utilisant un cure-dent et six épingles. Quand j'ai regardé ce que j'avais fait, j'ai été submergée par un bouleversant sentiment d'accomplissement.

C'était une sensation violente et primitive, comparable aux récompenses chimiques d'une course à pied.

« Tu as un talent naturel », a dit Troy.

Tous les autres m'ont souri.

Jesse m'envoie un message pour me prévenir qu'il est arrivé sur le parking. Je vais jusqu'à l'accueil avec un peu d'appréhension quant à la perspective de notre discussion et je l'aperçois à travers la porte vitrée : un homme beau et triste à la silhouette découpée par le soleil de Los Angeles, une espèce d'idole vénérée dans un monde parallèle, les mains dans sa veste en jean, les cheveux détachés ondoyant comme des flammes. Il marche au rythme que lui imposent ses santiags, lent et assuré, le visage contracté par l'excès de lumière et, à cet instant, je sais que je ne veux pas me séparer de lui, jamais.

J'ouvre la porte.

« Salut, dit-il en premier.

— Salut. »

Nos réconciliations sont lentes, en général. Parfois, elles passent par du sexe agressif dans un endroit qui ne soit pas notre lit, comme si, pour nous retrouver, on avait besoin de faire semblant d'être des personnes différentes. D'autres fois, les choses s'arrangent quand Jesse parle, parle, parle et finit par m'avoir à l'usure et que je me mets à parler moi aussi. Je referme la porte derrière lui et je commence à marcher vers l'atelier en pensant qu'aujourd'hui notre réconciliation reposera sur une discussion. Jesse me suit. J'ai encore besoin d'un peu de distance, je m'assois donc sur un fauteuil de bureau. Lui reste debout, fait les cent pas.

« Une fois de plus, je te demande pardon, Cecília. Je sais que j'ai fait quelque chose d'horrible. Mais je…

— Mais ? Jusqu'à quand tu vas continuer de relativiser ?

— J'allais juste dire que je n'avais pas l'intention de te blesser.

— Tu as balancé le trousseau de clés exactement dans ma direction.

— Je sais, je sais, c'est impardonnable. Enfin… » Il a marqué une pause. « J'espère que ce n'est pas impardonnable. Je ne peux pas être réduit à ça, tu le sais. Tu ne peux pas me juger sur la base d'un seul geste. »

Je préfère ne rien dire. Jesse renifle. Peut-être pleure-t-il. Son regard parcourt l'atelier, puis semble se fixer sur un ours brun debout en cours de séchage.

« Est-ce qu'on ne pourrait pas aller discuter dehors ? Je crois que je suis en terrain défavorable ici. »

On est debout sur le parking. Il y a une brise fraîche. Un type avec une enceinte portable passe sur le trottoir, il écoute du hip-hop en espagnol. Jesse s'adosse à la voiture, les bras croisés.

« Ça t'a plu avec la fille ? »

Il me semble tellement vulnérable. J'ai l'impression que je pourrais le briser en mille morceaux.

« Là n'est pas la question, dis-je.

— La question, c'est : pourquoi tu as baisé avec quelqu'un d'autre ?

— Comment se fait-il que j'aie la certitude que tu penses que c'était de l'autosabotage ? »

Il rit.

« Parce que ça n'en était pas, peut-être ? »

En flash me revient l'image de Kristen écartant mes cuisses avec ses mains, son petit sourire lascif avant de glisser sa langue en moi.

« Les gens ne disent ça que pour se protéger », je lui rétorque.

Jesse a l'air désarçonné, alors je continue.

« Quelqu'un fait une chose stupide, mais tu ne veux pas l'accepter parce que tu aimes cette personne. *Attends, mais comment est-ce qu'elle a pu faire une chose aussi idiote ?* Et du coup… » Je fais un geste comme si je signalais un mot écrit en l'air : « Autosabotage.

— Oui, enfin, ça n'explique toujours pas ce qui t'a poussée à faire ce que tu as fait.

— Que veux-tu que je te dise, Jesse ? La vanité. Le désir. Les trucs humains habituels. »

Il s'écarte de la voiture, il n'arrive pas à tenir en place.

« Je sais que c'est aussi ma faute. Tout s'est toujours bien passé dans ma famille. Je ne sais pas ce que c'est que d'être toi. Mes parents étaient tellement amoureux l'un de l'autre que, quand j'avais une dizaine d'années, j'ai commencé à être gêné de cet amour si explicite. *Mais arrêtez de vous toucher !* Tu vois ? Alors, certes, ils ont eu leur période *vivre de la terre, lutter contre les institutions,* mais après ils se sont empressés de faire des enfants et de chercher à tout prix des emplois stables.

— Tout ça est plutôt triste.

— Non, ils n'ont jamais ressenti les choses de cette façon. Ils n'avaient aucune nostalgie. Ils n'ont pas aimé uniquement leur jeunesse, ils ont aimé tout leur parcours. Il semblerait d'ailleurs qu'ils continuent de l'aimer, tous les jours.

— Je ne vois pas où tu veux en venir en me racontant ça.

— Où je veux en venir ? Je veux te dire qu'il est dangereux que tu restes prisonnière du passé, de ne pas accepter le flux continu de la vie. Le temps passe et il va détruire ta petite embarcation si tu ne commences pas à ramer.

— Jesse, je t'en prie. Qu'est-ce que tu me fais, là, un TED Talk ou quoi ? Primo, *le flux continu de la vie* n'implique pas forcément la naissance d'un enfant.

— C'est pas ce que dit la biologie.

— J'en ai rien à foutre, de la biologie. Deuxio, je trouve choquant que tu viennes me faire ton discours sur l'acceptation des changements. Je veux dire, regarde-toi une seconde. Quel changement tu crois que t'acceptes, toi ? »

Il s'approche tout près de la voiture, observe son reflet sur la vitre.

« Moi, je ne vois rien. Tout ça, c'est la façon dont *toi* tu me vois. »

La discussion s'éteint pendant quelques instants. Dans cet intervalle, tout me paraît pathétique, d'une absurdité absolue : depuis l'augmentation du nombre de sans-abri dans un des endroits les plus riches du monde jusqu'à nos croyances individuelles déjà tellement cristallisées à l'âge de quarante ans.

« Je t'aime, me dit soudain Jesse. Je veux rester avec toi.

— Moi aussi je t'aime.

— Je n'ai pas besoin d'un enfant.

— C'est bon à savoir. Vraiment. »

On s'embrasse et je sens tout mon corps se réchauffer, et ce soulagement débordant typique des fins de disputes. Nous restons serrés l'un contre l'autre sur le parking, proposant à des inconnus la chorégraphie de notre réconciliation.

« Il faut que je te dise quelque chose. Mon père a fait un AVC. »

Il me relâche.

« Quoi ? Quand ça ?

— Il y a deux semaines.

— Pourquoi tu ne m'as rien dit ? Comment il va ?

— Ça va. Enfin. Il ne pourra plus parler. J'aurais voulu t'en parler plus tôt, mais, je sais pas, tu n'étais pas là, et puis entre nous c'était trop bizarre. J'ai pas réussi, excuse-moi.

— Et tu n'as pas envisagé d'aller là-bas ?

— Je ne l'ai envisagé que pour me dire que c'était justement hors de question que j'y aille.

— Cecília.

— Tu sais bien pourquoi.

— C'est différent maintenant.

— Ce n'est pas différent, rien n'est différent.

— Et Vini, qu'est-ce qu'il en pense ?

— Ce qu'il en pense ? Il a insisté, insisté. Lui, il s'est précipité, ce que vraiment je n'arrive pas à comprendre, après tout ce qui…

— Amour, écoute-moi. Tu dois y aller. Oublie ton père, OK, et vas-y pour ton frère. Je t'en prie, il le faut. Rien que pour ton frère. »

ANGE BLEU

C'ÉTAIENT les années 1980. Hyperinflation, stagnation économique, les derniers soubresauts de la dictature. À la fin de l'été 1986, non loin de la plage d'Atlântida, un garçon de seize ans qui s'appelait Alex Thomas s'est fait frapper par des fils à papa appartenant au Gang de la Matriz. Ses agresseurs lui ont porté des coups de karaté. Un coup de pied sauté lui a écrasé le cœur. Alex Thomas est mort sur place. Deux jours plus tard, le président José Sarney – avec sa moustache pinceau – a annoncé aux Brésiliens et aux Brésiliennes le lancement d'un plan complexe et audacieux, le Plan Cruzado, qui prévoyait un changement de monnaie avec réduction du nombre de zéros et gel des prix.

À partir de demain, un kilo de café ne pourra coûter que quatre-vingt-dix-neuf cruzados.

Tout le monde devait se montrer vigilant. L'étiqueteuse pour changer les prix était devenue l'ennemi numéro un du pays. Les ménagères avaient compris le fonctionnement du plan, elles se rendaient dans les magasins avec leurs tarifs, repéraient les abus et appelaient les contrôleurs de la Sunab, l'organisme public chargé de surveiller les prix et l'état des stocks de marchandises. La demande était telle qu'ils étaient toujours en nombre insuffisant, les contrôleurs de la Sunab, roulant à bord de vieilles Volkswagen Brasilia et surgissant tels des héros à la porte des supermarchés Musamar, Nova Olinda, Real, Oceano, Jumbo, Pegue e Leve, Manda Brasa. À Rio de Janeiro, une foule a envahi un snack-bar Bob's lorsque les gens ont surpris un employé en train de modifier la liste des prix. Ils ont cassé les machines à glace et sont repartis en mangeant des hamburgers au milieu d'un décor en ruine. À Curitiba, un homme a essayé de fermer lui-même l'établissement en faute (*Au nom de notre président, au nom du peuple et de la Nouvelle République !*). Il brandissait bien haut, pour que tout le monde les voie, deux pots de mayonnaise en guise de preuves incontestables de la fraude. À São Paulo, Porto Alegre, Salvador, Vitória, des consommateurs qui attendaient la police et les contrôleurs dans les allées des magasins scélérats chantaient l'hymne national à pleins poumons, grisés par le pouvoir dont ils se sentaient enfin détenteurs.

Mais, au bout de huit mois seulement, le Plan Cruzado sera finalement un échec. Il manquait des produits sur les rayonnages, un marché parallèle se développait tous azimuts. L'inflation allait revenir et atteindre des niveaux encore plus élevés que précédemment, les plans économiques successifs seraient tout aussi désastreux, jusqu'à la création du real.

En 1986, Vinícius Matzenbacher avait quatorze ans. Les effigies froissées de Rui Barbosa et Oswaldo Cruz dans la poche de son pantalon avaient été revêtues d'un tampon de la Banque centrale – *dix cruzados, cinquante cruzados* – et le hot-dog façon panini à l'école était resté pendant deux incroyables semaines au même prix (le hot-dog n'était pas répertorié dans les listes de la Sunab). À part ça, peu de choses avaient vraiment changé dans son monde d'adolescent. Le Brésil instable, il n'avait connu que ça, finalement, et la famille Matzenbacher tirait très bien son épingle du jeu dans ce contexte d'inflation mensuelle à deux chiffres.

En mars de cette année-là, Vinícius voulait aller à Capão da Canoa. Jusque-là, nos parents ne nous avaient que très rarement amenés à la plage. C'était trop de travail pour eux, apparemment. Il se souvenait du moment où il était entré avec sa paire de brassards dans l'eau couleur chocolat au lait, du goût salé de la première vague et du trou dans le sable où on avait enterré Marco jusqu'aux aisselles (*Tu te rappelles, Ciça ?*). En revanche, il ne se souvenait pas du tout que ça barbait notre père comme pas permis de devoir aller jusqu'à la mer avec les enfants, que notre mère s'agaçait d'avoir du sable dans la bouche parce qu'il y avait trop de vent et ne voulait qu'une chose, pour l'amour du ciel, que ses enfants se taisent enfin. Mais, cette fois, rien ne devait contrarier Carmen puisque Vinícius allait loger dans la modeste mais confortable maison d'un camarade, Ricardo Pereira, avec ses parents, ses frères et sœurs et un chiot rottweiler. Peut-être qu'il y aurait aussi leur bonne.

Seulement, Carmen a fait une crise de tachycardie rien que d'entendre son fils mentionner la plage. Depuis des semaines, elle n'arrêtait pas de penser à cet Alex Thomas. Cette violence tellement aléatoire : le gamin ne faisait rien d'autre que marcher dans la rue avec deux amis ! Et la brutalité de l'épisode était choquante, elle aussi. Elle repensait au coup asséné sur le crâne avec un manche à balai, au coup de pied sauté qui avait été fatal, à cette famille dévastée par ces garçons qui avaient mis en pratique dans la rue ce qu'ils apprenaient dans leurs clubs d'arts martiaux (les médias évoquaient leur interdiction, ou au minimum un contrôle rigoureux de leurs licenciés par les autorités, ce qu'elle avait immédiatement approuvé depuis qu'elle avait entendu un lieutenant de brigade à ce sujet à la radio). C'est pourquoi elle avait fini par dire à son fils qu'elle ne le laisserait pas aller à la mer. C'était trop dangereux. Il a protesté, lui a demandé d'appeler la mère de Ricardo. Elle n'a rien voulu savoir. Vinícius s'est mis à pleurer. C'étaient des pleurs stridents, incompatibles avec l'âge qu'avait à présent son fils aîné. Cela l'a effrayée. « Ton père serait sous le choc s'il te voyait dans un état pareil », lui a-t-elle dit, peut-être avec le cœur serré, peut-être avec une peur diffuse de l'avenir. Puis, de cette voix tremblante des mères stupéfaites, elle a suggéré à Vinícius d'inviter Ricardo à venir à São Gabriel avec nous, un de ces jours. Et lui a dit d'aller se laver le visage avant que Raul rentre à la maison.

La vérité, c'est que Vinícius – et il n'a parlé de ça à personne pendant de longues années – avait honte de ce domaine. Il chassait la perdrix et le colvert uniquement parce qu'il n'y avait pas d'alternative, un grand-père chasseur, un père chasseur, il fallait bien que le fils tire aussi à la carabine. Il buvait du maté devant la maison, mangeait du mouton fraîchement abattu dont le sang imbibait la farine de manioc et il lui fallait aussi revêtir le pantalon traditionnel des gaúchos, le *bombacha*, un cadeau de ses oncle et tante. Pour lui, tout cela n'était pas seulement gênant, c'était la source d'un malaise permanent. Tout dans ce mode de vie rural lui semblait repoussant et laid.

C'est pourquoi il n'avait jamais emmené à São Gabriel aucun des rares amis qu'il avait, et il en irait de même cette fois-ci. Surtout, son amitié avec Ricardo Pereira allait bientôt prendre fin ; Ricardo allait peu à peu se détourner de lui comme d'autres l'avaient fait précédemment, si bien que Vinícius désormais marchait seul, pendant la récréation, jusqu'aux parties les plus éloignées de l'établissement, l'intendance, la chapelle, le local du groupe de scouts. À la veille du Plan Cruzado II, il avait eu droit à un walkman. Et il se produisait quelque chose de magique quand il avait son walkman sur les oreilles : il se sentait bien. Incroyablement bien. Il arrivait à transformer son environnement selon ses désirs.

C'est ainsi qu'il a rencontré le fameux Luciano Bretas en 1987. Il était dans la file d'attente de la cantine au lycée. « In between days » résonnait dans le casque de Vinícius.

« T'écoutes les Cure ?

— Ouais.

— C'est génial, hein ? »

Luciano redoublait sa terminale. Il sentait la cigarette, mesurait près d'un mètre quatre-vingt et se promenait avec des vêtements et des accessoires qu'on ne pouvait acheter que hors du Brésil. Cela n'était pas considéré pour autant comme un motif pouvant susciter l'admiration ou la jalousie, dans la mesure où Luciano apparaissait aux yeux de presque tout le monde comme un garçon trop étrange pour provoquer une quelconque réaction positive. De la mauvaise graine. Un dégénéré. Des rumeurs couraient selon lesquelles il torturait des chats errants lors de rituels sataniques et avait embouti la voiture de son père en conduisant bourré du côté de Lami, où il était soi-disant allé acheter un bouc. Lors d'une dispute avec sa sœur, il lui avait cassé le bras. Il pratiquait l'apnée dans la piscine du club et on l'avait une fois ressuscité d'extrême justesse. Un collégien l'avait vu dessiner un pentagramme sur le terrain de foot. Rien de tout cela n'était vrai – hormis pour le pentagramme, peut-être –, mais Vinícius aimait entendre ces histoires. La mauvaise réputation de Luciano lui avait toujours semblé une excellente raison de se rapprocher de lui, et non de le craindre. Il ne manquait plus qu'une occasion se présente.

On a commencé à les voir traîner ensemble, les deux punks du lycée, qui n'étaient absolument pas punks, mais qui semblaient assez étranges pour être *quelque chose* portant un nom. Pour Vinícius, Luciano était non seulement la personne la plus intéressante parmi tous leurs congénères pas drôles, mais son nouvel ami avait en plus le mérite de posséder – et ça, c'était vrai – une incroyable collection de disques, de cassettes et de revues musicales étrangères, des cadeaux que son père lui rapportait de ses voyages professionnels en dépit des lamentables performances scolaires de son fils (*Tu ne crois pas que tu gâtes un peu trop ce petit, Cláudio ?*). Au cours des premiers mois de leur amitié, Vinícius a élargi l'éventail de ses découvertes bien au-delà de ce qu'il pouvait entendre sur Radio Ipanema. La bande-son de sa vie était désormais une espèce d'épais brouillard de guitares superposées et de synthétiseurs éthérés.

En décembre, Luciano a péniblement réussi à décrocher son bac, confirmant la thèse selon laquelle personne ne pouvait définitivement échouer au terme de la dernière année de lycée. Mais il a raté le concours d'entrée pour intégrer une école d'ingénieur en génie civil. Il avait beau n'avoir répondu à aucune des attentes familiales jusque-là, Luciano possédait une Volkswagen Voyage depuis qu'il avait fêté ses dix-huit ans, un peu avant le bac. C'était une vieille bagnole, mal entretenue et bruyante, unique « punition » que le père avait eu le courage d'infliger à son fils.

C'est à bord de cette voiture que Vinícius a découvert la ville. Une ville aux antipodes de celle de ses parents.

Ils roulaient tout doucement sur l'avenue Osvaldo Aranha. Parfois, ils descendaient et s'attardaient un moment devant le Bar João pour observer les vrais punks affalés sur le trottoir, sniffant de la colle, et les metalleux en cercle autour d'un cubi de vin. Ils traversaient la rue, se mêlaient aux gens debout dans l'Escaler, discutaient avec les uns et les autres ou assistaient à un bout de concert avec sono mal réglée. Mais Vinícius devait toujours rentrer à la maison avant que la virée devienne réellement intéressante. Il prenait soin de camoufler l'odeur de l'unique cachaça qu'il avait avalée avec un hot-dog et des Halls à la menthe extra-forte, vu qu'officiellement il avait passé la soirée chez les Bretas à écouter des disques de rock.

Il y avait aussi ces fois où ils allaient dans la zone sud et s'arrêtaient sur la plage de Cachimbo. Ils coupaient le moteur. De là, ils apercevaient, sur l'autre rive du Guaíba, les épaisses fumées de l'usine de cellulose qui, un peu plus d'une décennie plus tôt, avait l'habitude d'empester toute la ville de Porto Alegre avec cette odeur de chou pourri. Ils restaient enfermés dans la voiture à écouter de la musique. Descendre les aurait obligés à affronter le silence. C'était une voie sans issue, avec une seule maison, alentour il n'y avait que des broussailles. Il arrivait souvent qu'il y ait d'autres voitures à cet endroit, pas plus de deux ou trois, presque toujours occupées par des couples qui, au bout d'un moment, finissaient par passer sur la banquette arrière. C'était étrange pour eux. Ou du moins y avait-il une forme d'étrangeté là-dedans pour Vinícius.

Penser à ça le rendait nerveux.

Un fourmillement dans le bas-ventre.

Il avait seize ans et n'avait embrassé une fille qu'une seule fois lors d'un bal de carnaval.

Mai 1988. Luciano s'était disputé avec sa mère et avait besoin de *décompresser*. Il avait entendu ce mot dans la bouche de quelqu'un, ou il l'avait lu quelque part, quelques semaines auparavant. Désormais, il avait sans cesse besoin de *décompresser*. Ils sont allés en voiture jusqu'à la plage de Cachimbo. À leur arrivée, le soleil venait de se coucher et l'horizon était plein de taches rouges et violettes, tel un vieillard contusionné. Dans l'autoradio de la Voyage, The Cure. Une demi-douzaine de voitures étaient garées en épi devant le muret de pierre et, sur le capot de l'une d'elles, un garçon et une fille étaient assis et partageaient une cigarette comme s'ils jouaient la scène d'un film que tout le monde avait envie de voir.

« Celle-là, elle est vraiment géniale, putain ! », a dit Luciano.

Mais Vinícius ne faisait pas attention à la musique.

À cette époque, les gens de cet âge, même quand ils pouvaient se procurer un disque ou une cassette, n'écoutaient vraiment que deux ou trois chansons d'un même album, les tubes, parce qu'elles avaient un refrain irrésistible, une mélodie qui les transportait sans qu'ils aient beaucoup d'efforts à faire. Mais Luciano était différent. Lui aimait ce que personne ne connaissait, ce qui était trop étrange et trop sombre pour passer à la radio, il aimait les plages oubliées des disques.

À présent, Vinícius écoutait pour de bon. Il était hypnotisé par la batterie. Toujours le même rythme. C'était comme des petites tapes qui le plongeaient peu à peu dans un état léthargique, mais réconfortant. L'usine de cellulose crachait une épaisse fumée blanche qui montait obliquement dans le ciel déjà bleu-gris et, lorsque l'unique lampadaire de la rue s'est allumé, les autres voitures ont commencé à manœuvrer pour s'en aller. Luciano balançait la tête les yeux fermés. Ses cheveux châtain clair coupés au rasoir retombaient sur son visage couvert de boutons. Tout à coup, il s'est mis à chanter sur la musique, en imitant l'emphase plaintive de Robert Smith.

You never talk

Il apprenait l'anglais dans ses magazines importés et sur les pochettes de ses vinyles.

We never smile

Vinícius n'avait pas du tout son niveau.

I scream

Il a renversé sa tête en arrière et a hurlé.

You're nothing

I don't need you anymore

Mais ces vers-là étaient faciles et Vinícius les comprenait.

You're nothing

Luciano s'est arrêté de chanter. Il a rouvert les yeux et Vinícius ne riait pas du tout parce qu'il ressentait quelque chose de bizarre. Le morceau est arrivé à la fin, d'abord la batterie, puis la voix de Smith. Il semblait avoir avalé des pierres. Il a essayé de changer l'ambiance.

« T'en as bu combien, du cognac ?

— Du cognac, moi ? Pas une goutte ! »

Vinícius s'est retourné et a jeté un œil sur la bouteille de Dreher couchée sur la banquette. Le liquide caramel ne remontait pas même jusqu'à la moitié du flacon. Là, ils se sont marrés pour de bon, heureusement.

« C'est mon père qui s'est descendu tout ça, je l'ai apportée pour qu'on boive juste quelques gorgées.

— Et après on la remplira avec l'eau du Guaíba. »

Une nouvelle fois, Luciano s'est mis à rire avec sa mollesse adolescente. Vinícius s'est détendu. Il a sorti une cassette de la poche de sa veste en jean et a dit : « Tiens, mets ça. »

C'était Depeche Mode. Ce groupe les avait déjà entraînés dans de longues disputes, Luciano estimant que ces types faisaient bien trop d'efforts pour produire une musique qui ressemblait à du mauvais New Order – *Black celebration* était leur seul disque potable – et Vinícius louant la maturité sombre et accessible de *Music for the masses*.

« Tu crains, là, franchement ! » a protesté Luciano, mais il a quand même pris la cassette et lu ce que Vinícius avait écrit en lettres arrondies. *Music for the masses*. Évidemment. Il a glissé la cassette dans l'autoradio.

« Y a que du bon sur cet album !

— Ah, arrête. J'ai besoin de cognac, tiens. »

Ils se sont passé la bouteille pendant un moment et Vinícius a bientôt eu du mal à se faire une idée de la quantité d'alcool qu'il avait engloutie ; certainement plus que l'équivalent du modeste petit verre de cachaça que Luciano lui payait parfois au Bar João – *Je vais prendre une cachaça au scorpion pour moi et une cachaça à la brique pour toi !* – ou des quelques gorgées de vin qu'il avait acceptées une fois de la part des metalleux. Mais, ce dont il était absolument certain, c'est qu'il serait impossible de remettre la bouteille de Dreher dans le bar du père de Luciano et de prétendre qu'elle n'en était jamais sortie. Il allait falloir en acheter une autre. Combien de cruzados coûtait une bouteille de cognac aujourd'hui ? Combien de cruzados demain ? Il ne restait plus qu'une autre voiture, une seule, mais il n'arrivait pas à voir les gens à l'intérieur. Il a entendu Luciano dire « Celle-là, tu l'aimes plus que les autres, on dirait », alors il s'est tourné vers lui mais avec l'impression qu'il était impossible de bouger la tête et d'écouter le morceau en même temps. Il a essayé de se concentrer. « Strangelove ». Comment se pouvait-il que ce soit seulement le troisième morceau de l'album s'il n'y avait déjà plus qu'un fond de cognac cuivré et que la nuit avait tout enseveli ? À quelle heure son père voulait qu'il soit rentré à la maison, déjà ? « Oui, j'aime cette chanson, et alors ? » a-t-il répondu, mais en s'entendant parler il a soudain eu la sensation d'entendre une troisième personne. Luciano a éclaté de rire. « OK, OK, pas de problème, mon pote. » Il allait se souvenir de cette phrase et de cette soirée chaque fois qu'il entendrait « Strangelove » sur les pistes de danse, dans les taxis au petit matin, dans les allées d'un supermarché – le visage de Luciano de moins en moins net avec les années, jusqu'à ce qu'il ne parvienne même plus à le faire apparaître – parce que, finalement, c'est à compter de ce moment qu'il a compris qu'ils étaient bel et bien *quelque chose* portant un nom. Du moins, lui l'était, sans aucun doute.

Mais quel était le mot alors pour Luciano, qui déboutonnait son jean et ouvrait sa fermeture Éclair et exhibait son sexe en voie de durcissement avancé ? Il s'est caressé un peu, les yeux clos. Vinícius, lui, ne s'était jamais masturbé devant des copains, n'avait participé à aucune compétition pour savoir qui éjaculait le plus loin, ni comparé la taille de sa queue avec celle des autres, il ne s'était même jamais déshabillé autrement que derrière des portes fermées, mais il savait de toute évidence que ce qui était en train de se passer était tout à fait différent. Luciano s'est arrêté. Il bandait fort. Il a regardé Vinícius d'un air très grave. C'était le visage de quelqu'un de plus âgé, le visage de quelqu'un qui avait déjà chuté, s'était relevé et avait peut-être rechuté. Et Vinícius a pensé : *Il est tard, putain, il est tard.* Il a pris la bouteille de cognac et senti la brûlure de la plus longue gorgée de sa vie lui dilater la gorge tandis qu'il s'approchait de Luciano pour le caresser. La paume de sa main moite a glissé facilement. Luciano poussait des gémissements presque imperceptibles, tête renversée contre le dossier de son siège. Et Vinícius aurait menti s'il avait dit qu'il avait déjà pensé à cette scène ou à quelque chose d'approchant, s'il avait dit qu'il avait joui d'innombrables fois sous la douche en imaginant le sexe énorme de Luciano et ses yeux clos. Cela n'arriverait que plus tard, lorsqu'ils ne se parleraient plus, lorsque Luciano ferait répondre par sa mère au téléphone qu'il était occupé à bûcher, et les cassettes allaient alors devenir, du moins pour un temps, un souvenir triste que Vinícius préférerait éviter.

« Sacred ». C'était ce morceau qui passait dans la Voyage à cet instant. Le va-et-vient s'est fait plus rapide. *Sacred. Holy. I'm a missionary.* Luciano s'est raidi dans un spasme, sa nuque a cogné contre le siège, il était sur le point de jouir. Et lui, lui aussi, mais comment, les autres à sa place sentiraient-ils quelque chose, quoi que ce soit ? Cette décharge électrique qui partait du bout des doigts et allait jusqu'à la pointe du gland ? Il a jeté un coup d'œil dehors, pour la première fois depuis que tout cela à l'intérieur de la voiture était devenu si, si immense et incontournable, et cette distraction allait s'avérer une erreur grossière. Il allait payer pour cela. Il a aperçu la fille. Elle était dans la voiture à côté, sur le siège du conducteur, chevauchant quelqu'un que Vinícius ne pouvait pas voir parce que le dossier était trop incliné. Ce n'est pas la fille à elle seule qui a tout ruiné, ce n'est pas le mouvement de la fille vers le haut et vers le bas et ses cheveux sur son visage et ses petits seins qui sortaient du soutien-gorge. C'est parce que la fille a elle aussi tourné la tête et braqué son regard droit sur lui. Et elle a vu. Et elle a compris. *Quelque chose* avec un nom.

Alors Vinícius n'a plus voulu rien voir et a eu un mouvement de recul soudain, il a ouvert la portière et tout à coup le silence a semblé entrer dans la voiture, et non le contraire. Complètement hébété, il a marché dans la rue, descendu l'escalier menant jusqu'à la plage et trébuché sur la dernière marche. Il s'est retrouvé à quatre pattes, la respiration lourde, à racler de ses mains le sable humide. Et Luciano ne venait pas. Ciel oppressant, blanc. Luciano ne venait pas. Il a senti monter une envie de vomir. Le premier jet a atterri sur une offrande à la déesse Oxum.

Il est entré dans l'Ange bleu pour la première fois quelques jours plus tard. Le bar se trouvait dans une ruelle tranquille, perpendiculaire à l'avenue Osvaldo Aranha, au rez-de-chaussée d'un vieil immeuble. L'enseigne était discrète et mal éclairée, comme s'il était préférable que personne ne sache qu'il existait. À côté de la porte, quelqu'un avait tagué *Gotham City* et, au-dessous des deux fenêtres, quelqu'un d'autre avait écrit *Futur = pourriture.*

Il savait quel genre de bar c'était.

Il n'avait pas, à cette époque, l'intention de rencontrer quelqu'un. Cela viendrait bien plus tard. Sa soirée avec Luciano près de la plage de Cachimbo allait alimenter son imagination pendant quelque temps et, de toutes les façons, il ne pouvait pas précipiter les choses ; il avait besoin d'abord de vivre un processus solitaire et douloureux que, malheureusement, il venait à peine de commencer (*Ciça, pendant ces mois-là, je me regardais dans la glace et je me disais : « Je suis pédé. » C'était le moment le plus difficile de ma journée. Mon cœur battait plus vite, j'avais envie de me faire du mal, je sentais la culpabilité en travers de ma gorge qui m'empêchait presque de respirer. Les pédés fiers de l'être de la génération suivante ne comprennent pas comment on pouvait éprouver ce sentiment qui, parfois, oui, était de la haine de soi. Il n'y avait pas d'arc-en-ciel, Ciça, rien que des coups à prendre. Des coups à prendre et la peur panique de mourir du sida*).

Donc Vinícius était entré dans l'Ange bleu pour la première fois juste pour voir comment c'était. La salle, pas très grande, était plongée dans une semi-pénombre chaleureuse, ce qui faisait une grande différence avec tous les autres endroits où il était allé avec Luciano (*À l'époque, les bars étaient beaucoup trop éclairés, ça faisait vraiment abattoir*). On entendait Cindy Lauper, pas trop fort, grâce à deux enceintes, une à chaque extrémité du comptoir. Il se souvenait que, pendant un moment, ça lui avait plu de se trouver là, il était même allé jusqu'à envisager de commander une bière, s'asseoir à une table, rester à observer les déplacements des uns et des autres, et il avait pensé que ce serait bien, que cela calmerait peut-être la tornade en train de se former dans son cerveau d'adolescent.

Il a jeté un regard alentour, encore immobile non loin de l'entrée. Quelques tables étaient occupées par des hommes seuls. Au moins deux d'entre eux auraient pu être les pères de ses camarades de lycée, emmitouflés dans de gros manteaux, le visage triste, épuisé à force d'essayer de percer cette atmosphère. Un jeune en débardeur a pris une chaise et s'est assis près d'un vieux, qui a souri et s'est mis à applaudir presque sans décoller les mains. À ce stade, l'impression d'être à l'aise dans cet endroit s'était dissipée. Vinícius s'est tout de même approché du bar.

« Et pour toi, mon amour ? Et ne me dis pas que tu es majeur, hein, mon joli. »

C'était une drag-queen. Parfois, elle se produisait sur une scène improvisée ; d'autres fois, elle passait derrière le comptoir (*Une diva magnifique qu'un salopard allait poignarder dans le parc de Redenção en 1991*). Vinícius s'est enfui à toute vitesse sans se retourner.

*

Quand mon frère m'a raconté l'épisode de la plage de Cachimbo et ses deux premiers passages à l'Ange bleu, j'avais dix-huit ans. Je savais depuis l'âge de neuf ans que mon père avait menti sur l'heure de son retour à la maison le soir du 7 juin, mais cela n'avait jamais constitué un motif suffisant pour en faire un assassin à mes yeux. Les années suivantes, il est devenu évident pour moi que ma mère était tombée amoureuse de Satti ; ayant naturellement gagné en maturité, j'étais désormais capable de comprendre à quoi correspondaient la façon dont elle parlait de lui, ce trouble quand elle était près de lui. Cependant, là encore, cela ne suffisait pas à me faire déchirer en petits morceaux la figure paternelle.

Aussi, face à Vinícius ce soir-là, après avoir entendu la version complète de l'histoire, suis-je restée paralysée.

« Tu aurais pu me raconter ça plus tôt », c'est tout ce que j'ai réussi à dire sur le moment.

Quelques semaines plus tard, j'allais commencer à rassembler des éléments sur l'affaire Satti. J'habitais encore avec mon père. Vinícius louait un studio bruyant sur l'avenue Salgado Filho. Il venait de sortir d'une cure de désintoxication de six semaines dans une clinique dans la montagne. Ce n'était pas la première et ce ne serait pas la dernière. Désormais, il fréquentait assidûment les réunions des Narcotiques anonymes.

« Bien sûr, j'aurais pu. Mais je voulais protéger ma petite sœur, tu sais. Tout ça, c'est tellement… »

Il a figuré un pistolet avec sa main, l'a portée à sa tempe droite, a appuyé sur la détente.

« Enfin, ça m'aurait plu de continuer à jouer ce rôle de grand frère protecteur. Seulement, on va tomber d'accord pour dire que je ne suis plus du tout en condition pour ça. »

Il a rigolé, mais il avait envie de pleurer.

« Ça va aller mieux pour toi, Vini. Je sais que ça va aller mieux. »

On était assis dans un canapé à deux places, le seul meuble de la pièce. On entendait les crissements des bus qui s'arrêtaient les uns derrière les autres pour embarquer les files de travailleurs épuisés. Vinícius est allé jusqu'au frigo et a rempli une nouvelle fois son verre de coca. Il a bu une gorgée et posé son verre sur le parquet. Le coca et les chewing-gums étaient ses nouveaux vices.

Son visage me semblait bouffi, c'était peut-être à cause des médicaments. Il ne dormait pas bien. Parfois, il m'appelait en pleine nuit et me demandait de lui raconter une histoire (*Quelque chose de beau que tu as appris sur les animaux ou les plantes, quelque chose qui soit loin de notre quotidien*). Je ne me sentais pas le droit de souffrir plus que mon frère.

« Marco est au courant ? Et maman ? ai-je demandé.

— Au courant de quoi ?

— Pour l'Ange bleu.

— Marco le sait depuis pas très longtemps, je le lui ai raconté un jour où il est venu me voir à la clinique. Ça, c'est l'effet Narcotiques anonymes, on a envie de tout raconter !

— Et qu'est-ce qu'il a dit ?

— Qu'il aurait préféré que je ne lui dise rien. »

Il a pris ma main, le geste que je n'avais pas réussi à faire jusque-là.

« Maman l'a su à l'époque, immédiatement.

— Avant ce voyage jusqu'à la frontière ?

— Ahan. Pauvre maman. »

Il est entré dans l'Ange bleu pour la deuxième fois à la fin mai. Ce qu'il savait des gays à ce moment-là : les coiffeurs l'étaient. Le fameux Rui, propriétaire de la galerie d'art que fréquentait sa mère, l'était. Un garçon en CM1, délicat et pâle, qui jouait à la corde à sauter avec les filles, allait certainement le devenir (*Avec qui Bruno va-t-il se marier ? Avec un blond, un brun / Un chauve, un chevelu / Un roi, un voleur /Un policier, un capitaine ?*). Il connaissait l'existence du sida, le « cancer gay » – c'est l'expression qu'on employait à la télé, au début –, une maladie horrible qui faisait des taches sur la peau et desséchait les gens jusqu'à les tuer. Il avait vu la photo que le journal ressortait chaque fois que le virus était évoqué : un homme couché sur le ventre sur un brancard dans le hall d'un hôpital, ignoré par des gens debout qui avaient d'autres raisons de se trouver là. Il ne savait rien des autres garçons dont le cœur se mettait à battre plus fort quand ils voyaient un beau gosse dans la rue ou des séducteurs de la série télé *Armação ilimitada,* cette innocente confusion que Vinícius ressentait lui aussi entre le désir d'être et le désir d'avoir. Il ne savait rien des hommes mariés qui prétendaient être retenus au boulot, cherchaient un prostitué sur l'avenue José Bonifácio et s'offraient deux heures de bonheur dans une chambre de motel.

Il était soûl. Il avait tenté sa chance en disant à notre mère qu'il allait retrouver Luciano, mais il était parti de la maison à pied sans qu'elle s'en aperçoive et avait marché une demi-heure jusqu'au quartier de Bom Fim. À l'Escaler, on lui a vendu de la bière sans lui demander sa carte d'identité, puis il a profité de la sympathie d'une fille qui n'avait pas l'air d'avoir dix-huit ans elle non plus, il a vidé son verre de cachaça et coca tandis qu'elle lui disait : *Du calme, comment tu t'appelles, dis-moi ?* Il était fin soûl. Il ne lui restait plus qu'à essayer de ne pas vomir.

Cette fois, la porte de l'Ange bleu était rabattue, c'était une de ces portes massives de vieilles maisons dont les façades s'effritent un peu plus chaque jour – des frontons optimistes guerroyant contre des graffitis désespérés –, mais il se sentait étrangement confiant. Il a poussé la porte et est entré dans la salle à demi éclairée. On était vendredi, ce qui expliquait que l'endroit soit si différent par rapport à la première fois : on ne voyait presque pas les tables tellement il y avait de monde debout. Des hommes, exclusivement. Les éclats de rire s'ajoutaient à la musique, laissée à un volume discret, comme si la fête n'avait pas encore vraiment commencé.

Il a demandé un coca au comptoir à un type musclé qui ressemblait à un prof d'éducation physique qu'il aurait pu avoir au lycée. Ensuite, imitant d'autres hommes seuls, il s'est adossé contre le mur, encore grisé par l'alcool, se passant la main dans les cheveux de temps en temps, moitié proie, moitié chasseur.

À cet instant, il s'est dit que quelque chose ne tournait pas rond dans sa tête (*Il y a eu un court-circuit dans mon cerveau, un incendie a éclaté*) parce que, parmi tous ces gens étranges dans le bar, il a repéré quelqu'un qu'il connaissait très bien. Or, il était impossible qu'un visage familier lui apparaisse dans un endroit comme l'Ange bleu (*J'étais encore naïf à ce point-là, Ciça*). L'homme le regardait. Soudain, il s'est approché, l'air stupéfait, mais sympathique. C'était João Carlo Satti.

« Vinícius. Ça alors. »

Il a rougi, baissé les yeux. Le sol sombre et humide était couvert de mégots.

« C'est du coca ?

— J'ai bu avant. »

Satti a rigolé.

« Viens avec moi prendre une bière. »

Il n'y croyait pas. Peut-être l'ami de son père était-il entré sans savoir dans quel genre d'endroit il mettait les pieds. Il avait juste eu envie de boire une bière. On était vendredi. Il travaillait trop. Voilà les premières pensées qui lui sont venues.

Le type musclé connaissait Satti. Il a fait attendre les autres clients.

« Ça faisait un moment qu'on ne t'avait pas vu, a dit le type.

— Quand Fred vient, je ne viens pas.

— Fred ? Il a disparu de la circulation. Je me suis même dit qu'il était parti.

— Parti ? Et où est-ce qu'il pourrait bien aller ? »

Ils ont ri, tous les deux.

« Il t'a rendu ta voiture, au moins ? »

Le visage de Satti s'est fermé.

« Tu sais bien que je suis pas comme ça. »

L'autre n'a pas relevé. Il était beau, il avait un sourire à la Ken et des dents brillantes, on les aurait crues d'un seul tenant.

« Et ce jeune homme, là ? » a-t-il demandé, en désignant Vinícius avec le menton.

À cet instant, il était prêt à dire quelque chose, à enfin prendre part à la conversation, même en se sentant moins à sa place que jamais, mais Satti lui a jeté un regard réprobateur.

« Il vaut mieux ne pas dire ton nom ici. »

Et, se retournant vers le serveur, il a répondu :

« C'est un ami à moi. »

Lorsqu'une table s'est libérée, ils sont allés s'asseoir. Vinícius ne savait quelle attitude adopter. Il aurait été absurde d'entamer une conversation ordinaire ; en même temps, il n'avait pas le courage de poser les questions qui tournaient dans sa tête. Fred n'était donc pas son fils ? Où était-il parti ? Il a essayé de se laisser distraire par la musique, George Michael, qui passait en permanence sur les radios les plus commerciales, Luciano se serait bien marré, il aurait élevé la voix, pointé le doigt, pour entamer un discours vibrant sur le mauvais goût à destination de qui aurait bien voulu l'écouter.

« C'est une sacrée surprise, a commencé par dire Satti, parce que tu es très jeune pour te retrouver ici. Mais ça se comprend. Je mentirais si je disais que je ne m'étais douté de rien. »

Vinícius s'est senti mis à nu, embarrassé.

« Je voulais juste voir comment c'était.

— C'est ce qu'on dit toujours. »

Il enrageait.

« Tu n'as pas peur d'être vu ? »

Satti a esquissé un sourire et jeté un coup d'œil autour de lui.

« Personne ne voit personne, ici. »

Vinícius a peut-être montré qu'il ne comprenait pas.

« Si quelqu'un me voit, il faudra qu'il dise qu'il se trouvait ici, lui aussi. Le secret fonctionne dans les deux sens, tu vois ? »

Ils ont continué de descendre leur bière. Vinícius s'est peu à peu désinhibé, comme s'il avait été face à une personne dont il aurait tout juste fait connaissance, et d'une certaine façon c'était exactement ça, un inconnu du quartier de Bom Fim qui à présent écoutait son refrain sur la rigidité de son père, l'indifférence de sa mère, les camarades à l'école avec qui il ne parvenait pas à créer des liens. Et presque arrivé à la fin de la bouteille, il lui a parlé de Luciano, à demi-mot parce que, même s'il se sentait progressivement plus à l'aise, le calendrier indiquait 1988 ; il y avait une façon de dire les choses sans les dire à l'époque, et Vinícius ne pouvait pas s'y soustraire (*Ce que j'avais envie de lui dire c'était : « Je pense à ce garçon en permanence, je crois que je suis amoureux, aide-moi », mais, à bien y réfléchir, c'étaient des choses que je pouvais à peine m'avouer à moi-même*).

Satti n'a rien dit de sa propre vie. Mais il était là.

Aux environs de vingt-deux heures, Vinícius s'est levé pour s'en aller. La musique était plus forte, certains avaient écarté les tables et les chaises pour danser. Il ne pouvait pas rentrer trop tard à la maison. La tête lui tournait.

« Tu vas te pointer dans cet état ? Et ton père ?

— Je me débrouillerai.

— Tu peux venir chez moi. Je te ferai un café bien serré.

— Pas la peine.

— Tu prendras une douche froide.

— Faut vraiment que j'y aille.

— Comme tu veux, c'est toi qui vois. Tu leur as dit que tu allais où ?

— Chez Luciano.

— Ah, Luciano.

— Il a une voiture, d'habitude il me ramène toujours à la maison. »

Satti s'est levé.

« Je te raccompagne alors, je te laisserai au coin de la rue. »

LES PNEUS DE L'AVION sont venus grignoter la piste. *Welcome to Panama, Bienvenidos a Panamá*. Cette étroite bande de terre en Amérique centrale, à propos de laquelle je ne sais rigoureusement rien, vient de se transformer en halte de mi-parcours entre mon présent et mon passé. Je suis le conseil de Jesse – *Vas-y au moins pour ton frère, Cecília* –, mais je ne l'ai pas laissé m'accompagner parce que c'est une de ces choses parmi tant d'autres que j'ai besoin de faire seule. Je lève les yeux de mon livre, je regarde par le hublot. De gros nuages tropicaux semblent sur le point d'éclater. Je les connais bien, ces nuages. Je me trouve si près de la ligne de l'Équateur maintenant que j'arrive à sentir l'anxiété comme si c'était quelque chose qui rampait à l'intérieur de mon corps.

Tandis que l'avion roule en direction du terminal, se comportant enfin avec la lenteur conforme à son poids – qu'il puisse voler, c'est ça qui ne cessera jamais de m'étonner –, je relis le dernier passage que j'ai souligné dans le livre. Il s'agit toujours de la biographie d'Alexander von Humboldt, qui est venu en Amérique du Sud de 1799 à 1804 ; j'avance enfin dans ma lecture. « *La nature est le règne de la liberté, nous dit Humboldt, parce que son équilibre est le produit de la diversité qui, quant à elle, pourrait être vue comme un modèle pour la vérité politique et morale.* » La vérité politique et morale. Ça, ça me plaît vraiment. Avec mon stylo, j'ajoute une étoile dans la marge, puis je range ma bouteille d'eau et le livre dans mon sac à dos.

Dans l'allée centrale de l'avion, les gens se pressent les uns contre les autres. Ils donnent des coups de valise dans les coudes de leurs voisins, sans s'excuser, les enfants crient parce qu'ils aperçoivent déjà la sortie. J'enfile les bretelles de mon sac à dos et me fais une petite place moi aussi. Après de longues minutes, la porte s'ouvre enfin et toute l'énergie réfrénée pendant les presque sept heures de vol commence à se libérer. Je me mets en route entre une fille qui somnole encore et un monsieur bronzé parlant espagnol. L'espace d'un instant, j'en viens à imaginer qu'il s'agit de Guillermo, l'homme dont ma mère était tombée amoureuse pendant une croisière dans les Caraïbes et qui s'était volatilisé sans laisser de trace. Je ressens une étrange fascination pour ces histoires de disparition (je pense à Guillermo, mais surtout à Marli et Fred).

Quand on passe devant les quelques rangées de la classe affaires, le type qui pourrait être Guillermo jette un œil sur les côtés avec une expression qui me semble trahir de la rancœur ou de la répugnance. Il a l'air de songer : franchement, ces personnes avaient-elles réellement besoin de pantoufles jetables ? Avaient-elles besoin de tant d'espace en plus par rapport à nous ? Sur un des fauteuils, l'homme voit un casque antibruit, il s'assure que l'hôtesse ne le regarde pas et, à ma grande surprise, s'en empare. Il sort avec le casque accroché à sa valise.

Je le perds de vue sur la passerelle de débarquement, tandis que le fait de me rapprocher de l'endroit où j'ai grandi s'impose à moi avec de plus en plus de force. Cela parce que je sens cette odeur incomparable de la chaleur humide. Mais ça ne dure pas longtemps. À l'intérieur du terminal, l'air conditionné s'efforce de laisser le Panama à l'extérieur. Une erreur d'ingénierie ou un défaut mécanique entraînent la formation de poches de froid qui alternent avec des poches de chaleur. J'ai faim. Je choisis un snack dans une zone fraîche et demande un joli sandwich sur le menu ; au bout de dix minutes, on m'apporte un sandwich atroce, avec une garniture translucide et desséchée.

Quand j'ai pris la décision d'aller au Brésil, je suis allée voir Andrew dans son bureau et je lui ai dit que j'avais besoin d'une semaine de congé à cause d'une urgence familiale. C'est quelqu'un de bien. Sur son visage, j'ai vu de la bienveillance et de la bonté. « Mon père a fait un AVC », ai-je expliqué. « Oui, tu dois y aller », a-t-il répondu, avec emphase et sans poser de question, me chassant presque du bureau comme s'il fallait que je parte sur-le-champ. Puis il s'est souvenu du lion que j'étais en train de monter et m'a demandé de confier le travail à Greg, parce que le client – un musicien célèbre, d'après ce que j'avais compris – était plutôt pressé, il était question d'une fête qu'il allait organiser à la fin du mois. Je suis restée jusqu'à la fin de la journée de travail et il a fallu que j'explique aussi les raisons de mon voyage à Greg, qui m'a regardée d'un air interloqué : le fait que j'aie encore un père en vie avait l'air de constituer la plus grande des nouvelles. « Quand tu auras fini le lion, lui ai-je dit avant de partir, appelle ce numéro pour le prévenir, d'ac ? » Greg a jeté un œil sur le papier.

« C'est qui, Juan ?

— Le type qui a été obligé de lui tirer dessus. »

J'ai presque quatre heures d'attente avant le vol pour Porto Alegre, alors, une fois mon sandwich avalé, je m'assois quelque part et reste à regarder des oiseaux noirs qui s'amusent de l'autre côté de la baie vitrée. J'ai volontairement tourné le dos aux gens. Quand je vois trop de visages, ça me donne toujours le tournis.

Il y a une semaine, j'ai dit à Vinícius lors d'un appel vidéo :

« Ce n'est pas pour papa que je viens. »

Il a rigolé. Cela fait plusieurs années qu'il est plus léger.

« Je sais. Je suis heureux que tu viennes. Ça fait combien de temps ? »

Je n'ai pas eu besoin de faire le calcul.

« Seize ans. »

Pendant un instant, on s'est rappelé le moment où je suis partie : j'ai emmené ma mère dans une de ces agences de séjours linguistiques et je lui ai fait payer mon inscription dans un cours d'anglais à Miami. Je n'avais pas précisément en tête l'idée que je n'allais pas revenir, mais le fait est que j'ai passé cinq ans à économiser de l'argent pour qu'en effet ce « cours d'anglais intensif niveau intermédiaire » puisse un jour déboucher sur autre chose : j'avais travaillé dans une boutique de location de vidéos, puis dans une jardinerie, en continuant pendant tout ce temps d'habiter chez mon père – chacun sa chambre, nos contacts réduits au strict minimum – pour au moins ne pas voir tout mon argent filer dans un loyer.

« Ça fait donc seize ans que tu as pris la fuite pour éviter les adieux, a dit Vinícius.

— Comment ça ?

— C'était un cours de six mois, Ciça. »

Je n'ai pas répondu.

« Allô, ça a planté ou quoi ? L'image est vraiment mauvaise.

— Je t'entends, moi. »

On en est venus ensuite aux détails pratiques. Vini aussi allait acheter un billet pour Porto Alegre. À cause du travail, il allait arriver un jour après moi. Je descendrais à l'hôtel, il était absolument inenvisageable pour moi de dormir dans notre vieille maison. Mon père y habitait encore. Trois auxiliaires de vie se relayaient toutes les quarante-huit heures.

« Tu sais qu'il ne parle pas ?

— Je sais, oui.

— Et apparemment il ne pourra pas reparler.

— Quelqu'un te l'a dit ?

— Le médecin, et l'orthophoniste aussi. Elle ne vient même plus le voir, d'ailleurs. Écoute, je sais pas. Je lui ai pardonné, donc tout ça, ça me fait juste beaucoup de peine, tu vois ?

— Tu lui as pardonné grâce aux Narcotiques anonymes. »

Vinícius a rigolé.

« Tu trouves ça ringard, c'est ça ?

— Si ça marche pour toi, je trouve ça génial. Sincèrement. »

Depuis l'aéroport, je préviens Jesse que je suis au Panama. Il met moins d'une minute pour me répondre qu'il est déjà au courant. Il a suivi le déroulement de mon vol en temps réel sur une carte.

Bien des fois, j'ai essayé de m'expliquer à moi-même la personnalité de mon père. Il était devenu député presque sans le vouloir dans un moment historique marqué par de grandes incertitudes, mais aussi par un certain espoir. L'espoir est insistant au Brésil.

Raul Matzenbacher a été un parlementaire médiocre. Juste un de plus parmi ces personnages dérisoires qui font un pays, avec leurs petites idées et leurs petites ambitions méprisables. Il est tombé sur un rival inégalable au sein de son propre parti, un homme plus charismatique, plus déterminé, plus intelligent, un homme qui avait aussi un revolver à la ceinture et derrière lui toute l'histoire viriliste du Rio Grande do Sul rural qu'il valait la peine de raconter. Cet homme était homo. Il suçait des policiers militaires. Il s'envoyait un ex-boxeur dans la panade. Il faisait croire que son amant, à qui il donnait de l'argent régulièrement, à qui il avait offert une Volkswagen Parati flambant neuve, était le rejeton d'une relation passée. Cet homme ne constituait pas seulement une menace dans un pays instable qui ne pouvait vraiment compter que sur la supposée rectitude de ses valeurs ; pour Raul Matzenbacher, il était aussi devenu un gros problème au plan intime : d'abord, sa femme était tombée sous son charme ; ensuite, il s'était approché d'un peu trop près de son fils bizarre. Il devait mourir. J'ai la certitude que mon père n'a jamais regretté d'avoir fait tomber l'ennemi dans une embuscade.

Toutes les fois où j'essayais de comprendre mon père, je finissais seulement par avoir encore plus la rage contre lui. Je disposais devant moi les coupures de journaux et les photos et j'avais de plus en plus de mal à distinguer l'individu et de plus en plus tendance à le voir comme une espèce de marionnette ayant répondu aux injonctions de l'époque. Au fil des années, j'ai compris que ce n'était pas exactement mon regard qui donnait du relief à telle ou telle chose : c'est mon père lui-même qui l'avait fait en décidant d'appuyer sur la détente. Mon père lui-même qui n'avait pas été suffisamment un individu pour résister à la barbarie.

Une autre chose que j'ai comprise peu à peu : Vinícius ne lui avait pardonné que parce que lui aussi avait besoin qu'on lui pardonne.

Après avoir rencontré Satti par hasard à l'Ange bleu, mon frère n'a plus vraiment pensé à lui. À ce moment-là, il avait l'esprit occupé par Luciano. Il a essayé de l'appeler plusieurs fois, mais l'autre ne lui répondait jamais. Un après-midi, il est allé jusque chez lui à pied. Il n'avait pas de plan précis (*L'adolescence n'a pas de plans, pas vrai ? Ou du moins rien de facile à concrétiser*). La Voyage bordeaux avait été laissée devant le garage. Pour des raisons évidentes, Vinícius s'était attaché à cette voiture (*Toute cabossée, avec des bouts de scotch partout, elle avait une putain de personnalité, elle était complètement Luciano*). Il s'en est approché pour mieux l'observer. Il y avait un nouvel impact dû à une collision à côté du phare gauche, il en était certain. Absolument certain. Cédant à une impulsion idiote, il a fait glisser sa main sur la carrosserie emboutie. La sensation était agréable. Il a commencé à faire sauter avec son ongle un bout de peinture qui était déjà prêt à se détacher. Il a poursuivi cette lente et méticuleuse opération de grattage tout en s'imaginant qu'il n'était pas pour rien dans cet accident, que ces dernières semaines Luciano non plus n'avait pas réussi à dormir, à se concentrer, à manger ni à faire quoi que ce soit correctement, et que tout cela s'était fini un soir contre un lampadaire.

C'était romantique de percuter un lampadaire et de ne pas mourir.

Il a entendu une voix d'enfant dans la maison. Il est parti précipitamment.

Il y avait donc ça, qui occupait déjà une grande place à l'époque, et il y avait aussi, dans le fond, la volonté de ne pas penser à Satti. Que le collègue de notre père soit gay n'avait pas franchement fait de lui un exemple libérateur pour mon frère. Cette information n'a pas brillé comme un feu vert, ne lui a pas dévoilé un autre monde possible ; au contraire, la vie de Satti semblait indiquer que la sienne aussi serait difficile, que le monde qui existait était bel et bien celui-là (*J'ai vu clairement l'avenir qui m'attendait, Ciça, le décor était déjà planté, j'allais avoir un boulot où je me rendrais en costume cravate, je serais un type discret, enfin, qui plaisante sur tout, met une bonne ambiance au bureau, mais qui jamais ne révèle quoi que ce soit sur lui-même. Ma plus grande liberté serait de ne pas avoir d'épouse. Mes collègues au début seraient jaloux, un type sans attaches, qui peut faire ce qu'il veut, imagine un peu ! Mais, avec le temps, ils commenceraient tous à me trouver vraiment bizarre. Je vieillirais seul. Je devrais payer pour le sexe, en mourant de peur de choper une maladie. J'aurais envie d'être aimé, au début juste un peu, comme si c'était un privilège que je n'aurais pas encore eu la chance de connaître ou même quelque chose dont je pourrais me passer, mais ensuite cette envie se ferait plus pressante et sèmerait le chaos dans ma vie. Au bout d'un moment je me trouverais peut-être un Fred, un beau garçon ayant besoin d'argent, qui aurait évidemment des rêves dont je serais exclu*).

Vinícius a rangé toutes les cassettes de Luciano dans un tiroir. Les semaines suivantes, quand il séchait les cours, il allait derrière le local des scouts et n'écoutait avec son walkman que les groupes qu'il avait découverts tout seul. Il s'allongeait, la tête sur son sac à dos, et regardait les nuages se traîner dans le ciel. Un jour, il avait imité la signature de notre père sur un mot d'avertissement indiquant que l'élève Vinícius Matzenbacher avait raté deux cours de chimie et trois de maths. Il s'entraînait depuis un moment à reproduire cette signature, pour sauver sa peau, mais aussi parce qu'il aimait la sensation de pouvoir que cela lui donnait.

Ângela, la CPE, n'est pas tombée dans le panneau.

Elle connaissait Raul, un père strict, traditionaliste. Certainement pas du genre à se contenter de signer un bout de papier et terminé. Elle s'était déjà entretenue avec lui deux ou trois fois, au sujet du comportement inapproprié de Vinícius. Ângela a décidé d'appeler le bureau du député.

C'était le 3 juin 1988.

Vinícius est rentré à la maison aux environs de dix-sept heures.

« Où étais-tu ? »

Ses yeux se sont habitués à la pénombre du salon et il a vu notre père assis dans le fauteuil. Costume, cravate. Chaussures noires sur le tapis, parfaitement alignées.

« On avait un travail de groupe à faire. J'avais prévenu maman. »

Mensonge. Il avait passé l'après-midi à marcher au hasard jusqu'à en avoir des ampoules aux pieds, puis il s'était arrêté dans un snack où il avait dépensé en frites et en glaces tout l'argent qu'il avait dans son portefeuille. Un truc idiot. Il était resté à regarder les gens passer dans la rue en avalant ses frites, molles à l'intérieur et grasses à l'extérieur. Il s'était souvenu qu'à l'âge de dix ans il avait reçu un chèque de ses oncle et tante et qu'il l'avait échangé avec une fille contre des œufs de Pâques juste à cause des emballages colorés qui brillaient au soleil. Mensonge numéro deux : il n'avait pas parlé à notre mère d'un quelconque travail de groupe.

« Tu es rentré plus tôt de l'Assemblée aujourd'hui ? »

Il n'avait pas spécialement envie de bavarder, mais, sans savoir pourquoi, il ne se sentait pas encore autorisé à quitter le salon. La maison était silencieuse. Il y avait quelque chose de différent, même l'odeur ne semblait pas la même que d'habitude (*Il avait fermé tous les rideaux*).

« J'ai reçu un appel d'Ângela.

— Quelle Ângela ?

— Ângela la CPE.

— Et qu'est-ce qu'elle t'a dit ? »

Notre père a ri entre ses dents serrées.

« Tu sais très bien ce qu'elle m'a dit, Vinícius, pourquoi jouer les imbéciles ? »

Il aurait voulu aller dans sa chambre, être seul.

« Assieds-toi une minute. »

Il a dû prendre place à l'endroit désigné d'un geste par notre père, juste en face de lui. Il s'est dit qu'il n'allait pas supporter longtemps d'être ainsi sous son regard.

« Pourquoi est-ce que tu ne te tiens pas comme il faut ? »

Après s'être observé lui-même, il a changé de position, mais il le savait très bien : il avait les jambes collées l'une contre l'autre et les mains sur les genoux.

« Samedi, je t'emmènerai chez Inácio.

— Je n'ai pas envie de me faire couper les cheveux.

— Est-ce que je t'ai demandé si tu avais envie ? Je me demande bien d'où te vient l'idée qu'il faudrait que tu aies envie de quoi que ce soit. Tu vas avoir une coiffure correcte comme ton frère, pourquoi faudrait-il que ce soit différent pour toi ?

— Donc Ângela t'a appelé pour te parler de ma coiffure ? »

Notre père s'est levé. Il a pris le paquet de Minister et le briquet sur le buffet, en riant pour lui-même.

« Tu te crois malin, hein ? a-t-il dit en allumant sa cigarette. Je sais pourquoi tu ne veux pas aller en cours, et évidemment Ângela le sait aussi. »

Vinícius est resté interdit.

« Et pourquoi je n'ai pas envie ?

— Parce que tes camarades disent du mal de toi dans ton dos.

— Mes camarades ? Non, pas du tout, tu te trompes complètement. Personne ne parle de moi ! C'est moi qui trouve tout le monde débile, il y a que des crétins dans cette école ! Je préfère mille fois être seul. »

Notre père s'était rapproché de lui.

« Mais ce que tu aimes surtout, c'est traîner avec Luciano. »

Vinícius s'est levé. Il savait que ses yeux disaient tout à sa place, il n'a pas réussi à les cacher à temps. Sa bouche s'est mise à trembler sous le coup de la honte. Il a essayé de tourner le dos à notre père, mais celui-ci l'a tiré par l'épaule.

« Écoute bien ce que je vais te dire, Vinícius : il est hors de question que j'aie un fils pédé. »

Un choc. Il venait tout juste de découvrir ce qu'il était. Il se le répétait tous les jours devant la glace, c'était une chose encore tellement intime, il refusait absolument d'accorder à son père le droit de le cataloguer de la sorte. Évidemment, il n'a pas réfléchi à ce qu'il faisait.

« Quoi, où est le problème ? T'as bien un ami pédé, toi !

— Quoi ?

— Tu es bien allé à la plage avec ton ami pédé et son petit chéri ! »

Il avait perdu la tête. Jamais il n'avait répondu de cette façon, et jamais il n'avait pris une telle baffe. Il avait la peau en feu, sa joue lui cuisait. Il a bougé sa mâchoire dans les deux sens, il a senti deux craquements secs, puis il a touché sa lèvre inférieure et a vu du sang sur le bout de son doigt.

« Réagis, bon sang. Tu es de taille à réagir maintenant. »

L'envie de pleurer s'est soudain dissipée. Notre père était à moins d'un mètre de lui, le menton relevé, les poings en position d'attaque. Vinícius raconterait toujours cette scène dans les petites salles tristes des Narcotiques anonymes comme si elle était le résumé par excellence des violences subies de la part de notre père – l'origine du trauma prévisible qui expliquait sa dépendance chimique, etc. –, mais en réalité il la trouvait complètement pathétique, risible.

Il est resté figé. Dans une nouvelle tentative désespérée de provoquer une réaction, notre père l'a poussé violemment. Vinícius est tombé sur le canapé, mais tout ce qu'il a eu envie et réussi à faire ensuite, c'est se protéger le visage avec son bras tout fin. Il a entendu son mépris. Il a senti la chaleur de la respiration de notre père, puis le nuage de nicotine expiré quasiment sur lui. La cigarette avait disparu, maintenant elle réapparaissait.

Quelques secondes plus tard, la porte claquait. Il a retiré le bras de devant son visage, ouvert les yeux, vu que le salon était vide. Un premier affrontement en appelle toujours un second. Notre père était parti trouver Satti.

À vrai dire, personne ne peut prouver qu'une rencontre entre les deux députés a bien eu lieu le soir du 3 juin. Aucun bougre surveillant les voitures n'a remarqué une Monza grise garée dans la rue, aucun voisin n'a entendu de voix exaltées dans l'appartement 302. Les événements survenus ce jour-là n'ont même pas fait l'objet d'investigations, dans la mesure où, depuis les toutes premières dépositions informelles jusqu'à la conclusion de l'enquête, la police – et je dis cela en pensant en particulier à la figure étrange du commissaire Apóstolo Viana – semblait déterminée à explorer aveuglément la thèse du triangle amoureux.

Pour mon frère et moi, cependant, après huit années et beaucoup de dégâts, il nous semblait évident que c'était bien ainsi que les choses s'étaient passées : après sa dispute avec Vini, mon père a pris sa voiture en sachant exactement où il allait. Il n'était pas armé, il était parti de manière précipitée. Il a conduit dans une rage folle – il la sentait jusqu'au bout des doigts –, il a cogné plusieurs fois sur le volant pendant le trajet, tandis que s'imposait à lui la certitude que Satti et son fils s'étaient parlé. Il ne savait pas où, ni quand ni pourquoi. Il ne pouvait même pas se l'imaginer. Il portait la casquette en feutre qu'il remettrait quatre jours plus tard, alors même qu'il ne faisait pas particulièrement froid (le but était plutôt de cacher sa calvitie, dirais-je ensuite à Vinícius, de ne pas apparaître vulnérable, de présenter une version complète de sa masculinité). Le premier feu est passé au vert. Il a écrasé l'accélérateur sur une distance de deux pâtés de maisons, dans la lumière du crépuscule, et il a évacué son fils aîné de son esprit parce que c'était plus simple ainsi. Il a cherché à se remémorer les moments où il avait vu Satti et Fred ensemble, tandis qu'il s'approchait à grande vitesse de la rue Quintino Bocaiuva. Il a recréé les scènes : à la plage, au restaurant, sur la terrasse de l'hôtel, pendant la promenade le long de la plage de Guaritas. Il a cherché des gestes. Quelque chose dans leurs conversations. Il a revu Satti en train de parler de chevaux et Fred qui s'ennuyait, bâillait. Le grand ado typique. Non, il ne s'était rendu compte de rien à Torres. Carmen ne s'était rendu compte de rien (si seulement elle s'était rendu compte de quelque chose, pour en finir définitivement avec sa stupide idolâtrie). Malgré tout, il savait bien ce que certains disaient à propos de João Carlos Satti, et maintenant il se demandait ce qu'il aurait dû faire. J'ai été lâche, s'est-il dit, en doublant une voiture remplie de jeunes gens, qui ont répondu à son dépassement avec des gestes obscènes. Il avait accepté de participer à ce spectacle grotesque, répugnant. Et pire encore : il avait exposé sa propre famille à tout cela.

Il a eu envie de vomir. Il a tourné la manivelle pour baisser la vitre de moitié. Il a senti les bouffées d'air lui fouetter le visage sur une distance d'un pâté de maisons, et bientôt il était arrivé, il se trouvait devant l'immeuble. Il a coupé le moteur. Il n'était pas certain que Satti soit déjà rentré chez lui. Il pouvait avoir quitté l'Assemblée et être allé directement quelque part, chez sa mère ou dans un restaurant de grillades ou, qui sait, dans un bar rempli de malheureux sidaïques, la peau sur les os, dansant leur marche funèbre. Il est descendu de la voiture et a appuyé sur le bouton de l'interphone.

Par chance, Satti était bien chez lui. Raul a franchi le portail métallique – neuf –, la porte vitrée, puis il est monté par l'escalier parce qu'il n'était pas du genre à rester planté à attendre l'ascenseur. Couloir sombre, la porte du 302 entrouverte, laissant passer une lumière jaune et l'air joyeux d'une chanson. Le culot de ce type ! Sale pédé. Raul est entré. Depuis le milieu du salon, Satti lui souriait, manches de chemise retroussées au-dessus des coudes, des taches de sueur sous les aisselles. L'appartement était un vrai four (s'il avait jeté un œil autour de lui, il aurait vu les cadeaux de Carmen : un plat décoratif, de ceux qu'on accroche au mur, un verre à pied, deux petits ânes en terre cuite). Satti a ouvert ses bras pour lui donner l'accolade, saloperie d'inverti, pauvre lope qui ne se doutait absolument pas de ce qui se passait. Raul a répondu en faisant un pas en arrière et a levé la main pour signifier : stop. Ont alors surgi les insultes dans un jaillissement confus. C'était la première fois qu'ils évoquaient ouvertement la vie secrète de Satti, et peut-être ce dernier a-t-il mis un certain temps à réagir, mais il est certain qu'il a réagi, il était d'un tempérament explosif, les gens qui travaillaient à la radio s'en souviennent très bien (*Il arrivait au studio le matin, il sortait le calibre 38 de son holster et posait son arme sur la table*).

Ce soir-là, ce qui de fait a mis le feu aux poudres, c'est l'allusion à Vinícius. Un doigt pointé vers son visage, une odeur âcre et animale : « N'approche pas de mon fils, sinon je te tue. » Mais Satti n'allait pas tolérer une chose pareille, surtout dans son propre appartement. La rage l'a envahi comme l'aurait fait un esprit surgi d'un passé lointain qui a besoin de transmettre un message : « Tu ferais mieux de t'occuper un peu plus de ton fils et un peu moins des autres parce que tu veux savoir où il traîne ? »

Il a entendu les mots : « Ange bleu ».

De malheureux sidaïques, la peau sur les os, dansant leur marche funèbre.

Il ressentait une douleur insupportable derrière l'œil droit. Mais il ne pouvait aller plus loin. Il était chez quelqu'un et sans arme. Il s'est contenté de proférer des menaces avant de s'en aller en claquant violemment la porte. Il a descendu tout l'escalier en prenant appui sur la rampe.

Pendant les jours suivants, il n'a pas eu d'autre discussion sérieuse avec Vinícius – à vrai dire, il semblait plutôt vouloir éviter tout contact avec son fils –, il s'est limité à lui interdire complètement de sortir. Il a indiqué cette nouvelle règle à Carmen sans vraiment donner d'explications. Le 4 juin au soir, il a été obligé de se rendre à un dîner à la Churrascaria Barranco. Avant de sortir, il est allé dans la remise au fond du jardin sans que personne le voie et a posé le Rossi sur le siège arrière de la voiture.

Il s'agissait d'une rencontre mensuelle entre politiciens, journalistes et chefs d'entreprise. Il y est arrivé un peu en retard. Satti était assis à un bout de la table, Raul s'est installé à l'extrémité opposée. Ils se sont mutuellement ignorés durant toute la soirée. Et les témoins ne manqueraient pas, quelques jours plus tard, pour déclarer à la police que Matzenbacher leur avait bien paru un peu bizarre. Les qualificatifs les plus utilisés seraient : taciturne, distant, nerveux, soucieux.

Il n'a pratiquement pas touché à son assiette et s'est levé de table pour aller téléphoner.

Carmen a répondu. Il l'a sans doute informée qu'il allait encore tarder. Peut-être voulait-il aussi s'assurer que Vinícius était bien à la maison. De retour à table, il a annoncé à ses amis de la Churrascaria Barranco qu'il devait les quitter parce qu'un de ses enfants était souffrant.

Ensuite, il s'est mis à l'affût devant l'immeuble Elizabeth.

Le Rossi se trouvait à présent sur le siège passager. Il allait poser l'arme sur la vitre baissée et appuyer sur la détente, mais seulement après que Satti l'aurait bien regardé dans les yeux.

Pour une raison inconnue, il n'a pas tiré ce soir-là. Il est revenu trois jours plus tard.

J'ai lu ça récemment : « Les ours ne supportent pas de regarder les yeux des humains, parce qu'ils y voient le reflet de leur propre âme. Un ours qui croise le regard d'un homme cherchera toujours à effacer ce qu'il y voit. C'est pour ça qu'il attaque, s'il voit tes yeux, inévitablement. Tu l'as regardé dans les yeux, n'est-ce pas[1] ? »

---

1. Martin Nastassja, *Croire aux fauves*, Éditions Verticales, 2019.

ELLE A ESSAYÉ trois clés différentes. Dans le couloir, il y avait une odeur de nourriture, et la lumière qui se déversait depuis les fenêtres basculantes donnait à la poussière une coloration bleutée. J'étais juste à côté d'elle, avec un sac à dos presque plus gros que moi, et j'entendais ses soupirs de plus en plus forts. Même des riens suffisaient à rendre ma tante nerveuse. J'ai vu ses doigts s'agiter pour choisir une autre clé, peut-être la dernière tentative avant de devoir chercher une cabine téléphonique dans le centre de Capão da Canoa pour appeler son amie et lui expliquer ce qui se passait (*Tu es certaine que c'est le bon trousseau, Dulce ? Le porte-clés rond, métallique ?*). Heureusement, cette clé est entrée complètement et a bien voulu tourner deux fois dans la serrure. La porte blanche s'est alors ouverte lentement, avec des grincements aigus.

« Regardez un peu si c'est pas magnifique ! » a lancé tante Eliane, en forçant son enthousiasme comme si elle s'adressait à des petits enfants.

Vinícius, Marco et moi avons jeté un œil alentour, indifférents. C'était un grand salon qui dégageait cette tristesse typique des maisons de plage, avec des meubles dont on ne voulait plus ailleurs, mais encore assez solides et pratiques pour dépanner dans un logement où personne ne vivait à l'année. Sur toutes les surfaces s'était déposée une fine couche d'abandon, comme des poils blanchâtres ou des pattes minuscules.

« Est-ce qu'on a encore le temps d'aller à la plage aujourd'hui ? »

Tante Eliane a ouvert la lourde porte-fenêtre du balcon – le même ciel gris pâle que cinq minutes auparavant – tandis qu'on se dispersait pour voir le reste de l'appartement, plus par désespoir que par enthousiasme. Il y avait une chambre avec un lit à deux places, dans laquelle Vinícius est entré pour regarder comme s'il avait la moindre chance d'y dormir, et une autre un peu plus petite avec deux lits superposés. Les lits superposés étaient en bois clair avec des nœuds très foncés – l'équivalent dans le monde végétal du pelage du jaguar. Je me suis assise sur un matelas sans drap et avec une grande tache jaune.

« Toi, tu iras là-haut », a dit Vini.

Marco a ouvert l'armoire et trouvé des draps et une pile de couvertures Parahyba.

« J'ai pas envie. On tire à la courte paille ? ai-je proposé.

— Tu rigoles ? a répondu Marco. Tu connais pas la règle du lit superposé ? »

On a entendu oncle Werner arriver avec les valises.

Ce seraient donc nos vacances d'hiver, mais l'idée même de partir en vacances cette année-là me paraissait bien trop étrange. On avait passé un mois complet sans aller en cours, et même les visites de ma maîtresse Silvana avaient fini par se faire plus rares, au point que je ne savais plus ce que mes camarades apprenaient. Je lisais et relisais *Le Naturaliste amateur* et *L'Île au trésor*, je dessinais des insectes que je trouvais dans le jardin et des grands mammifères que je n'avais jamais vus. Un mois entier sans aller à l'école, et tout à coup un jour notre mère nous secoue et nous dit : « Il est l'heure de se lever, il y a classe aujourd'hui ! », le plus naturellement du monde, comme si ce rituel n'avait jamais été interrompu. J'étais nerveuse au début de la journée, je m'étais habituée à rester à la maison, mais finalement personne n'a écrit *assassin* au tableau, personne ne m'a demandé si je savais où mon père avait rangé son fusil. Nous sommes revenus le lendemain, puis le surlendemain. L'école semblait avoir changé, ou alors c'était moi qui n'y avais plus ma place. Peut-être savais-je déjà que ces journées n'étaient rien d'autre qu'un long adieu, une dernière chance de fixer des détails dans ma mémoire parce que bientôt tout serait fini : le jus de raisin et le pain au lait du goûter, les chewing-gums collés sous les pupitres, le vent s'engouffrant entre les bâtiments les jours de grand froid, la moisissure qui se répandait dans la salle de classe de CM1-C. Au cours de cette semaine, mes parents nous ont annoncé qu'on changerait d'établissement après les vacances d'hiver.

Seuls les gens avec des problèmes graves changeaient d'établissement au milieu de l'année.

« Bon, la compagnie, on file à la plage ? Qu'est-ce que vous en dites ? »

On a dégoté dans un cagibi des nattes encore pleines de sable et des jouets. On a marché le long d'immeubles peu élevés et de maisons hermétiquement fermées. Une cité balnéaire le mauvais mois. Devant le glacier qui n'allait ouvrir qu'en novembre, un homme sur une échelle peignait un cornet sur l'enseigne. Des boules chocolat et fraise, à moitié fondues. Le dessin était vraiment nul, j'aurais fait mieux. J'ai aperçu la mer et l'horizon juste après, cette ligne qui m'a toujours impressionnée pendant mon enfance, l'unique ligne droite faite par la nature. On a étendu nos nattes sur le sable dur. Les vagues couleur chocolat au lait grondaient comme l'orage, puis se retiraient en laissant des points derrière elles, que mon oncle m'a désignées en se baissant : « Regarde, Ciça, des crabes-taupes. Ils ont sorti leurs antennes. » On a rempli un seau de sable mouillé, on l'a tamisé et mon oncle m'a mis deux crabes-taupes dans le creux de la main. C'étaient de tout petits crustacés qui rappelaient les tatous à trois bandes. Ils m'ont chatouillé la paume un moment, puis je les ai libérés.

Vinícius était allongé sur la natte comme pour prendre le soleil et Marco creusait un trou profond avec une pelle trop petite. Tante Eliane et oncle Werner, à cette heure, marchaient le long de la mer, leur regard porté au loin, en se disant des choses qu'aucun de nous trois ne pouvait entendre.

« Tu sais pourquoi on est là ? » m'a demandé Vinícius.

Marco s'est arrêté de creuser.

« Ferme-la, toi ! », et il a asséné un coup sur l'épaule de Vini, qui est resté immobile, à regarder le ciel. Son tee-shirt était saupoudré de sable.

« Papa peut être inculpé d'un moment à l'autre.

— Mais ferme-la, je t'ai dit.

— Un juge, ou je sais pas qui, est en train de lire le rapport d'enquête de la police. Plus de mille pages.

— Elle veut pas le savoir !

— Si, je veux savoir ! » ai-je répliqué.

Ils se sont tus tous les deux. Au bord de l'eau, mes oncle et tante ont changé de direction, ce qu'ils avaient déjà fait plusieurs fois, allant et venant en foulant le territoire des mêmes crabes-taupes. Ils ne voulaient pas nous perdre de vue.

« Il va aller en prison ? ai-je demandé.

— Il n'a rien fait, a dit Marco. Tout ça est absurde !

— Personne ne le sait, a répondu Vinícius, mais je n'ai pas compris s'il s'adressait à moi ou à Marco.

— On va rester à Capão da Canoa pour toujours ? Tante Eliane et oncle Werner vont devenir nos parents ?

— Nous rentrerons chez nous », a dit Marco, avec emphase.

J'avais du mal à m'endormir dans le lit du haut à cause du plafond si proche et de la couverture Parahyba qui sentait le renfermé, et il fallait que j'invente des histoires ultracompliquées de mousquetaires et de pirates et d'explorateurs dans la jungle pour ne pas penser à mon père. Tous les matins, je me réveillais en me disant que le jour était venu où oncle Werner allait recevoir un coup de fil et alors on comprendrait tout immédiatement, rien qu'en voyant son visage. En fait, il n'y avait même pas de téléphone dans l'appartement. On était dans les années 1980. Il y avait des listes d'attente, obtenir un numéro pouvait prendre des années, un abonnement téléphonique se transmettait comme un héritage, c'était aussi précieux qu'une voiture ou un logement. Tous les jours, mon oncle allait donc dans l'agence de la Companhia Riograndense de Telecomunicações, dans le centre de Capão, pour téléphoner à Porto Alegre. C'est de cette manière qu'il serait informé, sans témoins, et il aurait un quart d'heure de marche jusqu'à l'appartement pour encaisser le choc, adoucir les nouvelles, essayer de sourire au moment de son arrivée. Il pourrait choisir un trajet plus long, en passant au bord de la plage, et s'arrêter pour observer une chose aussi minuscule qu'un enfant jouant au cerf-volant ou aussi immense que l'océan Atlantique.

Pendant que mon oncle était absent, tante Eliane nous préparait des tartines grillées. Je mangeais par toutes petites bouchées silencieuses, en buvant mon chocolat au lait. Assise mais ne mangeant rien, elle s'efforçait de bavarder avec nous. Parfois, elle nous interrogeait sur notre future école sans savoir que c'était un sujet délicat. C'est une école salésienne, et il y a même une forêt, a-t-elle dit une fois. Est-ce que ça n'allait pas être super de se faire des nouveaux amis ? Quand j'entendais la clé dans la porte, j'arrêtais de manger. Mon oncle entrait, demandait s'il y avait du café et s'asseyait à table avec un magazine de mots croisés. Tout semblait exactement identique au jour précédent.

Mais il suffisait d'une fois où ce serait différent.

Et ce jour-là a fini par arriver.

Oncle Werner est rentré la tête basse. Il a marché jusqu'à la table, il a regardé tante Eliane bien dans les yeux, mais il n'a pas demandé s'il restait du café. J'ai attendu. Il n'avait rapporté aucun magazine de mots croisés. Les garçons aussi ont compris que quelque chose était différent. On pouvait nous entendre déglutir. Entendre les verres de chocolat au lait buter contre les dents. Un rémouleur a sifflé dans une rue éloignée.

« Bon, les amis, a fini par dire mon oncle. On va discuter un petit moment ? »

Après cette conversation, Vini a voulu faire un tour tout seul. Mes oncle et tante ont dit qu'il n'y avait pas de problème à condition qu'il soit de retour au plus tard dans une heure et demie. Oncle Werner a retiré sa montre Casio de son poignet et l'a tendue à Vinícius, qui a ajusté le bracelet métallique et examiné les chiffres en se les collant sous le nez comme s'il n'y comprenait rien. Ma tante et moi sommes restés sur le balcon jusqu'à ce qu'il ait tourné le coin de la rue. Elle s'est mise à pleurer et a séché ses larmes avec une serviette de plage.

Vinícius est revenu à l'heure convenue. Plus tard, alors que nous étions seulement tous les trois dans la chambre – odeur de gel douche, de Caladryl sur les piqûres de moustiques et silence pesant une tonne –, il a dit à voix basse qu'il avait quelque chose à nous montrer. Il a sorti de sa poche une page de journal pliée en quatre.

Matzenbacher inculpé.

En grosses lettres, avec une photo de mon père coupée à la moitié de la cravate. Sur le cliché, quelques taches de lumière donnaient l'impression qu'une main était posée sur son épaule gauche. Quatre petits doigts osseux.

« Alcides Marcondes », a dit Vinícius, comme s'il était important de retenir cette information. C'était le nom qui apparaissait juste sous celui de mon père, le nom du procureur qui avait lu le rapport de plus de mille pages.

« Ce qu'a dit oncle Werner est vrai, a-t-il poursuivi. Mais le procès lui-même n'est pas pour tout de suite.

— Chut, laisse-moi lire ça, a dit Marco.

— Et Souza Andrade est le meilleur avocat du Rio Grande do Sul.

— Tais-toi une minute, Vini, je lis. »

Moi aussi, j'ai lu.

Dans le troisième paragraphe, le procureur Marcondes décrivait mon père en *homme rejeté,* qui aimait ma mère, mais traversait certainement une période qui était loin d'être la meilleure dans leur mariage. « Carmen était amoureuse de Satti, déclarait ce type à tout le Rio Grande do Sul, ce député brillant qui avait acquis une célébrité nationale avec la loi sur les CFC. Ce contexte général est sans doute ce qui a poussé Matzenbacher au crime. »

Plus loin, dans une partie intitulée *L'employé de maison n'est pas impliqué,* Alcides Marcondes disait avoir écarté la possibilité qu'Adelino da Silva ait joué un rôle dans l'assassinat, en dépit de la phrase que sa désormais ex-femme l'avait entendu prononcer (*On a déjà tué un pédé, on peut très bien en tuer un autre !*).

« Adelino a dit ça ? ai-je demandé, en montrant la phrase.

— Oui, il semblerait », a répondu Vini.

J'ai poursuivi ma lecture. Il se trouvait qu'Adelino ne savait pas conduire, disait le procureur. Et c'était la vérité, je m'en souvenais, une fois je l'avais vu tout gêné dire à mon père qu'il ne savait pas se déplacer autrement que sur le dos d'un bon crioulo ou d'un quarter horse. Ensuite, le procureur présentait Adelino comme un employé d'une fidélité canine. Le texte indiquait pour finir que, deux jours après le crime, une chose curieuse avait eu lieu : Adelino avait déposé dix mille cruzados sur le livret d'épargne de son fils aîné.

Pour être sincère, je ne crois pas que, ce soir-là à Capão, l'image d'Adelino en silence dans la voiture de mon oncle me soit revenue à l'esprit. Je n'avais pas l'âge de comprendre que j'avais peut-être vu dans le jardin, quelques semaines auparavant, un tout petit bout d'un fait bien plus grand. Les antennes des crabes-taupes. La pointe émergée d'un iceberg. Ce jour-là, oncle Werner avait dit qu'ils iraient tous les deux à São Gabriel parce qu'ils avaient quelque chose à régler et en prime Bengale n'allait pas bien. Des années plus tard, l'explication serait très facile à trouver : ils avaient fait le voyage pour emporter le Rossi dans le domaine. Pour moi, cela ne faisait aucun doute. Ils ont nettoyé l'arme avec le plus grand soin et l'ont glissée dans un sac en toile de jute. Puis ils l'ont rangée dans une armoire qui n'était pas l'armoire des armes de chasse. Je n'ai jamais compris pourquoi ils avaient eu besoin d'être deux pour exécuter cette tâche. Peut-être était-il juste normal qu'Adelino soit chargé de nettoyer les saloperies de la famille.

À notre retour de Capão da Canoa, toutes les fournitures pour la nouvelle école se trouvaient sur nos lits respectifs. J'avais droit à un gros tas de livres et à la plus grande boîte de crayons de couleur jamais vue – trente-six couleurs réparties sur deux niveaux – mais le plaisir que cela me procurait allait durer moins longtemps que je ne l'imaginais. Les cours ont commencé et aucun incident ne s'est produit. Les autres enfants n'ont pas été méchants, ou peut-être qu'ils n'étaient pas trop au courant. Marco s'est fait des amis qui sont venus passer un samedi entier chez nous.

Pendant ce temps, l'affaire Satti continuait à faire parler d'elle. Ma collection d'archives montre tout ce que je n'ai pas vu à l'époque. Le procureur Marcondes estimait que mon père devait être jugé par un jury populaire. Les discussions sur le sujet, néanmoins, se sont prolongées pendant des semaines. Il y a eu des recours juridiques, des avis donnés par des spécialistes, des débats à l'Assemblée législative. Souza Andrade a finalement eu gain de cause et il a été décidé que le procès de mon père se déroulerait devant une cour criminelle. Cela signifiait qu'il serait jugé non par des citoyens ordinaires, mais par un collectif de vingt et un magistrats professionnels.

Début août, le commissaire Wilson Meyer a accordé un entretien à la radio dans lequel il affirmait que certaines personnes au sein de la police civile avaient fait preuve de précipitation dans l'enquête parce qu'elles n'avaient pas su résister à la pression médiatique. Les homicides perpétrés sur des inconnus, selon Meyer, faisaient l'objet d'investigations pouvant durer des mois, alors pourquoi s'était-on hâté à ce point pour supposément résoudre l'affaire Satti, si ce n'est pour satisfaire certains secteurs de la société du Rio Grande do Sul ? Au cours de ce même entretien, toujours sur le ton de qui en sait plus que ce qu'il veut bien dire, il a prononcé cette phrase clé : « Satti, nous le savons tous, n'est pas mort parce qu'il était député, il n'est pas mort non plus parce qu'il se serait trouvé au mauvais endroit au mauvais moment. Il est mort parce qu'il était homosexuel. »

Pendant toute cette période, mon père a conservé son mandat de député. Au mois de novembre, ses collègues n'ont vu aucun inconvénient à le porter à la présidence d'une commission parlementaire sur le thème « Défense des citoyens, santé et environnement ».

Au cours de l'année 1989, on est resté dans les limbes. Elle s'est écoulée sans qu'aucune date soit fixée pour le procès de mon père. Au début de l'année, ma mère a demandé à quitter le bureau du député Ferrari et très vite elle est devenue une caricature psychotique de la femme au foyer. Chaque jour à la même heure, elle se maquillait pour ensuite rester assise devant la télé pendant tout l'après-midi et une grande partie de la soirée. Il m'arrivait parfois de m'installer à côté d'elle, mais je détestais quand tout à coup je sentais sa main couverte d'or et de pierreries, avec ses ongles en pointe, serrer la mienne très fort. Je ne savais pas exactement ce que signifiait ce geste, mais j'étais certaine que cela n'avait rien à voir avec de l'amour.

Régulièrement, pendant le générique d'ouverture d'une émission à la télé, je la surprenais de loin dans une attitude étrange. Elle faisait des efforts pour se tenir le dos très droit, les mains sur les genoux, posées l'une sur l'autre comme il faut. Puis elle entrouvrait ses lèvres rouges pour esquisser un sourire forcé. À croire que, par un tour de magie, le tube cathodique allait se mettre à fonctionner à l'envers et que ma mère avait besoin de méticuleusement se préparer avant de se retrouver à l'antenne. Toutes les fois où je l'ai surprise à faire ça, je me suis aussi aperçue que le charme ne durait que quelques secondes : dès que le téléfilm commençait sur l'écran de vingt pouces, ma mère était plus décontractée et replongeait dans l'intimité confortable du salon et de sa semi-pénombre. À son grand soulagement, elle était loin des journalistes, des policiers, des mauvaises langues de l'Assemblée.

Ces premières manifestations de dépersonnalisation – ainsi que j'appellerais ce phénomène plus tard – m'impressionnaient beaucoup et contribuaient à m'éloigner encore plus d'elle.

Au début de l'année 1989, ma mère a aussi engagé une nouvelle employée de maison. Elle jouait tellement la vieille dame respectable qu'on l'appelait tous *dona*. Dona Eva. Elle était de très petite taille, portait des jupes qui descendaient sous le genou et, sur le sommet du crâne, un chignon très serré. Ses cheveux appartenaient à Dieu, disait-elle. Détachés, ils devaient lui arriver aux chevilles. Dona Eva accomplissait son travail dans un silence servile millénaire, ce qui, après la trahison de Marli, semblait être exactement ce dont ma famille avait besoin. Qui plus est, mes parents aimaient la cuisine qu'elle faisait, toujours abondante et avec toute la viande qu'elle ne pouvait pas se payer chez elle. En fin d'après-midi, elle prenait deux bus consécutifs pour rentrer, chargée d'un sac plastique rempli de gras, de nerfs et d'os. Elle disait que c'était pour les chiens, mais Vinícius était convaincu que nos restes servaient à nourrir sa famille.

Si dona Eva contribuait à instaurer chez nous une quiétude monacale, elle n'en était pas la seule responsable : mes parents s'adressaient à peine la parole. Malgré tout, chaque jour nous déjeunions ensemble tous les cinq – *Regardez un peu cet homme innocent qui, lors de sa pause au travail, court rejoindre sa famille !* –, une mise en scène mélancolique et répugnante que j'aimerais aujourd'hui pouvoir déchiqueter de mes mains. Pendant ces repas, Marco a commencé à jouer un rôle important. Emballé par la nouvelle école, il revenait à la maison avec quantité d'histoires sur ses camarades et ses profs, ce qui aidait à donner un semblant de normalité à notre rituel quotidien. Tout le monde l'écoutait et tout le monde essayait de rire. Parfois les rires étaient sincères. Cette nouvelle configuration plaisait spécialement à mon père. Et Marco, resté si longtemps au second plan de notre diorama familial, semblait émerveillé de se retrouver ainsi propulsé sur le devant de la scène.

Dans le même temps, renforçant ainsi ce mouvement, Vinícius sombrait.

Il pensait que notre père avait tué Satti. Il était le seul de nous trois à avoir suffisamment de raisons de croire à cette hypothèse. Parfois, il essayait de se convaincre du contraire – *Je ne voulais pas, à seize ans, être la moitié d'un monstre, Ciça !* –, mais la plupart du temps il arrivait à voir ce visage si familier assombri par la casquette, les yeux fixés sur sa cible. Un tir tellement facile. Il se souvenait d'avoir pensé ça, allongé sur son lit, quelques jours après le crime, et il s'était senti tellement coupable qu'il en avait été secoué de spasmes nerveux. Quand on commence à remonter le temps, impossible de s'arrêter. Vinícius en a souvent fait l'expérience. Et si, dans la chaleur de la dispute, il s'était abstenu de laisser entendre que Satti était gay ? Et s'il avait frappé notre père quand celui-ci l'incitait à le faire ? Et s'il n'était pas entré dans l'Ange bleu ? Et si l'Ange bleu n'avait pas existé, et si l'immeuble avait été démoli, et si les homos étaient rentrés chez eux, et si le virus avait disparu, et si les hommes mariés étaient heureux, et s'il avait aimé embrasser Camila Gonzaga de la classe B ? Et s'il avait appris à s'asseoir les jambes écartées comme le faisaient tous les garçons de son âge ? S'il n'avait pas parlé à Luciano dans la file d'attente de la cantine ? Si ce matin-là il n'avait pas glissé une cassette des Cure dans son walkman ? S'il n'avait même jamais entendu parler des Cure, s'il était tombé par hasard sur Robert Smith à la télé et s'il n'avait ressenti que du dégoût devant un type pareil qui utilisait eye-liner et rouge à lèvres ? S'il avait aimé le domaine à la campagne ? S'il n'avait eu aucune pitié pour les perdrix ? S'il avait pu mastiquer un bout de viande avec du plomb de chasse et retirer le petit grain de sa bouche et rigoler en le montrant aux autres ?

En 1989, Vinícius avait un peu recouvré son calme. Il s'efforçait d'éviter tout conflit, en particulier avec notre père. C'était autant de la peur que de la perplexité. Notre père aussi gardait une certaine distance par rapport à Vinícius, ignorant successivement ses mauvaises notes, le fait qu'il mange peu, ou même le volume auquel il écoutait la musique dans sa chambre. D'un côté, cela semblait étrange qu'il relâche son contrôle juste après avoir commis l'acte le plus barbare et le plus radical qui soit. D'un autre côté, la tactique obéissait à une certaine logique : l'assassinat avait marqué un coup d'arrêt dans le processus de connaissance de soi entamé par Vinícius. Qui plus est, le secret qu'il devait garder au sujet de notre père – et le sentiment de culpabilité que cela provoquait – occupait désormais tout son esprit déjà en pleine confusion. En d'autres termes, mon frère était trop détruit pour être gay.

Un après-midi, je suis entrée dans sa chambre sans frapper. Je voulais lui montrer un dessin que j'étais en train de faire. C'était un canard mandarin dont j'avais trouvé une photo dans un magazine, et même ma nouvelle boîte de crayons de couleur n'offrait pas assez de nuances différentes pour cet animal. Vinícius était agenouillé au pied de son bureau. Il fouillait dans une des poches de son sac à dos. Il a sursauté et accéléré ses gestes, mais j'ai eu le temps d'apercevoir deux petits rectangles métalliques luisants.

« Qu'est-ce que c'est ?

— Pourquoi tu rentres dans ma chambre comme ça ?

— Je voulais te montrer un dessin. »

Il s'est relevé.

« Montre-moi.

— Qu'est-ce que tu as rangé dans ton sac ?

— Écoute, c'est pas bien d'être aussi curieuse.

— Des médicaments, c'est ça ? »

Il a soupiré.

« Tu peux arrêter de poser toutes ces questions ?

— Tu n'as jamais eu besoin de médicaments. Que je sache.

— Eh bien, peut-être que tu ne sais pas tout. Allez, montre-moi ton dessin. »

J'ai ouvert mon cahier et je lui ai montré mon canard. J'ai dit que la partie la plus difficile c'était cette espèce de barbe cuivrée qui commençait juste au-dessous de l'œil parce que, outre qu'il était impossible de trouver cette teinte si spéciale dans mes crayons, je voulais qu'elle ait l'air d'une immense douceur, alors que, là, au contraire, j'avais l'impression de voir un tas d'épines pointues à moitié effrayantes, ce qui n'était pas fidèle du tout au canard mandarin du *National Geographic*.

« Il est magnifique, ton canard, Ciça ! Regarde cette aile !
— Tu trouves ?
— Il a vraiment toutes ces couleurs dans la réalité ?
— Ahan, tout est vrai. »
Vinícius a rigolé.
« Et tu n'as jamais pensé à dessiner des gens ?
— Non. »

C'est seulement à l'adolescence que j'ai découvert que, pendant cette année dans les limbes, Vinícius entrait parfois dans la chambre de mes parents pendant que ma mère regardait la télé à l'étage en dessous. Il ouvrait le tiroir de la table de chevet et prenait quelques plaquettes de médicaments psychoactifs. Equilid. Dormonid. Valium. Elle ne s'est jamais aperçue de ces vols parce qu'elle était incapable de mémoriser les quantités qu'elle avalait. Il prenait quelques cachets et, prétextant qu'il allait réviser pour le bac chez un copain, marchait jusqu'au quartier de Bom Fim. Il vendait les plaquettes de comprimés à un trafiquant de l'avenue Osvaldo Aranha qu'il connaissait très bien maintenant, ensuite il allait chez Toca do Disco et il s'achetait un vinyle. Un pâté de maisons plus loin, il enlevait le film plastique et jetait le sac à la poubelle. « C'est un copain qui me l'a prêté », c'est ce qu'il disait de retour à la maison. Il s'enfermait dans sa chambre, gobait lui-même quelques médocs et écoutait son disque.

Tout le monde était attablé dans la cuisine pour le petit déjeuner, j'ai dit que j'allais aux toilettes. J'ai rejoint le salon. Il était bien rangé, prêt pour une nouvelle vie, les trois cendriers impeccables, la housse parfaitement tendue sur le canapé. La table, les chaises et les étagères avaient été briquées avec de l'huile de peroba. J'avais envie de pleurer. La télé. La télécommande rangée à sa place. Capturée dans les plis des rideaux blancs, la lumière du matin m'appelait. C'était de nouveau l'hiver. J'ai eu un moment d'hésitation – bruit de tasses et d'assiettes, Marco demandant « À quelle heure vient tante Eliane ? » –, puis j'ai fini par m'approcher de la fenêtre.

J'ai entrouvert le rideau, juste assez pour pouvoir observer de mon œil droit.

Il était sept heures, nous étions le 20 juillet 1990. Les journalistes faisaient le siège de notre maison. Avec leurs enregistreurs, leurs caméras, leurs blocs-notes. L'un d'eux, un homme barbu aux cheveux crépus, fumait et rigolait et faisait tomber la cendre dans notre parterre de couronnes-du-Christ. Un autre était adossé à notre boîte aux lettres. Une femme a mis ses mains en conque et s'est mise à souffler dedans. J'avais envie d'ouvrir la fenêtre et de crier de toutes mes forces pour leur dire à tous de s'en aller, non seulement parce qu'on ne les avait pas sonnés, mais aussi parce que je détestais les voir faire leurs gestes dérisoires et banals. Ça me faisait mal que pour ces gens-là ce soit un jour parfaitement ordinaire. Ou plutôt un jour qui était même excitant, vu le nombre de curieux qui se massaient sur la place, disposés à attendre une demi-heure ou plus pour avoir une chance d'apercevoir fugitivement le visage de l'accusé. J'ai reconnu un de nos voisins. Il n'avait pas d'enfants et me laissait toujours jouer avec son chien. Je n'aurais plus jamais envie de toucher à son border collie. J'ai senti une main dans mon dos et j'ai refermé le rideau en sursautant.

C'était mon père. Il a souri et m'a fait un câlin rapide sur la tête.

« Ne regarde pas, va.

— D'accord.

— Les autres ne peuvent pas t'atteindre. Tu apprendras ça un jour. »

Je n'ai rien dit. Il m'a de nouveau souri et m'a fixée pendant un instant comme s'il essayait d'entrevoir mon avenir. Ce que j'allais et n'allais pas apprendre.

Dix minutes plus tard, tante Eliane est arrivée devant chez nous. Les journalistes se sont alors déplacés avec l'instinct d'un essaim tandis que le portail métallique s'ouvrait lentement (oui, j'étais revenue épier par la fenêtre). Mais tante Eliane ne s'est pas laissé impressionner et a continué à regarder droit devant elle. Une fois entrée, elle a roulé sur la pelouse – écrabouillant au passage une pelle en plastique – et s'est garée à côté du barbecue, où personne en dehors de nous ne pouvait plus rien voir. Elle est descendue de la voiture, a ouvert la portière à l'arrière et sorti deux grands sacs en plastique.

« J'ai apporté des cadeaux ! » a-t-elle annoncé, avec une intonation étrangement musicale.

Mes parents ont essayé de nous dire au revoir d'une façon qui ne soit pas trop solennelle, comme s'ils n'étaient aussi apprêtés que parce qu'ils allaient à un dîner. Mon père semblait calme, l'esprit ailleurs, chez ma mère se jouait une lutte entre la crise de nerfs et la sérénité chimique. Mes frères et moi avons fini par éclater en sanglots.

Tandis que la Monza franchissait le portail, évidemment encerclée par les journalistes – quelques images de ce moment rejoindraient ma collection par la suite –, tante Eliane a essayé de nous tenir éloignés des fenêtres. On a entendu plusieurs voitures démarrer. Elles emportaient tout le brouhaha qui régnait jusque-là. Dans le salon, ce silence est tombé telle une pierre, si bien que notre tante s'est empressée de mettre en œuvre son plan « opération Noël anticipé ». C'était un très mauvais plan. À cet instant, on n'arrivait pas à penser à autre chose qu'au procès, le premier de l'histoire du Rio Grande do Sul à être transmis en direct à la télé et qui allait peser sur le destin de notre famille. C'est pourquoi, en même temps qu'on ouvrait nos paquets, on n'arrêtait pas de jeter des coups d'œil furtifs vers l'écran noir, malgré les patins à roulettes, les jeux et les deux survêts en synthétique qui se trouvaient maintenant devant nous. Tante Eliane ne s'est pas formalisée de notre manque d'enthousiasme pour ses cadeaux. En revanche, elle était bel et bien interdite et désemparée. Si elle échouait à divertir ses neveux et nièce pendant cinq minutes, il était probable que rien ne se passerait comme elle l'avait prévu ; nous n'allions pas nous amuser en jouant à *Qui est-ce ?*, en nous posant mutuellement des questions sur les types de bouche, de cheveux et de lunettes des personnages jusqu'à parvenir à un visage précis, un type d'investigation qui, ironiquement, rappelait bien trop une enquête pour découvrir l'auteur d'un crime.

Les garçons n'allaient pas installer le plateau de *Stratego* sur la table de dehors pendant que j'essaierais de tenir en équilibre sur mes nouveaux patins. Comment avait-elle pu imaginer qu'il en irait autrement ?

Vinícius a enfilé la veste de survêt juste pour faire plaisir à ma tante. Il est allé jusque devant la glace du portemanteau et s'est mis sur la pointe des pieds parce que la glace était trop haute. Et, sur le ton d'une remarque anodine, il lui a dit qu'on aimerait assister au procès. Elle s'est levée d'un bond, effrayée, et s'est mise à ramasser les papiers cadeaux déchirés. « Vini, je ne pense pas que ce soit une bonne idée », a-t-elle dit, mais son manque de fermeté était si flagrant qu'il était évident qu'on obtiendrait gain de cause.

Elle nous a interdit d'écouter l'avocat de l'accusation. Quand il a pris la parole, on est allés dans ma chambre pour d'interminables parties de *Qui est-ce ?* On s'interrompait seulement pour que l'un console l'autre, ou chaque fois que Marco voulait exposer une de ses théories sur l'affaire Satti : le Baron des Anti-Moustiques – selon son expression – avait engagé un tueur à gages, ou Satti avait voulu faire chanter quelqu'un au sein de la police militaire, ou Fred avait depuis très longtemps planifié son assassinat pour de l'argent et se trouvait maintenant planqué quelque part en Uruguay.

Pendant ce temps, tante Eliane suivait le procès sur la télé du salon avec le volume très bas. Au bout d'une heure et demie, elle est enfin venue dans ma chambre pour nous dire que Souza Andrade allait commencer à exposer sa défense.

J'ai visionné tellement de fois les vieilles cassettes VHS qu'il m'est difficile de distinguer clairement ce qui correspond réellement à des souvenirs. Ce dont je suis certaine, c'est que, dans ce salon, en 1990, la performance de Souza Andrade m'a littéralement fascinée. Les enfants mémorisent plus les gestes que les paroles. Mes souvenirs de cette époque de ma vie ne se conforment pas vraiment à une logique, ils sont beaucoup plus sensoriels. Je me souviens du corps massif de Souza Andrade dans sa toge noire, et comme il était énergique, indigné, une cocotte-minute qui n'arrêtait pas de siffler. Je me souviens des cris qu'il poussait, le doigt brandi. Plus tard, alors que j'étais devenue adulte, ce qui m'a le plus impressionnée c'est lorsqu'il a fait le pari gagnant de soutenir la thèse selon laquelle Satti avait inventé le harcèlement de ma mère à son égard. Il a réussi à démontrer de manière magistrale qu'il n'y avait pas la moindre preuve d'un tel harcèlement, et que les rumeurs n'avaient pour seul point de départ que les commentaires qu'avait faits Satti lui-même devant son directeur de cabinet, Glória et une poignée de proches. De même, il n'y avait aucun témoin des prétendues persécutions que Satti aurait subies de la part de l'accusé ; il s'agissait une fois encore d'allégations de Satti à destination de tiers, toute cette fiction ayant été imaginée par la victime pour parvenir à cacher son homosexualité. Avec cette thèse, Souza Andrade a réussi à démolir le mobile présumé du crime. Et, sans mobile, il n'y avait plus aucune raison pour que mon père se retrouve sur le banc des accusés.

Les trois premiers votes, cependant, seraient en faveur d'une condamnation (*Sentant le poids du proverbe biblique selon lequel celui qui absout le coupable et celui qui condamne le juste sont tous deux en abomination à l'Éternel, je propose la condamnation de l'accusé pour homicide simple*). Les argumentations des magistrats seraient tellement longues que ce procès s'étendrait sur trois journées entières. À mesure qu'elles s'écoulaient, le sentiment général que Raul Matzenbacher allait être condamné s'est peu à peu dilué dans une succession de discours bourrés de préjugés (*Le fait qu'un parlementaire, c'est-à-dire quelqu'un de supérieurement doté aux plans culturel et social, fraye avec des soldats à l'occasion de dîners constitue bien la preuve de ses appétits débridés*). Dans leur ensemble, ces propos semblaient signifier que João Carlos Satti avait eu exactement la fin qu'il méritait (*Du reste, Satti, par son existence placée sous le signe de la duplicité, s'exposait de lui-même à quelque attentat*).

Au cours de ces deux années entre le crime et le procès, une rumeur selon laquelle Satti avait harcelé mon frère s'est mise à circuler dans certains milieux. Les rumeurs sont comme les spores : elles s'installent, elles s'épanouissent, sans qu'on sache d'où elles sont parties. Il est très probable que celle-ci soit arrivée aux oreilles des magistrats. Il est possible qu'ils aient voté en pensant qu'ils jugeaient un crime d'honneur. Mon père a finalement été acquitté, par quatorze voix contre sept.

JE SUIS À Porto Alegre, à l'arrière d'un taxi. Le vent qui apporte une odeur de brique et de rouille joue avec mes cheveux. Il est presque deux heures du matin. On passe devant des enseignes éteintes, des rideaux de fer tagués, des immeubles endormis. Un homme torse nu fouille dans des ordures, à l'aide d'un outil qui rappelle une lance, à la recherche de quelque chose qui lui rapportera une misère. C'est le seul être humain que j'ai aperçu sur des kilomètres. Je n'ai plus le moindre doute, je l'ai fait exprès, me dis-je en retenant un rire nerveux pour ne pas passer pour une folle : j'ai choisi les horaires qui me conduiraient à retrouver une ville déserte. Cet environnement urbain – mystérieux, mélancolique, humide – s'adapte aussi parfaitement à mes souvenirs que la peau d'un animal à un mannequin. Cette fois, je ris pour de bon, sans le vouloir.

Le chauffeur reste silencieux. Il conduit avec la main gauche sur la cuisse. Il grille les feux rouges comme s'il jouait sa vie, rapides calculs renouvelés à chaque carrefour. Ça ne me fait pas peur, je les connais bien, ces calculs. On quitte l'artère qui relie la partie nord à la partie sud de la ville. À présent, des arbres apparaissent, qui offrent de l'ombre aux rues des quartiers huppés avec leurs branches couvertes de touffes de gui, que le secrétariat à l'Environnement trouve toujours le moyen de raboter. Au milieu des immeubles, quelques rares maisons survivent encore. Avec de grands jardins, des allures de famille éclatée, peut-être des piscines à fond carrelé.

Tout est pareil, et tout est si différent.

Dans ces rues du quartier de Bela Vista, je peux imaginer Satti et Vinícius dans l'Escort XR3, la voiture hésite sur les pavés glissants à la recherche de la bonne adresse. Ils sont soûls, ils viennent de sortir de l'Ange bleu. Carré dans le siège passager, mon frère ferme les yeux et se sent gagné par une torpeur agréable. La vie est imprévisible, il va rencontrer d'autres Luciano, il va réussir à aller jusqu'au bout, à s'aimer lui-même un jour. Il n'a que seize ans. Il pense qu'il est prêt à de nouveau écouter les cassettes, à faire qu'elles n'appartiennent qu'à lui. Peut-être à se débarrasser de ce que Luciano avait écrit dessus, pour le réécrire de sa main. Ce qui compte, c'est la musique. Il tourne la tête et voit Satti qui rigole tout seul. Il lui demande ce qui se passe, en riant lui aussi, la voiture cahote, ils sont maintenant tout près de la place. « Tu es courageux, mon garçon. » Satti sourit, mais ne dit rien de plus. Ils se garent près du trottoir – la place est plongée dans le noir, le château d'eau fait penser à une tour de surveillance – et mon frère tâtonne sur la portière à la recherche de la poignée. Non pas qu'il soit pressé de descendre, c'est plutôt qu'il se sent porté par une sorte d'euphorie dont il ignore combien de temps elle va durer (*Si seulement j'avais compris que c'était une explosion de rien du tout*). Sa main fait fausse route, Satti se moque de lui. « T'es sûr que ça va aller ? » Vini pose un pied par terre, donne une impulsion à son corps, et à cet instant tout se met à tourner autour de lui. Il tombe, son dos heurte violemment la voiture. Il n'a pas mal. Quand il rouvre les yeux, Satti est en train de l'aider à se rasseoir. La place semble petite dans le rétroviseur.

« Vous réglez comment, par carte ? »

Nous sommes arrêtés devant l'hôtel. Tandis que le chauffeur me regarde comme si j'allais m'enfuir en courant, je fouille dans mon sac. Je sors mon porte-monnaie, glisse ma carte dans la machine, compose mon code. Je descends du taxi. Il sort ma valise du coffre en soufflant tel un emphysémateux. Quand j'entre dans le hall, je suis éblouie. Au sommet de la dizaine d'étages très blancs se déployant de part et d'autre du lobby, une immense verrière en verre fumé, à donner le vertige. Pas impossible que des gens se soient déjà jetés dans le vide de là-haut. Je récupère ma clé à la réception et je traîne ma valise jusqu'à l'ascenseur en repensant à ce que je me suis répété pendant des années et des années : je ne reviendrai qu'une fois mon père mort.

Je n'arrive pas à trouver le sommeil.

Mon père est encore en vie.

Je m'assois dans mon lit, j'allume la lampe de chevet. Je mâchonne une barre protéinée sans en avoir envie, juste pour calmer mon estomac.

Ce soir-là, Satti a emmené Vinícius chez lui. Immeuble Elizabeth, appartement 302, la famille ne réussirait à le vendre que lorsque la ville commencerait à oublier. Il a laissé mon frère sur le canapé et lui a dit qu'il allait faire du café bien fort, mais il s'est servi quelque chose de liquoreux au bar et ce n'est qu'ensuite qu'il a gagné la cuisine en emportant le verre. Une interruption dans la scène, puis Vinícius se revoit en train de vomir dans le lavabo de la salle de bains. La gorge irritée et en même temps un éclair instantané qui l'a poussé à essayer de laver la céramique couleur chair et chercher de quoi se faire un bain de bouche dans l'armoire. Ensuite, il a pris son café. Il n'en avait pas bu souvent dans la vie. Il a mangé un beignet à la crème un peu rassis, ça il en est sûr – *Je vois encore le sucre glace sur la nappe en plastique de la table de la cuisine* – et, à partir de là, il s'est senti mieux. Ils sont restés là tous les deux à discuter. Satti ne voulait pas seulement faire dessoûler Vinícius ; il cherchait également à l'amuser, à lui raconter des choses intéressantes avec un air professoral, peut-être aussi à se faire mousser un peu. Et il y avait ce verre sur le comptoir du bar auquel il revenait de temps en temps, si bien que la conversation a pris un tour quelque peu confus, sur des thèmes sortis d'un recoin bizarroïde de son esprit. « Écoute-moi bien, je vais te raconter un truc sur un oiseau qui n'avait pas de pattes. Le grand oiseau de paradis. »

Plus tard, il a laissé Vinícius au coin de la place.

« Prends soin de toi », lui a-t-il dit, et il a mis une cigarette éteinte entre ses lèvres.

Il a accéléré à bord de son Escort et il est reparti en faisant d'effrayants zigzags, tandis que mon frère rentrait à la maison.

« Tu as réussi à dormir au moins ? » demande-t-il.

Vinícius est maintenant un homme de quarante-six ans, mince et athlétique, joues creuses, barbe châtain avec quelques taches blanches. Il a encore une chevelure fournie, qui descend en ondulant jusqu'à l'arrière de la nuque, mais le front s'est tout de même dégagé avec le temps. Les cernes sombres sous les yeux lui viennent de notre père.

« Pas vraiment. Le jet-lag. Et c'est toujours pire de l'ouest vers l'est. »

Il rigole.

« Comme si tu faisais souvent le voyage... »

Je réagis avec un geste d'enfant, je lui donne une tape sur l'épaule. C'est bon d'être ici en train de marcher avec mon frère, trois ans après nos dernières retrouvailles. Pendant plus d'une décennie, c'est moi qui lui envoyais les billets d'avion. Il était toujours fauché, il n'arrivait pas à conserver les emplois que notre mère lui trouvait – assistant dans un cabinet d'avocats, contractuel dans plusieurs secrétariats municipaux –, il sniffait tout son salaire, enchaînait les absences, se faisait virer, il entamait une cure de désintoxication à la campagne aux environs de Taquara, promettait à tout le monde qu'il allait changer, et puis le cycle recommençait. Il avait presque la quarantaine lorsqu'il a réussi à contrôler ses rechutes. *Je suis une de ces routes sans accident depuis 489 jours*, m'a-t-il annoncé une fois en fin d'après-midi à Los Angeles, en reprenant son souffle après avoir marché jusqu'au sommet d'une colline. On voyait qu'il était réconcilié avec lui-même, heureux. Quelques mois plus tard, ce bonheur avait attiré Bruno. Un amour si fort que soudain Vinícius s'était mis à parler d'avenir. Ils avaient déménagé à Rio de Janeiro et adopté un chien. Vinícius avait réussi un concours pour entrer dans la fonction publique.

On continue de marcher. On a quitté mon hôtel et on vient d'arriver à l'une des extrémités de la place Horizonte. Je dis à Vini qu'avant d'entrer je voudrais m'asseoir cinq minutes. Il me demande si je vais bien, je lui réponds que oui, en mentant juste un peu. Depuis le banc, j'arrive à voir notre maison comme patinée à force de négligence, cernée par des immeubles flambant neufs qui laissent à peine le soleil atteindre notre arrière-cour. Les arbres de la place ont grandi sauvagement. Les frondaisons sans forme ne répondent à aucun idéal du paysagisme urbain, mais uniquement à la lutte permanente pour aller vers la lumière, inscrite dans chaque cellule végétale. Le château d'eau a été recouvert par cette masse verte.

Juste quelques minutes ici, me dis-je à moi-même.

J'entends Vini m'annoncer : « J'ai rencontré un garçon. »

Je le regarde.

« Tu veux dire une *vraie* rencontre ? C'est nouveau, ça.

— Ouais. Depuis Bruno…

— Quoi, depuis Bruno ?

— Depuis Bruno, je ne m'étais jamais senti comme ça, aussi bien. »

Ils sont restés ensemble six ans, puis Bruno a fini par tomber amoureux d'un autre homme.

« Allez, dis-m'en plus. » Je suis tellement heureuse que j'en oublie presque où on est.

« Ah. » Il fait son timide, se gratte la barbe. « J'espère que tu le rencontreras un jour, Jefferson, carioca jusqu'au bout des ongles, du genre à jouer au footvolley en slip de bain. »

J'éclate de rire.

« On a le même âge, enfin, il a deux ans de moins que moi. Et notre histoire commence à devenir vraiment sérieuse.

— Fabuleux, Vini, c'est génial. Où est-ce que vous vous êtes rencontrés ?

— À une réunion des Narcotiques anonymes. »

Je souris. On pourrait croire à de la condescendance.

« Je crois que c'est bien, dis-je.

— C'est fabuleux. »

Mon père sait que je suis à Porto Alegre. Il a levé le pouce quand Marco lui a annoncé que j'allais venir, mais il n'a pas souri. Les stimuli nerveux ne parviennent plus aux muscles du visage depuis l'accident vasculaire cérébral.

« Tu sais qui j'ai vu l'autre jour ? » poursuit Vini. Il semble agité, mais dans un sens positif.

« Aucune idée, qui ça ?

— Luciano.

— Waouh. Et alors, gay ou hétéro ?

— Je dirais gay, mais sans être certain. Il est mignon. Je crois qu'il ne m'a pas reconnu, c'était dans un restau. J'ai pensé aller le voir, lui dire "Salut, tu te souviens de moi ?", mais ça allait me chambouler, manifestement. Impressionnant comme le premier amour peut continuer de vous chambouler. Trente ans s'écoulent et le cœur est là, boum-boum-boum !

— Vini, tu crois que papa a su que tu étais allé chez Satti ?

— Ce n'est pas par moi qu'il l'aurait su, en tout cas.

— Mais par Satti. »

Il se lève du banc.

« Il faut qu'on y aille. » Il me tend la main. « Allez. C'est juste un pépé qui mange sa bouillie, Ciça. »

Mon père a été placé sous curatelle, c'est Marco qui se charge de ses affaires, et maintenant ils voudraient vendre la maison. J'entre en pensant à ça. Ils me montreront tout à l'heure la proposition du constructeur, ils voudraient savoir si je trouve que c'est une bonne idée, je dis que oui. La maison a d'abord appartenu à une autre famille, avant 1973. Les enfants avaient besoin d'argent. Ma mère a toujours dit qu'elle avait su que c'était celle-là et pas une autre à l'instant où elle avait vu la cheminée en pierre. Mais mes parents ne s'en servaient presque jamais. Ce qu'ils aimaient, c'était l'idée de pouvoir faire du feu. Ce salon sera démoli, la maison éventrée par une tractopelle, et quand tout ne sera plus que gravats, peut-être la cheminée restera-t-elle debout pendant quelques jours. Cette image me plaît. Le noyau dur du salon-salle à manger – c'est-à-dire le canapé, les fauteuils, les tapis, la table pour les repas – n'a absolument pas changé depuis les années 1990, mais les objets périphériques ont disparu au fil du temps.

Sur décision de mon père. Il avait même commencé à se débarrasser de ce qui était en bon état. Il n'était plus cet homme qui pénétrait dans la remise au fond du jardin avec l'idée de sauver ce qui avait été jeté au rebut.

Je m'apprête à monter à l'étage, par automatisme, mais Vinícius m'informe que le lit médicalisé a été installé dans le bureau. Bien sûr. Nous traversons donc le salon, le petit couloir et, avant même d'ouvrir la porte, je sens déjà cette odeur âcre des traitements.

Il est dans son lit, en position inclinée. À côté de lui, une femme est assise, elle quitte des yeux son téléphone et se lève un peu gênée en rangeant le mobile dans sa poche. Elle dit qu'elle va nous laisser entre nous. Elle sort sans m'indiquer comment elle s'appelle. Je m'avance vers le lit. Son corps sous le drap, une petite chose osseuse. À l'instant de nos retrouvailles, il a le visage figé, un regard effrayé, c'est un homme proche de la mort. Je ne dis rien. Je m'approche seulement de mon père et je le regarde droit dans les yeux.

Remerciements

Merci, Melissa Fornari, d'avoir plongé avec moi dans cet univers. Merci, Diego Grando, de toujours entourer mes livres d'une si grande attention. Merci, Luara Franca, Lucia Riff, André Araújo, Rafaela Pechansky, Michelle Fornari et Cláudia Laitano. Et un merci tout particulier aux journalistes et habitants de Porto Alegre qui ont si bonne mémoire et ont bien voulu me raconter des histoires d'une époque éloignée.

Composition et mise en pages
Facompo à Rouen

#lisez! engagé
Pour plus d'information :
www.lisez.com
Imprimé sur du papier issu de forêts gérées durablement.

Achevé d'imprimer par
Normandie Roto Impression s.a.s.
Nº d'édition : B40331/01 – Nº d'imprimeur : 2500235
Imprimé en France